U0024881

高全之 著
Chuan Chih Kao

Revisiting
Journey to the West

咬定青山不放鬆——《西遊二論》序／陳器文

繼出版《重探西遊記》後五年，高全之又出版新著《西遊二論》，以自稱「外行人」的新視角，繼續對《西遊記》的作者吳承恩，以及吳承恩筆下的唐僧，以推理手法爬梳文本，提出顯微鏡式「靈魂的拷問」，就高全之追根究底的性格而言，這完全是可以預期的。

一百回本《西遊記》的作者與成書年代漸有定說後，繼之研究分為縱橫兩方向，縱向對《西遊記》文本作歷史性的上下求索，橫向則對孫悟空原型出自印度進口或本土國貨的判析。《西遊記》寫的是唐朝取經盛事，理所當然以闡揚「我佛慈悲」為全書主題，但身在明代三教融通的文化氛圍中，吳承恩行文遊走穿插於多元的宗教符號，又以遊戲之筆提出「修行之理則同」、「三教歸一」的看法，這種宗教敘事與諧謔書寫既衝撞又神奇的組合，一再挑戰讀者的判斷力。

胡適說吳承恩是「愛罵人的玩世主義……不用深求」，魯迅說「出於遊戲、亦非語道」，但也有學者認為《西遊記》以儒家為主，以釋家、道家為輔的「輔教之書」，或又認為《西遊記》是部金丹大道等等。高全之十分肯定胡適、魯迅對《西遊記》研究的論點與貢獻，卻不完全認同「遊戲說」的論點，因而擘肌分理，細分三教排行、校比宗教視角，進入研討《西遊記》主題內核的深水區。

《西遊記》第七回如來佛以一張六字金帖，鎮壓齊天大聖於五行山下，悟空說「如來哄了我，把我壓在此山」，這個「哄」字，音近六字金帖尾字「吽」。以吳承恩一向幽默諷喻的筆調，悟空這樣說，讀者不覺有問題。但高全之〈不求甚解──《西遊記》的神秘經驗〉一文中認為：悟空那句「如來哄了我」，原本即是：如來用「唵嘛呢叭咪吽」六字制服了我。咒文的讀音遠比字義重要。英文擬音「Om Mani Padme Hum」，與敦煌莫高窟六字箴言碑上的梵文，藏文，漢文，西夏文，回鶻文，八思巴文等六種文字發音近似。高全之因此不以錢鍾書「哄了我」的玩笑話可當真，強調說，咒語無需逐字逐詞解釋，咒語的力量來自讀音所醞釀的神秘震懾力。

〈大話和感恩──《西遊記》的胎裡素〉一文，高全之點數全書共出現三次「胎裡素」，胎裡素三字，由唐僧夫子自道，也就罷了，由悟空代師父搶答，卻是意在諷刺。〈唐僧嗜飲──佛教戒律合乎人情〉文中提到，宴飲時唐僧常推拒各方人士的敬酒，大出讀者意外是：悟空知道「師父平日好喫葡萄做的素酒」，吳承恩也明明白白寫出來，這不只讓讀者知道酒分葷素，還揭露了師父竟有嗜酒之好。又〈聚散和清濁──《西遊記》的「氣」〉一文，提到《西遊記》三十九回的故事：悟空將烏雞國王從陰間救出後，尚需個人嘴對嘴度一口「清氣」才回魂。豬八戒自幼傷生吃人，體內是濁氣；悟空長年嚼食松柏桃果，體氣應是清的，但悟空曾自認水簾洞中也吃過人肉，這事唐僧也知道，唐僧清楚現場只有自己體氣屬清氣，卻仍點選悟空作「度氣」的任務，其中不無蹊蹺。高全之細讀這幾篇故事中師徒的微妙互動，旨在印證《西遊記》的種種神變筆墨，或不全在宣揚教旨，除了增加情節的神秘氣氛，吳承恩第五十六回大白話說過：「孫大聖有不睦之心，八戒、沙僧亦有嫉妒之意，師徒都面是背非」，唐僧聖徒的形象並不完美，悟空的佛性、仙格也不徹底，恰是血肉人性真實的一面。

但凡遇到山高虎狼險，飢渴寒凍，唐僧每每膽戰心驚、筋骨酥軟，也動輒怒罵潑猢猻、驅離悟空，卻離不得悟空，沒了徒弟就心慌意亂。高全之並非全部負面看待吳承恩筆下的師徒關係：〈明知山有虎——《西遊記》的《心經》〉中點出，緊要關頭，悟空多次念誦烏巢和尚的《心經》寬慰唐僧，唐僧也聽得入耳，得到舒解，不以徒弟而廢言。在取經這趟修行之旅上，師徒二人透過對話，表現出對《心經》經文內涵領悟的漸進與合契，寓有成長與救贖的深意。

高全之最勤力的論述，可以〈再度從零開始——孫悟空服飾簡史〉一文為例，解釋吳承恩筆下動物世界的尊卑美醜、塊頭大小、服飾裝備在敘事美學與宗教修煉的關係之餘，更細心地指出：「那行者立將起來，揪著虎皮裙，撒了一花瓶臊溺」，推論悟空當時沒穿或不必脫褲子撒溺。這個有趣又頗為稚氣的視角，並非毫無意義，一如〈神仙稱謂和仙佛關係——孫悟空的宗教屬性〉中，悟空時而稱齊天大聖，或被稱散仙、妖仙、金仙、孫行者或鬥戰勝佛，都標識著悟空修煉的進程，但不論修行高低，終是掩不住猢猻的原始本我。高全之更抽絲剝繭，就故事中的稱呼，探索吳承恩的宗教態度：《西遊記》中妖道不少，各路垂涎唐僧肉的妖精多與妖道有關，但全真道士是與眾不同的道士，故事中有位直接稱「全真」，道行崇高，連觀音菩薩也要禮讓三分的五莊觀鎮元子。道士若涉及外丹術，就不被認同是全真道士，若僅稱「道人」、「老道人」則夠不上稱「全真」兩字抬舉。根據高全之的分析，全真教在《西遊記》的道教派系裡，大部分保有特殊的正面形象。金庸武俠小說《射鵰英雄傳》中，全真創教教主王重陽武功蓋世，「五絕」中不但壓倒東邪、南帝、西毒、北丐這四絕，更是抗金英雄，未必不是受《西遊記》的影響。

《西遊記》全書一百回由四十幾個故事組成，待唐僧將徒弟收齊，師徒一行四人就位後，開始了八十一難的取經過程。這種在情節結構上，從開始到結束嵌入反覆試探與劫難的巨型串連，最早有金聖嘆（1610?-1661）發難說：

> 太無腳地了，祇是逐段捏捏撮撮，譬如大年夜放煙火，一陣一陣過，中間全沒貫串，

便使人讀之，處處可住。

這是不滿《西遊記》各個小故事間並無發展上的秩序及深淺層次，缺乏內在緊密連繫，讀不出全書的張力與縱深。但舉例而言，《西遊記》竭力強調取經必需經歷八十一難，九九八十一這個數字是菩薩安排好的定數，在民俗信仰上近似神秘口訣，有功德圓滿之意。第九十九回寫一行人終於抵達西天靈山取經聖地，菩薩查看唐僧的歷難簿，發現前後八十劫難，尚欠一劫，命令揭諦（金剛力士類的護法）再生一難。乍看這最後一難，是菩薩假手一頭大白黿將唐僧翻下水去湊足，機械化結構似乎在此暴露無遺。但《西遊記》第四十九回早已埋下伏筆，唐僧遭難曾獲白黿救命，卻忘記為白黿向佛祖討本命人身的承諾，無怪乎最後有此一難。若閱讀《西遊記》像看放煙火般粗心只找熱鬧，自是「處處可住」感受不到情節的本末原委了。

高全之接連舉了幾個小故事為例，說明《西遊記》情節上預設的前後呼應與遞進層次，如〈銅臺府地靈縣——《西遊記》的程序正義〉文，《西遊記》五十六、五十七兩回，寫悟空才打殺了兩名攔路盜賊，又在潭府楊家借宿時，刀起頭落，殺了結伙為盜的楊家不肖子，還提著血淋淋的頭給師父看，師父又驚又氣，不住嘴地念緊箍咒驅趕悟空，即便悟空淚水直流滾地求饒也無用。伏脈千里直到九十七回發生的銅臺府地靈縣事件，同樣是面對草寇，悟空心中也萌生殺機，但終究放生不再殺人。兩個草寇事件在回目上並非毗隣，但情境遙相呼應，說明悟空在遇離度劫中修行的漸進。

又如前文提及的〈再度從零開始——孫悟空服飾簡史〉一文，高全之著意追索悟空改裝易形的意義，從撒野的毛猴，妄稱齊天大聖後，開始整衣端裳卻又不僧不俗，逃出八卦爐鍛燒當下，衣物全無，回歸毛猴的原形「從零開始」，又遭佛祖鎮壓五百年而馴服，妖仙漸轉為佛門化，在服飾裝備上，先撿穿師父舊的白布直裰，再換穿觀音菩薩留贈的綿布直裰，圍上親手縫補的虎皮裙，成為西行取經的定裝，虎皮裙象徵悟空從馴服到內在自發的皈依。高全之強調悟空在裝扮上的演變：並非一回銜接一回，而是「整串情節有時是跨步（「回」）跳躍前進的」，吳承恩前後幾十回目的鋪排，正是金針暗渡的草蛇灰線法，透過一難又一難的倏起倏落，暗示悟空已經不是原來的悟空了。

高全之全書共二十五篇論述中，有關《西遊記》宗教與信仰問題的討論，占了大半，其間饒有興味的課題，應屬「神秘經驗」了。

前提是，宗教的神秘經驗與文學中所述的靈異、奇蹟，意義同或不同？

唐玄奘的神秘經驗，記載在《大慈恩寺三藏法師傳》中，這需從佛教著名的聖蹟佛影窟說起。「佛影」曾是漢傳佛教界十分熱門的話題，早在魏晉詩人陶淵明〈形影神〉詩三首、名僧慧遠寫〈萬佛影銘〉及佛友謝靈運寫〈佛影銘〉等，都談及佛影傳說。

參拜佛陀留影，是玄奘相當重要的願心，唐僧口述的《大唐西域記》，記載西行求經路上的風土見聞，礙於體例，玄奘本人事蹟著墨不多。然而對玄奘法師而言，發心前往佛影禮拜，是終身難忘的際遇，以至於他回到大唐之後，還會與弟子們談及此事，被慧立法師記錄在《大慈恩寺三藏法師傳》裡。

佛影窟（在今阿富汗賈拉拉巴德市 Jalalabad 境內）傳說：但凡至誠祈請，有所感應，就能看到當年如來的伏龍留影。西行途中風塵僕僕的玄奘，排除萬難，在燈光城石窟中匍匐參拜，反覆頂禮膜拜百餘次，什麼也沒看見，不禁自責業障深重，悲號懺悔，更加潛心誦念佛偈，不見佛影，誓不離開。五百餘次匍匐頂禮，玄奘看見閃著神秘光暈的如來佛影。

佛像聖顯的奇蹟，可能是陽光照射入洞的光影變化，或洞窟內水氣的某種作用，產生幻像。但也可視為是「心象」的反映，從心理學上「高峰經驗」（peak experience）、「心流經驗」（experience of flow）來解釋：信仰原是忘形之舉，全神貫注從事一件活動而心無雜念，焦慮感消失、時間感消失，完全沉浸在無以名之的神秘喜悅中，即中文語彙的「神馳」、「忘我」。玄奘「不禁自責業障深重，悲號懺悔」，是十分值得玩味的描述，以宗教心理而言：神秘感是一種二元心理結構，一方面是畏懼感，崇拜者在神的面前，懷有戰戰兢兢、卑微渺小的感受，另一方面則又情不自禁地神往仰望，這種既畏懼又神往的情感，就是宗教情境中「全心懾服」的神祕經驗。神前反覆匍匐跪拜，是徹底粉碎自我優越感、傲慢心的一個滴水穿石的魔考歷程。在西方聖經文獻中，將人類最容易犯下的七宗罪列序，分別是「驕、貪、慾、怒、饞、妒、懶」，「驕」居其首。往往高智者有超人的意志與德操，卻容易犯驕傲的過錯。所以《西遊記》中驕傲自負的孫悟空，在西天取經四眾中遭受特別苛酷的考驗，遭文、武火鍛煉，又受五行山壓鎮，在求經途中始終戴著緊箍咒，這不只是肉體的磨難，更是待罪之身使他務必動心忍性，一念到底。玄奘在佛影窟中質疑自己的罪障，大謙卑、大懺悔，將俗世情感上的驕嗔、貪懦等等雜質淘汰乾淨，結束一個凡俗的陳褘（俗名），開展一個聖性三藏的證道苦行，這是《大慈恩寺三藏法師傳》中所傳達的信息。

《西遊記》故事中，唐僧多唸觀音菩薩聖號，或悟空多翻幾個觔斗雲，想看活菩薩便可看到，並不太困難，所以《西遊記》中並沒有匍匐頂禮五百餘次得見佛影這段情節。有關由凡入聖的情節，在《西遊記》第九十八回出現，故事說師徒四眾行至靈山下，面前滾滾飛流，唐僧驚疑不定，卻見佛祖划著無底船前來接引，同時水浪中漂來一具屍身，原來是唐僧脫化的皮囊肉袋。將《法師傳》和《西遊記》同樣意義的情節加以比較，高全之指出，唐僧在前世原是如來佛祖的二徒，名叫金蟬子，雖說唐僧慈悲為懷，卻始終放不下身段，對徒弟悟空的態度僵化不變，終是個脫不了殼的金蟬。如此也實證了《西遊記》並不是部證道或闡教之書。魯迅說：「《大慈恩寺三藏法師傳》在佛藏中，初無諸奇詭事，而後來稗說，頗涉靈怪。」是很中肯的。神秘莫測是一股不倦的推動力，在民間故事、神話、傳說中引發了無窮的創造，滲透到儀式與崇拜的各種形式中，直到今天依然保存在文化的底層。

高全之隨筆寫了一篇〈他鄉遇故知——洛杉磯的美猴王〉，可以讓我們解釋一個現象：《西遊記》故事是討喜的，尤其是搶了第一男主角唐僧許多戲份的孫悟空。

自晚明萬曆刊刻問世迄今，《西遊記》中的故事和人物被廣泛使用，反覆改編重現，各種表現形式百花齊放，人氣始終不墜。梁啟超形容晚明的社會風氣說：「其在晚明，滿街皆是聖人，而酒色財氣，不礙菩提路」，這種既相輔相成、又矛盾相激的社會氛圍，比起以前的歷朝歷代，明中晚期算是一個恣意放縱的時代。生龍活虎的市井人物，遠勝於「局瑣取容，埋頭顧影」的儒生，號稱明朝四大奇書的《水滸傳》、《三國演義》、《金瓶梅》、《西遊記》中主要角色，多是倔強叛逆且富個人特色的人物，迥異於唐傳奇中優柔荏弱的書生們，頑心野性的悟空也遠比唐僧受歡迎，他頭戴緊箍咒的形象，反而成為叛逆英雄的冠冕。

明代被稱「神魔小說」的「四遊記」，即八仙渡海《東遊記》、華光佛救母《南遊記》、玄奘取經《西遊記》、真武降妖成佛《北遊記》，其他三記被視為宣教的宗教小說，人氣遠不如吳承恩的《西遊記》，同樣是仙佛人物魔幻化的苦行傳，何以《西遊記》獨被喜讀樂聞？

簡單的歸納：一是《西遊記》的歡悅元素，在其他古典小說中少見。不僅緊箍咒、金箍棒、觔斗雲、七十二變、隱身法，縮地法、定身法、瞌睡蟲、還魂丹等等，既有創意又有趣的玩意兒源源而出，使人童心大發。吳承恩又常以三教的儒生、僧尼、道人作為揶揄取樂的對象，隨口就是：不濟的和尚，膿包的道士。第五十五回寫女怪纏住唐僧，女怪的十分嬌媚與唐僧的毫不動心，以流水快板的節奏，漫畫般呈現：

那女怪活潑潑，春意無邊；這長老，死丁丁，禪意有在。一個似軟玉溫香，一個如死木槁灰。那一個，展鴛衾，淫興濃濃；這一個，束褊衫，丹心耿耿。女怪解衣……唐僧斂衽……女怪道：「御弟，你記得：寧教花下死，做鬼也風流？」唐僧道：「我的真陽為至寶，怎肯輕與你這粉骷髏。」

類此巴赫汀狂歡式的韻文，在西遊記中彼彼皆是。有時胡說八道也是一種快樂的來源，越是一本正經的胡說八道，越是好笑。像是玉帝與如來佛動員了如雲如雨的天兵天將，擒拿的只是隻潑猴；像是七十二變的大聖和二郎神比賽，變做一座土地廟，口兒、牙齒、舌頭、眼睛都變妥當，剩個尾巴沒法處置，只得變做一根旗杆，豎在廟後，即時被二郎神識破。荒唐胡鬧而童心未泯，想到尾巴變成的旗桿迎風搖曳，令人噴飯。

二是《西遊記》的易讀易懂，佛教教義便於轉化為小說情節者，除了前生今世的果報輪迴外，就是色空之說了。《西遊記》將「色空」此一嚴肅課題遊戲化，如第十七回：

> （菩薩）以心會意、以意會身，恍惚之間，便作凌虛仙子（原形是蒼狼）。行者道：「妙呀、妙呀，還是妖精菩薩，還是菩薩妖精？」菩薩笑道：「悟空，菩薩、妖精總是一念；若論本來，皆屬無有。」悟空行者心下頓悟，轉身悟空就變作一粒仙丹。

佛門之所謂空，並非單指看破生死名利，而是指一切物質現象都只是因緣生法的幻影，沒有「自性」，不是實存。菩薩變作妖道、悟空變成仙丹，我變、我變、我變變變，是孩童至今樂此不疲的對口遊戲，哪管什麼空幻、什麼自性？狡黠的悟空，像是永恆少年，帶給讀者源源不絕的生氣與吸引力。

也許不久之後，我們會繼續看到《三探西遊記》，看到高全之也成為《西遊記》的鬥戰勝佛，一次、再次重現印象中高全之孜孜為學「咬定青山不放鬆」的模樣。

（本文作者為國立中興大學中國文學系榮譽退休教授）

外行話——《西遊二論》自序

一

有位學佛的朋友問我：「你為什麼要寫《西遊記》的文學評論？」意思大概是：「誰會在乎這些意見？」或許：「這些文章對別人來說有什麼益處？」或許：「《西遊記》不就是為了搞笑而已嗎？」

我忘卻當時如何作答。只記得對方宅心仁厚，點點頭，沒有追究。大概不願立馬表示失望。

那個銳利的問題一直纏繞於腦海。我現在的回應其實沒有太多的創意：每個世代，或說每過一段時間之後，讀者的小說體會可能與前不同。這些意見及其引起的討論是為受評作品（如《西遊記》）注入新生命的文化活動。這些活動可能引起後人讀書的興趣，增進民族文化的瞭解，並且幫助回答幾個基本的人生問題：「民族文化如何影響著我？」、「我是誰？」、「我從那裡來？」等等。舊小說是兩岸三地最無爭議的共同興趣之一。

話雖如此，這個經驗強化了本書的自我要求：文章得從讀者立場來評估。俗話「我寫故我在」，就我而言，失之於自我渲瀉。所謂「讀者立場評估」，即頻頻自問：為何這篇文章不會浪費讀者的時間？為何這篇文章，假道知識或詮釋，可以增進讀者的文學或文化體會？

二

本書繼《重探西遊記》之後，再次填補《西遊記》研究的疏漏。[1]再接再厲的理由很簡單：單本書籍很難盡善盡美詮釋這部經典作品。至少三位前輩學者同意《西遊記》需要進一步析論：胡適、夏志清、孫述宇。

◆胡適發表〈《西遊記》序〉的時候約三十歲，兩年後發表〈《西遊記》考證〉的最後版本。[2]他一輩子念念難忘這部經典作品。本書有兩篇文章簡述胡適與《西遊記》小說藕斷絲連。〈突破束縛——胡適和楊聯陞信扎裡的《西遊記》〉討論胡適和楊聯陞利用《西遊記》小說情節來理解並表述人生處境和人際關係。胡適的《西遊記》研究，誠如他自己所

1 高全之《重探西遊記》，台北聯經出版社，二〇一八年十一月。

2 胡適《胡適古典文學研究論集》，上海古籍出版社，一九八八年八月。其中〈《西遊記》考證〉完成於一九二三年，並說於民國十年完成〈《西遊記》序〉。這本論集收了後來關於《西遊記》的短文以及書信，年份最後的是一九六一年的〈覆王某的信〉。

說，具有「開山」的貢獻。本書〈時在念中——胡適的《西遊記》研究〉追踪胡適一生持續關注這部小說的蛛絲馬跡。

◆夏志清英文鉅著《中國古典小說》專章討論《西遊記》，多年後再以《西遊記》做為美國學生應予細讀的對象。夏志清認為美國的中文系學生，一般來說，「真正讀過的中國文學原著可說少得可憐」。他舉了兩個被普遍忽視的例子：詩領域的杜甫，小說領域的《西遊記》。[3]顯然夏志清覺得《西遊記》仍是個有待開發的領域。

◆孫述宇提到自己在《金瓶梅》和《水滸傳》之後，未及繼續評論的經典舊小說是《三國演義》、《西遊記》、《儒林外史》和《紅樓夢》。孫述宇然後坦言自己心中重新詮釋《三國演義》、《儒林外史》和《紅樓夢》的切入重點，偏偏於《西遊記》不置一詞。[4]很有意思。他一時沒有（或不願透露）清楚的著力點，僅只暗示事有可為。

從三位前輩學者到今天，西遊記研究確有進展，但值得探訪的空間仍大。這個基本問題的回答仍然缺席：我們應該如何閱讀這部小說？最簡易的問題往往最難作答。我試提四點建議：

---

3 夏志清〈錢鍾書先生〉，收入夏志清《人的文學》，台北純文學出版社，一九七七年四月初版，頁一八七—一八八。

4 孫述宇《小說內外》，Oxford University Press, Hong Kong, 2010, page xi.

1. 注意先設文獻和《西遊記》的關係
2. 神秘經驗的解析要適可而止
3. 非神秘經驗的情節值得細嚼慢嚥
4. 百回本勝過縮簡本

當然這些只是思辨的性質，絕非可以容納枋間所有西遊論述的框架。個別性質也不一定能夠道盡單篇西遊評文的涵蓋範圍。我用這四點建議來逐次概略介紹本書諸文，僅求其初步的簡便而已。

三

第一個閱讀要點：注意先設文獻和《西遊記》的關係。

先設文獻指可能影響這部小說的典籍。《西遊記》小說成書歷史悠長，先設文獻不勝枚舉。《重探西遊記》已經討論過〈先府賓墓誌銘〉、《大唐西域記》、《大慈恩寺三藏法師傳》、《西遊記雜劇》、《水滸傳》、《封神演義》等。本書繼續思考《大慈恩寺三藏法師傳》和《封神演義》，並試探《資治通鑑》。這份列表當然是開放式的，仍有其他文獻值得鑽研。

本書〈記實和迷思——《大慈恩寺三藏法師傳》的書寫策略〉回顧《法師傳》兼顧記實和鼓吹神話的兩種態度。古典中國的「傳」和「狀」為了展現傳主才能、德行、個人特質、對國家和社會的貢獻等等，筆墨揮灑，時而罔顧後人驗證歷史真相的需要。[5]《法師傳》傳主是三藏法師，該傳宣揚神話，可以理解。問題在於：《法師傳》對後代的神話重述和改寫具有多少約束力？神話想像和誇張在傳遞裡產生了怎樣的變化？《西遊記》小說如何在西遊故事演變歷史中脫穎而出？

把《封神演義》歸類為《西遊記》的先設文獻，需要一些解釋。這裡「先設」包括「同時」。我採納徐朔方的意見：《封神演義》和《西遊記》相互影響。李亦輝這樣引述徐朔方：

> 徐朔方曾指出：《西遊記》因襲《封神演義》和《封神演義》因襲《西遊記》，「兩種情況同時存在，它們互相影響，不是片面的單向關係」，「它們之間是雙向的彼此影響，不是單向的一個作品因襲另一作品。」[6]

5　柯慶明《古典中國實用文類美學》，國立台灣大學出版中心，二〇一六年三月，頁三三七—三八〇。

6　李亦輝《封神演義考論》，北京人民文學出版社，二〇一八年，頁二八四。

我的興趣在於借助對照而看出兩書個別獨特的意義。以下這些版本資料凸顯兩書順序的複雜性。現存最早的《封神演義》版本（舒載陽刻本），較現存最早的《西遊記》小說版本（世德堂版本）晚出。柳存仁早於一九六二年就已提出證據——他的措辭是「鐵證」——強力肯定《封神演義》確有更早版本。然而那個更早的《封神演義》版本年代不詳。[7]

以下三文併讀《封神演義》和《西遊記》。

◆〈千里眼和順風耳——神話裡的科學〉從兩個神仙（千里眼和順風耳）出發，去揣摩作者視聽想像的極限。中國神話故事的想像和誇張，仍有現代科技瞠乎其後的領域嗎？為何《西遊記》的千里眼和順風耳比《封神演義》的同名角色，篇幅較少但地位較高呢？

◆〈戰詩和讚詩——兩種「當局者迷」〉逐句品味《封神演義》和《西遊記》共用的一首嵌詩，以便理解兩種不同的「當局者迷」。為何小說語境於故事詮釋非常重要？

◆〈先到後至和境外影響——宗教歷史裡的民族尊嚴〉體會《封神演義》和《西遊記》如何看待外來和本土宗教的磨合，如何維護本土文化的自尊。此非本書借用比較宗教學來欣

---

[7] 柳存仁〈陸西星吳承恩事跡補考〉，《和風堂文集》下冊，上海古籍出版社，一九九一年十月，頁一三九二。

賞經典小說的僅例。稍後我們會提到另篇文章討論《西遊記》經由宗教對照而顯示的佛教特徵。

在先設文獻研究領域，〈廢佛庭辯——從《資治通鑑》到《西遊記》〉另起爐灶，找到《西遊記》小說曾經參考《資治通鑑》的可靠證據，追查可能的影響。合併考慮《資治通鑑》唐太宗的宗教態度和《大慈恩寺三藏法師傳》唐太宗對佛教的加持，我們才能聽懂悟空站在治國的發言平台訓示車遲國國王。

悟空在車遲國倡言儒釋道三教共處。在那個和諧的世界裡，儒釋道是否平等？這個先後順序是否置儒家於三教之首？那麼佛教和道教何者勝出？本書〈井然有序——《西遊記》的三教排行〉試答這些問題。

四

第二個閱讀要點：神秘經驗的解析要適可而止。

無論讀者的宗教信仰為何，都無法視而不見《西遊記》小說裡道教丹術的神奇。外丹的化學和醫學原理固然難懂，但丹粒入口和人類服用普通藥物的動作相同，至少有個很小的（非常小）易於理解的部分。內丹修持的生物和醫學原理需要更多想像。菩提祖師教的是丹道，因為他說：「道最玄，莫把金丹作等閑。」悟空學得的長生妙道與內丹有關，因為口訣裡有這個句子：「好向丹臺賞明月。」悟空學到長生妙道之後，進一步僅學兩種神通：七十二變和觔斗雲。其中七十二變的口訣，玄妙之極，無法用文字記錄，作者乾脆偷懶一下：「遂附耳低言，不知說了些甚麼妙法」。此時作者提示了一種關於神秘經驗的讀法：誰都不知，讀者也不必去強以為知，祖師說了些什麼。

過度解讀這部小說的神秘經驗，就是忘了作者那個重要的提示。

《西遊記》小說與宗教相關的神秘經驗一直是個熱題。胡適要讀者揚棄和尚、道士和秀才的評論，包括那些攀附宗教信仰的神秘經驗解釋。撇開多年來那些出自預設政治立場、謾罵胡適的口水，我們平心靜氣析解柳存仁和余國藩的學術性反彈。《重探西遊記》曾經肯定柳存仁的看法：《西遊記》難懂的丹道筆墨畢竟增進了神秘氣氛，有文學價值。本書〈不求甚解——《西遊記》的神秘經驗〉要回答另外兩個相關問題。其一，余國藩受到柳存仁道教研究的啟發，在英譯本增訂版注重道教名詞的翻譯和註解，並在該版〈導論〉倡言車遲國故事是道家丹術寓言。那個提法是否合理？其二，小說裡也有佛教神秘經驗筆墨，比如咒語。我們如何應用「不求甚解」的閱讀方法？

「氣」也是種與道家或儒家相通的神秘經驗。本書〈聚散和清濁——《西遊記》的「氣」〉討論這部小說裡「具體」的體氣以及抽象的浩然之氣。我們只要稍予留意日常用語就可知，「氣」仍然生鮮活潑遍佈在華人的思維習慣裡：「氣度」、「脾氣」、「朝氣」、「生氣」等等。《西遊記》如何運用有關「氣」的種種觀念呢？此文延伸《重探西遊記》的宇宙觀討論，借用（余英時所提）古中國的氣化宇宙論，來探索吳承恩宇宙觀裡最重要的組成元素：氣。[8]

這些討論直接涉及這部小說的文學成就評估，絕非芝麻小事。

五

第三個閱讀要點：非神秘經驗的情節值得細嚼慢嚥。這個領域牽扯較多，可分為以下三個區塊。

第一個區塊：從吳承恩生平資料來瞭解《西遊記》小說。

吳承恩在《西遊記》小說之外的遺文（總稱為「詩文」），以及其他相關文獻，約略記錄了他的生平事蹟。吳承恩詩文如何幫助我們瞭解《西遊記》小說？相關議題很多。其中之一，是吳承恩屢次參加科舉，但始終考不上舉人。科舉制度或許就像《西遊記》小說裡煉丹修道那樣，同樣具有吳承恩百思不解的神秘。那麼為何故事裡始終沒有尖酸刻薄、針對科舉

8　高全之〈玉帝和如來——天高和地面延伸的極限〉，見註1，頁二一七—二三〇。

制度的反面批判呢？這位落第秀才是否曾經受益於明朝的科舉制度呢？本書〈價值取向——吳承恩詩文的身份認同〉將借助何炳棣的明朝社會史研究來回答這個問題。

吳承恩仕途不順，年逾花甲（六十一歲）才正式進入官場，出任長興縣縣丞。很快就有牢獄之災，不久出獄，旋即上任荊府紀善。後來發現的吳承恩墓，棺頭板上刻著「荊府紀善」四字。脫難的詳情至今仍不完全清楚。但有專家推斷，曾有當朝高層助他脫身。本書〈銅臺府地靈縣——《西遊記》的程序正義〉建議那個身世遭遇與兩個草寇案件的法治程序有關。扭曲法治程序反而是「可取」的。吳承恩肯定繞開官司訴訟常規流程的做法，是否一方面揭示明朝法治不公，一方面間接向暗中出手援救他的友人表示感激呢？

如是，那位朋友是否真正讀到《西遊記》小說並不重要。在吳承恩心目中，那位高人就像悟空，在銅臺府地靈縣案件裡，實乃完美的正義化身。

第二個區塊：利用中國文化研究成果來瞭解《西遊記》小說。

我曾建議吳承恩家世與牛魔王一家相關。[9]吳承恩藉由那個對照來追思雙親。但那不是《西遊記》小說唯一涉及儒家孝道的情節。本書〈大話和感恩——《西遊記》的胎裡素〉探討方法間接，效果深刻的母親孝思表述：胎裡素。本書〈功效・局限・濫用——《西遊記》

---

[9] 高全之〈從〈先府賓墓誌銘〉到《西遊記》小說〉，見註1，頁八三—一〇四。

的孝道評估〉揣摩這個故事孝道表述方式的方方面面。吳承恩是否在佛經裡找到孝道的依據？三藏師徒如何在取經途中見證人間孝行？悟空一再提「一日為師，終身為父」。作者是否將那個觀念擴展為一般的師生關係？故事裡是否有誤用孝道的情事？

美國漢學家曾從比較宗教學的角度指出中國佛教的兩個特性：語言徹底華化，宗教運作不受境外管控。《西遊記》小說是否反映出那些特性呢？本書〈佛教華化——從比較宗教學讀《西遊記》〉將試答那個問題。

第三個區塊：探討《西遊記》小說裡的幾個專有名詞。

本書〈唐僧嗜飲——佛教戒律合乎人情〉討論酒的葷素。陷空山無底洞金鼻白毛老鼠精勸進一杯「交歡酒兒」。三藏擔心葷酒破戒，將「永墮輪迴之苦」。為何三藏不知酒的葷素，竟然勉強喝了？為何悟空知道師父向來愛喝葡萄做的素酒？為何悟空不知酒的葷素，那時候毫不猶豫慫恿師父喝酒？

本書〈神仙稱謂和仙佛關係——孫悟空的宗教屬性〉討論這個神話故事的神仙稱謂：散仙、妖仙、或金仙。他們的定義是什麼？為何三個名稱都曾用在悟空身上？同樣是中國神話故事，《封神演義》沒有採用名詞「妖仙」，但那部小說的「散仙」和「金仙」迥然有異於《西遊記》。為什麼我們比較兩書神仙格局定義差異，可以看出《西遊記》小說的格局大於《封神演義》？

目前沒有學者清楚說明《西遊記》在所有道教派系裡僅提全真教的理由。為何全真教曝光度如此之高？為何正派道士如五莊觀的道士，歷歷分明都是全真道士？本書〈民族記憶——《西遊記》的全真教〉試提一種解釋。

《西遊記》的專有名詞「馬面」至少有兩個含義。本書〈禮下於人——三藏的實務能力〉檢討兩者之一，並且試答曾經困擾讀者的問題：八戒明明有張豬臉，為何悟空和三藏曾在同一場合稱八戒為「馬面」？稍後我將簡要提及另篇討論「馬面」定義的文章。

六

第四個閱讀要點：百回本勝過縮簡本。

這個閱讀要點，乍聽之下，是個老生常譚。但我的理由或許不同。我認為《西遊記》小說攜帶著跳躍式的線性結構意義。如圖一所示，每個圓圈（或橢圓）代表一個文字篇幅的「回」，總共一百回。一個或多於一個的回支撐著一個災「難」，圖示為單個或一串交叉的圓圈（或橢圓）。總共八十一難。「回」和「難」都是眾所周知的敘事佈局。我現在要指出有幾個順時推進、挑選非連續情節片斷的邏輯推理，最後呈現特殊論述的結構。在圖一裡，這個結構由穿進穿出的曲線示意，貫穿跳越「回」和「難」，只有在百回本才能

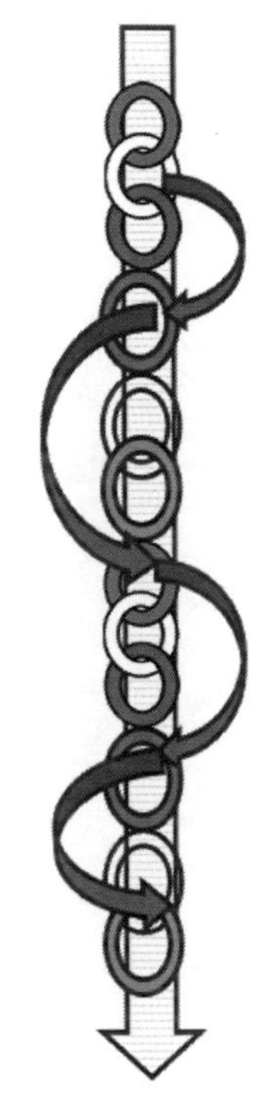

圖一　貫穿跳躍式線型結構

體會。例證之一，即《重探西遊記》爬梳的三藏悟空的分分合合過程。[10]本書剖析另外兩個貫穿跳躍式線型結構展示的特殊論述。

第一個特殊論述：《西遊記》小說的《心經》詮釋。

我完全無意界定佛教《心經》正解。我的興趣在於作者個人的經文理解。

《紅樓夢》的佛家空境浮現於榮華富貴、父子關係、以及兒女私情等等俗塵褪盡之後，那是不必使用文字明確表白的境界。《心經》始終位處取經故事發展歷史的核心。《西遊記》文本攜帶著佛家空性的重要文獻《心經》全文，無從迴避，必須對該經經文所表述的空性或空境有所表示。三藏說悟空獲得該經的「真解」。但小說本身語焉不詳，沒進一步解釋

10 高全之〈舊瓶新酒——孫悟空和唐三藏的分分合合〉，見註1，頁一七五—一九六。

三藏和悟空達成的共識是什麼。吳承恩欲言又止，在節骨眼上，刻意不著一字。那份執著與該經的詮釋有何關係？根據目前已知的資料，吳承恩從未出家，既非道士也不是和尚。詩文幾度直接強調自己是個儒家弟子。那個堅持是否可以幫助我們體會吳承恩的《心經》詮釋？

幾百年來，文學研究一直忽略《西遊記》兩種突破性的藝術成就：《心經》傳授方式的巧妙，以及詮釋經文內涵的漸進過程。我們刻意遵循悟空和三藏討論《心經》的秩序去了解作者的經義思辨。本書〈明知山有虎——《西遊記》的《心經》〉，順藤摸瓜，逐步體會作者解經思維的發展，以及貫穿全書的小說敘事結構。

第二個特殊論述：悟空一身裝扮的演變歷史。

中國服飾學資料導引我們繼續《重探西遊記》的三藏師徒造型藝術討論。[11]本書〈再度從零開始——孫悟空服飾簡史〉專注於悟空的一身裝扮。天生石猴出場時一絲不掛，「美」猴王的「美」與衣飾無關。自從學人語、學人樣之後，悟空的衣飾美感開始俗世化。從頭到腳，裝扮幾經更換。搶自海龍王的戰服以及天庭文官朝服反映身份改變。然後被壓在五行山下，全身上下除了藏在耳朵裡的如意金箍棒，再度一無所有。皈依三藏之後重新打點自己，穿上師父給的僧袍（白布短小直裰）。衣飾美感重新轉向，開始遵守佛教規律。在民舍借了

[11] 高全之〈身體美學——三藏師徒的造型藝術〉，見註1，頁一五五—一七二。

針線，縫製了虎皮馬面摺子，繫在僧袍外面的腰間。悟空服飾變更配合著故事的線性結構，揭示出家人必經的「放下」：放棄官場的追求或想望。

明朝服飾的知識如何幫助我們瞭解悟空親自縫製的「虎皮裙」？那個虎皮馬面摺子在悟空全身裝扮裡的意義是什麼？吳承恩的時尚興趣如何影響這本小說的寫作？悟空、八戒是否如大多數視覺藝術家所示，在僧袍之下穿著長褲？

確認這部經典作品的長篇結構，才能看清作者寫作才華在中國小說傳統裡的高度。同樣是綜合許多前生故事的結果，其他許多作品——如清代蒲松齡《聊齋誌異》——只是個別的短篇小說，《西遊記》小說卻能在長篇敘事裡安排前後連貫的精巧的肌裡關係。

七

《西遊記》、《三國演義》、《水滸傳》、《封神演義》，個別都有漫長的成書過程。經過多年的說書，舞台表演，城鄉隊戲等等形式，小說家編輯撰寫成為小說。有時（如《封神演義》）再經過（一代或幾代）版本變遷，才成為今日通行的版本。容我打個比方。這些經典小說像大江大河之形成，有很多細泉小水，從上游慢慢匯聚成溪流，終於進入江河主線。我們讀的小說版本是那條江河主幹，嘩啦嘩啦向前邁進，好聽好看。我們也目擊這些大江大河滿溢出去的分流，以繪畫、畫冊、舞台表演、電影、電視、電玩、廟會陣頭、爺爺奶奶為孫輩講故事、改寫，新的舊的種種形式滋潤著近代社會。

本書〈理智和熱情——旃檀佛像的中國行〉從這個宏觀角度去爬梳旃檀佛像東來的傳聞歷史。佛像飛行以及暫駐淮安的提法，早有前人闢謠，為何假資訊再度出現？我們應該如何對待這類傳聞？《西遊記》後續故事有時的確有趣。本書〈他鄉遇故知——洛杉磯的美猴王〉記錄我在洛杉磯動物園巧遇《西遊記》英譯版本的詩句。首次目擊，立即知道眼前看到的是什麼，真是驚喜。

就像《重探西遊記》一樣，我附加了《水滸傳》的讀書筆記。本書〈結伴同行——《水滸傳》前生故事的聯合影響〉補充以下這個問題的回答：《水滸傳》既有眾所周知的「缺點」，為何仍然成為膾炙人口的經典作品？本書〈武松佛緣——互不相讓的禪宗辯論〉企圖印證行者武松的佛教因緣。根據目前所知最早的《水滸傳》全書版本，武松佛緣肯定存在。但在明朝就已經出現的版本差異，足以証明後人嘗試否定武松佛緣。明朝的爭議仍然操控現今的一種版本差異。這個議題涉及我們的佛教——尤其是《六祖壇經》——詮釋，所以非常重要。

八

經典小說證明中華民族想像力豐富、生命力旺盛。如果沒有他們，中華文化會減少許多亮點和生氣。經典作品是前人生命經驗的記錄，世代相傳的鏡子。我們在閱讀中看見自己，不僅是個人的歲月足跡，而且是千百年文化傳統沖洗的斑斑點點。即使想摔也摔不掉，不如高高興興去觸摸和感受，多認識自己。我們慶幸自己能讀中文，能夠在忙碌的生活中找到空檔時間，靜下來讀書，讀些經典小說。宗教要求信仰，政治要求順從，歷史要求事實，文學僅只要求閱讀，悠閒過目或細讀都恰當。那個隨興屬性令文學脫穎而出。讀者無需為個別的閱讀經驗而劍拔弩張那樣大戰一場。文學意見大可各異，就好像讀者不必同意本書的諸項論點那樣。

胡適以下幾句過度謙虛的話，對我而言，恰是量身製作的：

> 我以為有許多事，「內行」見慣了的，反不去尋思裡面的意味；倒是「門外漢」伸頭向裡一望，有時還能找出一點意義。這是我於今敢來說外行話的理由。[12]

非常感激白先勇教授、董保中教授、張錯教授、王德威教授，始終鼓勵我的《西遊記》鑽研。西哥高翼之教授提醒佛經譯事以及大陸西遊研究狀況。鄭樹森教授逐篇審閱本書所收

12 胡適〈讀沈尹默的舊詩詞〉，收入《胡適古典文學研究論集》上冊，見註2，頁四五一。

這些門外漢的外行話。其中幾篇文章曾受益於樹森兄的學者朋友匿名評審。容我向那幾位「高人」致敬。謝謝香港嶺南大學司徒秀英教授的專家洞見和指正，胡金倫先生多次費心安排拙著出版，單德興教授理解文學的繁複性質，提供了最大程度的同情和支持。

柯慶明教授和陳器文教授都是我大學時代的文學朋友，都按部就班變成學養深厚的中文系學者。我每次捧讀柯慶明教授為我寫的兩篇序文，總是深切懷念那份文學情誼。這本書經過陳器文教授的專業指導而修訂了許多錯誤，並且求得賜序，在我的文學生命裡劃上另外一個充滿感激的句號。

小說藝術的價值，往往在於那些難以言喻的東西。小說詮釋的價值，經常是字裡行間的意義收尋。本書當然不是最佳最後的發現或收穫。我的淺薄與錯失正好成為讀者的警惕。希望您讀完本書，可以同意《西遊記》具有這項核心價值：盡善盡美是值得全力以赴的境界，但竭盡所能以後，終究有所欠缺，那是我們必須面對、可以接受的結果。

目次

突破束縛

——胡適和楊聯陞信扎裡的《西遊記》

這本書，《論學談詩二十年：胡適楊聯陞往來書札》，是胡適與楊聯陞信件的合集。[1]兩人通信廿年，重點話題包括《水經注》、文言文的文法、業報觀念在佛教華化過程裡自個人延伸至家屬，加上若干人事（如楊聯陞拿到博士學位之後的生涯規劃）與實務（如台灣善本書縮造），林林總總，從來不以中國經典小說為靶標。原因或許在於胡適將就楊聯陞的學術興趣。余英時序文〈論學談詩二十年〉認為他們函件諱言政治，因為胡適知道楊聯陞有意遠離政治是非。（見註1，頁ix，下同）

話雖如此，胡適曾在以下兩個議題援引《水滸傳》為例証：文言文是否有關係代名詞（頁十八），南宋度牒使用的情況（頁一五五）。值得注意《西遊記》從未成為胡楊信扎議題，也非任何議題的例証，但兩人都用那部小說來表情達意。換句話說，《西遊記》小說情節變成思維陳述的工具。舉三個例子。

例一。楊聯陞稱讚胡適的戴東原研究：「讀了您的文章跟信以後，有四字贊語，很自然的湧到腦海裡來，就是『神通廣大』。隨後想到這四個字也許跟《西遊記》有什麼特別關係，好像是開玩笑。」（頁十九）在《西遊記》小說裡，「神通廣大」讚揚某位神佛妖魔的高超本事，用的最多的對象是孫悟空。

1 《論學談詩二十年：胡適楊聯陞往來書札》，胡適紀念館編輯，台北聯經出版社，一九九八年。

例二。楊聯陞想到「力使歷史觀」（force-generated view of history）。胡適建議楊聯陞注意杜威和胡適早年論「力的哲學」的文字。楊回信說：「孫行者一個跟斗十萬八千里，自己傻得意，不知還有一翻一百零八萬里的能人，而此能人恐怕還跳不出如來的掌心，甚矣學問與思辨之難也。」（頁三八〇）。楊聯陞一口氣提了三個層級。好像自比孫行者，以胡適做更厲害的「能人」，視杜威為如來。

例三。胡適的西遊語言最簡短，但最有趣。他記述幾度因病（心臟病、肺炎）推辭台灣中央研究院長職位的情況。與台灣高層協調期間，曾收到蔣介石總統來電。結果是：「後來十二月十二日發表的乃是在胡適未回國之前，派李濟代理院務！所以這箍子還要套我頭上。」（頁三四五）孫悟空曾稱自己頭上的緊箍兒為「箍子」。胡適知道任重道遠，中央研究院長職位會帶給自己折磨。語帶玄機，透露了政治顧忌。

胡適樂於引用通俗小說中的故事作譬喻。一九三〇年一月三十日致高夢旦信：「我最恨用典，但又最喜歡引用通行小說中的故事作譬喻，取其人人能解，人人能大笑，則我要說的話，已鑽進人人的腦子裡，不怕他逃走了。」[2]

胡適用箍字有個先例。一九二八年六月二十五日日記：「今日在中國公學行就職禮。套

2 《胡適日記全集》二版，第六冊，台北聯經出版社，二〇一八年九月，頁四十六。

上這一箍，不知何日能解下。」[3]這個「箍」也指受困，但沒有暗指某人為嚴厲無知師父的含義。

胡適與楊聯陞私函並非文稿或講稿，思維與情緒真切自然。余英時整理胡適和楊聯陞交往，強調友誼的進展。個別事件之間有個層次漸進的關係。首先是確認兩人的師生關係。根據楊聯陞提供給胡頌平《胡適之先生年譜長編初稿》校訂版的資訊，我們知道從一九四四年十月至一九四五年五月，胡適在哈佛大學遠東系教八個月的中國思想史，楊不但旁聽，而且作了助教的工作（代選英文教材並代做監考等等）。余英時認真對待這段課堂關係：「楊是清華畢業生，但曾在北大『偷聽』課。我猜想他一定也旁聽過胡在三十年代所開的關於中國文學史的課程。（可惜我當年忘記問問楊先生。）無論如何，楊在哈佛曾聽過胡一學年的『中國思想史』，這是已證明的事實。他事胡如師，是順理成章的。胡心中也未嘗不視楊為他的學生。」（頁viii）兩人有講堂授課和上課聽講的對應。師生是相互承認和接受的關係。這是楊對胡「終身以師禮尊之」的主要理由。

余英時然後指出胡楊性格相似（都溫厚開朗），人文領域愛好接近（歷史考據、文法語法、寫詩等等）。共同興趣使兩人的交情「進入了不拘形跡的境地」。其中詩作唱和是拉近

3 《胡適日記全集》二版，第五冊，頁二一〇〇，見註2。

兩人之間的距離的重要媒介。[4]指認胡楊「師友」關係之中有個堅實的「師生」關係基礎，完全不是矮化楊，恰恰相反，我們因此而格外欽羨兩位學者的人格與情誼。

聯經出版社《論學談詩二十年：胡適楊聯陞往來書札》書背文字有句話：胡楊「兩人師友之間的深厚情誼，已經達到了相悅以解、莫逆於心的至高境界。」這話說的不錯。余英時強調這個交往過程中的變化。常規定義的師生關係大可拘謹保守，是種「形跡」。「不拘形跡」的意思是掙脫那些束縛，蛻變至平輩之間的相互尊重與關切。論學與詩作唱和之外，晚年相互問候病情，尤其真摯。一九五九年四月廿七日胡適致楊聯陞信：「今天在台大醫院裡收到你四月十八日的信，我看了信封上你的字跡，高興的直跳起來，拆開看了你說的『昨日（四月十七日）出院回家，這半年不用教書，還可以接著 take it easy（輕輕鬆鬆過日子），下月起想寫些短篇文字，但當愛惜精力，絕不過勞。』我特別高興！」從病床上高興的跳起來，當然不是師長的行禮如儀。余英時要說的，不只是平常朋友之間的相互關懷，更是令人神往的師生關係的昇華。如果只審讀胡楊書信而否認他們之間的師生關係，就是無視於余英時推崇的那個演進過程了。

余英時認為楊聯陞願意把胡楊那種長期論學的師友關係延續在楊余之間。此所以余英時

4 余英時〈論學談詩二十年〉，頁v-viii，見註1。

說：「他（指楊聯陞）不惜以晚年衰病之身從多方面啟發我，主要是也是因為他要把他和適之先生的論學傳統延長下去。」（頁xi）楊余之間論學，也有詩作唱和。

余英時對胡楊友誼的分析與《西遊記》小說有何聯繫？《西遊記》小說裡的唐三藏有個前世，在前世裡原為如來佛祖的二徒，名叫金蟬子。在自己和悟空的師徒關係裡，唐三藏始終放不下身段，獃板對付徒弟悟空。唐三藏和悟空的對應僵化不變，始終是個脫不了殼的金蟬。胡適做了小說三藏沒能做到的事：把師生關係提昇到不拘形跡的師友關係。我們在《西遊記》兩個讀者（胡楊）的實生活記錄中竟然拾取到故事情境裡缺乏的一種溫暖。值得一記。

胡楊兩人都用《西遊記》小說來幫助思維邏輯，並且完成最後的表述。可見這部小說的影響不限於具體的視聽藝術產品，如電影、電視、電玩、漫畫、舞台演出等等。文學影響有時無聲無息，天長地久，細水長流。

時在念中

——胡適的《西遊記》研究

一

在胡適名作一九二三年〈《西遊記》考證〉[1]之外查詢作者的其他《西遊記》筆墨，可以再度支持久為人知的這個事實：胡適一生最愛，而且現在就可以確定為歷史功業的，是人文學術研究。

這不是說胡適的學術論述全都無瑕可擊。胡適的文化史貢獻在於多項領域開天闢地的起始，實事求是的精神，謙沖為懷的態度。一九六一年一月二十六日，胡頌平恭維胡適學問廣泛，胡適答說：「我的方面是多，但都是開山的工作，不能更進一步的研究。」[2]就以《西遊記》來說，〈《西遊記》考證〉為以下這些區塊做了示範性的鋪陳：前生故事，作者印證、白話語文、藝術評價等等。

二

前人學研成果或偏差或匱乏。胡適一馬當先，自己收集文獻，就有限的資源大膽假設、

1 胡適，〈《西遊記》考證〉，《胡適古典文學研究論集》下冊，上海古籍出版社，一九八八年八月，頁八八六—九二五。

2 胡頌平編撰《胡適之先生晚年談話錄》，台北聯經出版社，一九八四年，頁一一七。

小心求證。有些論點後來難免需要改正。他屢次坦然修訂錯誤，樹立不固執己見的典範。但仍有他未及討論的議題。在《西遊記》領域，《西遊記雜劇》作者認證即是個例子。根據蔡鐵鷹，「雜劇《西遊記》原署〔元〕吳昌齡，但現在一般都據孫楷第的考證署〔明〕楊景賢。」[3]以下這些胡適文獻提及吳昌齡《西遊記》，可能應是楊景賢《西遊記雜劇》：〈《西遊記》考證〉，〈跋《銷釋真空寶卷》〉[4]，以及兩則日記（一九三一年三月十三日和一九三五年五月十八日）。[5]第一則日記收錄鹽谷溫印本「吳昌齡《西遊記》的取經故事」目錄。這個目錄除了幾個字之外，和蔡鐵鷹《西遊記資料彙編》所收全同。[6]舉三個胡蔡異字例子：「木義售馬」作「木叉售馬」；「細犬擒豬」作「細犬禽豬」；「鐵扇凶威」作「鐵扇兇威」。第二則日記錄述讀後意見：「讀吳昌齡的《西遊記》，甚不喜之。此書的見解凡庸，詞筆甚陋，開明人的傳奇風氣，已失掉元人的白話文學的好處。」胡適日記所抄劇目旁邊間或出現簡短的內容描述，所以一九三一年讀的或許不僅是目錄而已。他可能在一

3 蔡鐵鷹《西遊記資料彙編》上冊，北京中華書局，二〇一〇年六月，頁四二六。

4 胡適，一九三一年三月十五日〈跋《銷釋真空寶卷》〉，《胡適古典文學研究論集》下冊，上海古籍出版社，一九八八年八月，頁九五一。

5 《胡適日記全集》一版，台北聯經出版社，二〇一八年九月。這兩則日記分別是第六冊，頁五二五—五二七，以及第七冊，頁二〇六。謝謝中研院趙麗婷小姐幫忙查證資料。

6 蔡鐵鷹《西遊記資料彙編》上冊，見註3，頁二四八—四二六。

九三一年第一次，然後在一九三五年第二次，讀《西遊記雜劇》。

三

胡適自己知道〈《西遊記》考證〉有其局限。一九六一年十月二十五日胡適覆趙聰信，承認自己「不配」談《西遊記》小說版本問題：

我寫〈西遊記考證〉的時候，此書的許多版本還沒有出現，我看見的版本太少，不配談版本問題。《胡適論學近著》裡曾收〈跋四遊記本的西遊記傳〉短文，台北版《胡適文存》四集原想把此篇刪去的，因為我用的《西遊記》是嘉慶年間的本子。後來此文保存了，我至今引為遺憾。此文最可表示我所見《西遊記》版本的貧乏。[7]

〈《西遊記》考證〉之後，胡適的論見確實有所改變。該文結語兩次強調「至多不過是」，相當決絕，否定其他詮釋的可能：

[7] 胡頌平編著《胡適之先生年譜長編初稿》增補版，第十冊，台北聯經出版社，二〇一五年六月，頁三七八八。

這部《西遊記》至多不過是一部很有趣味的滑稽小說，神話小說；他並沒有什麼微妙的意思，他至多不過是有一點愛罵人的玩世主義。這點玩世主義也是很明白的；他並不隱藏，我們也不用深求。

大約二十年後，胡適為亞瑟・偉利（Arthur David Waley，1889-1966）英譯縮減本《西遊記》作序，不再說類似「至多不過是」的話，不再排斥其他的小說詮釋。

Freed from all kinds of allegorical interpretations by Buddhist, Taoist, and Confucianist commentators, *Monkey* is simply a book of good humor, profound nonsense, good-natured satire, and delightful entertainment.[8]

（我的中譯）

擺脫了佛教、道家和儒家評論家的各種寓言解讀，《西遊記》這本書有上乘的幽默，入木三分的瞎鬧，用意良善的諷刺，以及悅人的娛樂。

---

[8] Wu Cheng-En, *Monkey*, translated by Arthur Wally, Grove Press, New York, 1943, p5.

從〈《西遊記》考證〉到這篇英文序文，胡適的《西遊記》詮釋從封閉轉型為開放。心態開放，小說體會變得靈敏。我們可以合理假設大部份華人讀者對於胡適英文著述涉獵有限。如果這個假設成立，胡適於華人讀者的影響，〈《西遊記》考證〉遠超過那篇英文序文。康丹（Daniel Kane，1948–2021）指稱那篇胡適英文序文曾經影響好幾代讀者。[9]欠妥。康丹未能辨認上述胡適論見的轉變，錯誤評估胡適的影響。

同樣重要的是《西遊記》小說語調的定位。英文名詞satire，諷刺，也可譯為「滑稽戲」，涉及滑稽，但胡適加了形容詞「用意良善，good-natured」，強調格局雅緻，不是下流的滑稽。比起〈《西遊記》考證〉的「滑稽」，此時措詞講求精準。

英文序文直言「幽默，humor」。「幽默」是林語堂的中譯。〈《西遊記》考證〉諱言「幽默」一詞，可能因為當時那個譯詞尚未被廣泛接受。根據前引的胡適英文序言，我們知道〈《西遊記》考證〉的「滑稽」近「幽默」，並非以「滑稽」意涉粗鄙。胡適晚年用「詼諧風趣」來描述這部小說的語調。一九六一年十月二十五日覆趙聰信有句：「我最賞識《西

[9] Daniel Kane, Introduction, Timothy Richard, *The Monkey King's Amazing Adventures*, TUTTLE Publishing, Tokyo, 2008, p.xxv。

遊記》的詼諧風趣」。[10]

胡適曾再度肯定〈《西遊記》考證〉的這個看法：《華嚴經》善財童子故事影響《西遊記》。一九四六年五月十日胡適日記有句「我曾指出」，即指〈《西遊記》考證〉。這則日記添加了善財童子故事影響《西遊記》的證據：「其中第二十七參，見觀自在菩薩，竟有點《西遊記》意味了。」

> 《華嚴經》的善財童子故事，——歷一百十城，參五十三個善知識，——我曾指出，此書定影響了《西遊記》故事（八十一難）。其中第二十七參，見觀自在菩薩，竟有點《西遊記》意味了。其第九參，見勝熱婆羅門，也有點小說意味。
>
> 善財的故事的中心教訓是：「善男子，汝已發心，欲成就一切智，應決定求真善知識，勿生疲懈；見善知識，勿生厭足；於善知識，所有教誨，皆應隨順」。禪宗之行腳，即是實行此意。[11]

10　《胡適之先生年譜長編初稿》增補版，第十冊，見註7，頁三七八九。

11　《胡適日記全集》二版，第八冊，台北聯經出版社，二〇一八年九月，頁二三三一。日記全集第十冊，「人名索引」，頁二六六，「善財」只列「第七冊，頁二五八」。應該加上「第八冊，頁二三三一」。

《華嚴經》善財童子參見觀音的故事，予《西遊記》有個淺顯易見的影響。觀音菩薩收降紅孩兒，賜名善財童子，令他一步一拜，拜到落伽山才停止。紅孩兒歸成正果的過程有個五十三參的提法：「那妖精早歸了正果，五十三參，參拜觀音。」《華嚴經》和《西遊記》都講善財童子和五十三參。吳承恩肯定讀過《華嚴經》或相關文獻，然後推陳出新，重新界定「五十三參」的意義。

胡適注重小說結構和宏觀意義，由《華嚴經》的五十三參和《西遊記》的八十一難想到數次之多。兩者都需「勿生疲懈」、「勿生厭足」、「所有教誨，皆應隨順」諸義。胡適進而提到禪宗行腳，建議《西遊記》的禪宗意義，在於悟道艱難，需要再接再厲的努力。《華嚴經》予《西遊記》的影響不一而足。

四

一直到晚年，胡適仍有新的《西遊記》心得。胡頌平記錄胡適晚年談話，有筆一九六一年五月十日的資料：

> 談起「多謝」二字，《西遊記》九十四回用「聒噪、聒噪」，跟我徽州的「咶噪、咶噪」同一語根。我二哥從前告訴我過，——他是很有學問的，可惜早死了，——《紅

樓夢》用的「生受」二字，也是「多謝」的意思。[12]

胡適的提法並不完全創新。一九六七年台灣中華書局《辭海》沒有「聒噪」條。但《國語辭典》有兩種「聒噪」定義。其一，吵鬧不休。其二，打擾，有致謝的含意。這第二義通胡適的「多謝」。《漢語詞典》指出這個詞的草根性，也與胡適的「多謝」相關：「聒噪」是「江湖上打招呼用的習慣語」。

胡適這則談話的價值在於證明「聒噪」的近代性：遲至民國初年它的徽州版本仍在民間使用。它不是舊小說裡的死的語言。

胡適只提《西遊記》的一個「聒噪」例子。《西遊記》至少五度出現「聒噪」。其中四次符合「多謝」之義：第三回兩次，第八十六和第九十四回各一次。只有一次使用「吵鬧不休」之義：第八十四回。

《水滸傳》至少有兩個「聒噪」用吵鬧不休之義（第三和第四十六回），以及兩個用致謝之義（第十六和第二十四回）。其中第十六回用「聒噪」來致謝的是個群體：「正是晁蓋、吳用、公孫勝、劉唐、三阮這七個」。也就是說：眾人同時說同一件事。第二十四回的

12 《胡適之先生晚年談話錄》，見註2，頁一七四。

例子也有趣，「聒噪」用作動詞，後頭直接跟著受詞：「鄆哥道：『聒噪阿叔』」。

同樣是口頭道謝，「聒噪」氣粗，「生受」優雅。《紅樓夢》使用「生受」的角色都是女性：宋媽媽（第三十七回）、賴嬤嬤（第四十五回）、柳氏（第六十回）。《西遊記》和《水滸傳》都有用「聒噪」來展現粗獷江湖氣度的例子。《西遊記》使用「聒噪」來致謝的角色僅限於悟空和八戒。他們用「聒噪」致謝的時候，都像水滸好漢那般豪邁。

就「聒噪」的用途而言，《西遊記》大於《水滸傳》。在前者的故事情境裡，玉帝主管的官僚體系從來不主動用「聒噪」那種粗糙口語。但鄉野俚語直沖金闕雲宮靈霄寶殿。首先在悟空搶劫武器和衣物之後，四海龍王聽到悟空告別：「悟空將金冠、金甲、雲履都穿戴停當，使動如意棒，一路打出去，對眾龍道：『聒噪，聒噪。』」然後四海龍王呈報表文，忠實記錄那個強盜的用詞：「但云：『聒噪！聒噪！』果然無敵，甚為難制。」玉帝一讀就懂。

《西遊記》非僅展示神明聰明，通曉人類日常語言，也隱射他們無論住在那裡（天上、地下，水底），都為了紛紛擾擾的塵世而存在。他們關切並保佑那爭端不斷的人類社會。《西遊記》用「聒噪」來配合這部小說濃厚的人本主義。

五

胡適對《西遊記》歷史原型人物玄奘的興趣大致有兩個部份：玄奘創立的法相宗和玄奘

的譯經方式。

其一，胡適好奇於法相宗未能傳播的原因。一九一九年八月五日，胡適與《道學論衡》作者太虛和尚談佛學。當天日記記錄太虛如何解釋法相宗不發達：

他說法相宗不發達的原因很詳細。
1.禪宗之發達。
2.華嚴宗之發達。
3.密宗之興。
4.政治的原因。——唐武宗滅佛法最有力。因以前屢次滅佛法時，中國正分為南北，可以逃避。此次滅佛法，中國正當統一時代，故影響最大。[13]

一九二七年五月十一日胡適日記從佛教華化角度去解釋法相宗被邊緣化：

總之，五、六、七三個世紀為佛教思想「中國化」的時期。「中國化」者，去其不堪

13 《胡適日記全集》二版，第二冊，見註5，頁五四六。

的部份，選擇其最精采的部分，以適應於中國人士的心理，是也。其保存的部分之中，最重要的有三項：

1. 念佛法門。

2. 禪法（yoga cherebhumi）。

3. 般若波羅密的哲學——「中道」的一派。

中國佛教在五世紀以後的發達不出此三途。法相之哲學，密宗之迷信皆不夠資格。[14]

其二，玄奘譯經方式。胡適〈《西遊記》考證〉廣泛引用玄奘弟子寫的《大慈恩寺三藏法師傳》，但沒提其中的玄奘譯經方式。一九六〇年二月八日胡適在私談裡補充說明玄奘譯經方式，資料來源即《大慈恩寺三藏法師傳》。

佛經的名著，多是鳩摩羅什譯的，如《維摩詰經》等都是。唐玄奘是主張直譯的，所以玄奘譯的經典，倒沒有人來讀的。那時翻譯的許多人：一個人在讀梵文，一個人用中國意思講出來，另外一個人來筆記。最後送給幾位翰林去潤飾，這好像現在製造汽

14 《胡適日記全集》二版，第四冊，見註5，頁六九一。

> 車工廠似的，這邊把原料交給工廠，那邊一輛汽車出來了。他們譯的文字，在當時算是白話，所以之乎也者這些字很少用，但因為我們的文字不夠用，所以譯得不夠明顯。那時我們的文字對於印度那種奇離的思想是不夠用的，他們的直譯如『三藐三菩提』，誰也沒有看得懂。[15]

這位中國近代白話文學運動大師一直對人類語言的生態演化感到興趣。

六

胡適晚年間斷研究「十殿閻王」，但從未將所有的研究心得匯集成一篇文章。在《西遊記》小說中，十殿閻王的群體命名大致如下：「十王」、「十代冥王」、「十殿王」、「十代閻王」、「十殿陰君」。我從閱讀《西遊記》小說的角度，把胡適零零散散的相關意見歸納成四點，以彌補胡適沒有撰文討論這個議題的遺憾。

---

15 《胡適之先生晚年談話錄》，見註2，頁四十五—四十六。

（一）「忤」和「仵」相通

一九六一年七月十八日胡適筆記：「忤官王又作『仵官王』」。[16]我建議「初江王」和「楚江王」相通。如此一來，十殿閻王名字可以這樣總結：在《西遊記》小說裡十殿閻王出現三次，有兩組名稱。第一組出現在第三回和第十一回。第二組出現在第五十八回。以下摘錄自我手上的三個版本（人民文學版、三民版、里仁版），以及一九六一年七月十八日胡適筆記的有限數據。

第三回：秦廣王、初江王、宋帝王、忤官王、閻羅王、平等王、泰山王、都市王、卞城王、轉輪王。」（人民文學版和三民版同。里仁版改「初江王」為「楚江王」。）

第十一回（里仁版是第十回。人民文學版、三民版、和胡適用的嘉慶年間的《西遊記》版本都是第十一回）：秦廣王、初江王、宋帝王、仵官王、閻羅王、平等王、泰山王、都市王、卞城王、轉輪王。（人民文學版和三民版同。里仁版改「初江王」為「楚江王」。）

第五十八回：秦廣王、楚江王、宋帝王、卞城王、閻羅王、平等王、泰山王、都市王、忤官王、轉輪王。（人民文學版、三民版、里仁版、和胡適用的嘉慶年間的《西遊記》版本

---

16 《胡適之先生年譜長編初稿》增補版，第十冊，見註7，頁三六七〇。此文以〈十殿閻王〉為篇名，收入《胡適古典文學研究論集》，見註1，頁九七六—九七七。

都同。）

（二）「十殿閻王」由來已久

一九六一年八月九日胡頌平記錄胡適持續研究「十殿閻王」。「十殿閻王」出現在敦煌石室，已有一千多年的歷史。

> 先生近來收集「十殿閻王」的材料。今天在看《敦煌文獻》影印本，其中有一本是敦煌石室內畫的十殿閻王殿的圖畫。原書都是彩色的。先生說：「這些畫，至少是唐代或五代的畫，也有一千多年了，和現在我們在廟宇裡看見的差不多。」這書裡的十殿閻王是：
>
> 第一七日過秦廣王
> 第二七日過初江王
> 第二七日過宋帝王
> 第二七日過五官王
> 第二七日過羅閻王

第二七日過變成王
第二七日過太山王
第二七日過平正王
第二七日過都市王
第二七日過五道轉輪王[17]

顯然，相對於《西遊記》，《敦煌文獻》十殿閻王的官銜和順序都略為不同。

（三）「十殿閻王」之中的閻羅王源自佛經

一九六一年八月二十五日，胡適寫完「倫敦大英博物館藏的十一本《閻羅王授記經》」（上）。胡頌平認為此文裡約五千字是關於「十殿閻王」的考證文字，並歸納其大要，主要是認出比《閻羅王授記經》「更早、更原始的幾種形式。最早的形式在一千三百多年前已出現了。」

同年八月二十九日胡適寫完「倫敦大英博物館藏的十一本《閻羅王授記經》」（下）。

---

17 《胡適之先生年譜長編初稿》增補版，第十冊，見註7，頁三六九三。

結論之一是：「《閻羅王授記經》是有意模仿《大般涅槃經》一系的偽經。」[18]

（四）「十殿閻王」是道教神仙

胡適認為「十殿閻王」是道教神仙。一九六一年七月十八日胡適筆記說忤官王：「是道教的十殿閻王之一。」這個理解幫助我們瞭解《西遊記》小說語境裡佛教和道教共治天下的微妙。我曾指出：十殿閻王的主管是地藏王菩薩，然而地獄的森羅殿得向玉帝天庭匯報工作。指揮系統白上而下是：道教（玉帝天庭）、佛教（地藏王菩薩）、然後道教（十殿閻王）。地藏王菩薩寫狀子報告齊天大聖塗改森羅殿生死簿的罪行，但是提著那份表文去天庭呈報的是十殿閻王居首的秦廣王。佛教的菩薩（如地藏王菩薩）不以屬臣的身份去天庭。[19]如來佛祖和觀音菩薩拜訪天庭，都是受到尊重的客人身份。

胡適主張容忍異己比爭取自由還更重要，想必欣賞這部小說裡佛教和道教共存的情況：和平共處，積極合作，維護人類社會的秩序和福祉。

18　《胡適之先生年譜長編初稿》增補版，第十冊，見註7，頁三七〇八—三七一〇，頁三七一六—三七二〇。

19　高全之《重探西遊記》，台北聯經出版社，二〇一八年十一月，頁二四八—二四九。

七

前文記錄的多是胡適的《西遊記》思辨。現在加上一則胡適並非針對這部作品而發的意見。因為議題性質密切相關，對《西遊記》研究而言，也是至關重要。

現代讀者大都接受《西遊記》第九回為全書不可或缺的一部分。余國藩認為《西遊記》第九回很可能出自「晚明廣東編者」朱鼎臣的手筆，後來「清代編者再予以潤色」。[20]第九回情節曲折：十八年後母（殷溫嬌）子（玄奘）團圓，玄奘復仇成功，壞人劉洪被處決，父親陳光蕊起死回生。令現代讀者錯愕的發展或是：母親殷溫嬌如願「從容自盡」，以便為自己違反「婦人從一而終」而做個交代。作者藉此肯定殷溫嬌，因為她符合女性的行為標準。這個道德論辯的主軸似是：女人被強暴之後，應該為了維護名節而自盡。殷溫嬌內在化了那個貞操觀念。

這個歧視婦女的概念遙相呼應悟空訓斥寶象國三公主的態度。三公主被妖怪奎木狼強逼結婚，生了兩個孩子。悟空責備她「將身陪伴妖精，更不思念父母」，所以「不孝」。三公主面對自以為是的悟空，說自己曾有自盡的念頭，而且苟且偷生，「誠為天地間一大

20 余國藩〈《西遊記》的敘事結構與第九回的問題〉，收入李奭學譯，余國藩著《西遊記論集》，台北聯經出版事業公司，一九八九年十月，頁二一八—二一九。

罪人也」。三公主是否言不由衷，屬文學詮釋的範疇，我們暫且不論。但悟空展示大男人主義，則昭然若揭。余國藩認為我們接受第九回的理由在於此回與全書文字敘述基本特徵「和諧」。現在我們看出第九回和全書搭配的另外一個理由：性別歧視。

一九二〇年，胡適私信駁斥了那個道德論辯。來信出自自稱學生的蕭宜森。蕭有個朋友的姐姐曾被土匪擄去，然後歸還。那個弟弟以此事為他家奇恥大辱。蕭信提問如下：

> 按著中國的舊思想，我這位朋友的姐姐就應當為人輕看，一生受人的侮慢，受人的笑罵。但不知按著新思想，這樣的女人應居如何的地位？學生要問的就是：
>
> 1. 一個女子被污辱，不是他自願的，這女子是不是應當自殺？
> 2. 若這樣的女子不自殺，他的貞操是不是算有缺欠？他的人格的尊嚴是不是被減殺？他應當受人的輕看不？
> 3. 一個男子若娶一個曾被污辱的女子，他的人格是不是被減殺？應否受輕看？

《西遊記》小說第九回有很多段溫嬌原本不應自殺的理由：刻意生下陳光蕊的骨肉，然後忍辱偷生，以便復仇。但是陳光蕊迴生之後，相同的基本問題再次迫在眉睫：女子遭受強暴，應為維護名節而犧牲生命？這封胡適私信證明遲至民國時代，類似《西遊記》歧視婦女的觀念仍然存在。明朝時代「婦人從一而終」的女性歧視，竟然是近代中國記憶的一部份。

兩案互通有無。容我們傾聽同年六月廿二日，胡適的答覆：

1. 女子為強暴所污，不必自殺。

我們男子夜行，遇有強盜，他用手槍指著你，叫你把銀錢戒指拿下來送給他。你手無寸鐵，只好依著他吩咐。這算不得懦怯。女子被污，平心想來，與此無異。都只是一種「害之中取小」。不過世人不肯平心著想，故妄信「餓死事極小，失節事極大」的謬說。

2. 這個失身的女子的貞操並沒有損失。

平心而論，他損失了什麼？

不過是生理上、肢體上一點變態罷了。正如我們無意中砍傷了一隻手指，或是被毒蛇咬了一口，或是被汽車碰傷了一根骨頭。社會上的人應該憐惜他，不應該輕視他。

3. 娶一個被污了的女子，與娶一個「處女」，究竟有什麼分別？

若有人敢打破這種「處女迷信」，我們應該敬重他。[21]

我們需要更多的胡適。我們應該防止像殷溫嬌那樣的悲劇事件。胡適思想值得後人關注的不止性別平等而已。有些議題，比如知識份子言責，從政考量等等，或需更長的時間，在瀰漫四起的硝煙沉澱下來後，才能顯示其邏輯的精巧和價值。

21 中國社會科學院近代史研究所編，《胡適來往書信選》上冊，中華書局香港分局，一九八三年十一月，頁九九—一〇〇。

記實和迷思

——《大慈恩寺三藏法師傳》的書寫策略

一九三三年十二月二十六日胡適日記這麼說：就他所知的中華民族歷史人物傳記而言，二千五百年中，只有四部夠格。胡適日記列舉的四部傳記之中，第四部是：「慧立的《慈恩大法師傳》」。[1]

一九六〇年二月八日胡適在私談裡提到唐玄奘的譯經方式：「那時翻譯的許多人：一個人在讀梵文，一個人用中國意思講出來，另外一個人來筆記。最後送給幾位翰林去潤飾，這好像現在製造汽車工廠似的，這邊把原料交給工廠，那邊一輛汽車出來了。」[2]我們可以合理猜測：胡適私談的資料出自《大慈恩寺三藏法師傳》，即胡適日記說的慧立《慈恩大法師傳》，下文簡稱《法師傳》。《法師傳》第八卷：玄奘拜託前來慈恩寺探訪的兩位官員，代為請求唐高宗運用朝廷資源來支持釋經。玄奘舉了歷史上的三個合譯例子：符堅時曇摩難提譯經，黃門侍郎趙整執筆；姚興時鳩摩羅什譯經，姚主及安城侯姚嵩執筆；後魏菩提留支譯經，侍中崔光執筆。玄奘並說貞觀初期仍有政府官員「監閱詳緝」譯經之事。唐高宗聽到奏報之後就指定幾個大臣加入譯經團隊：「時為看閱，有不穩便處即隨事潤色。」

胡適認為《法師傳》反映玄奘譯經工作流程的實情。我們沒有理由質疑《法師傳》玄奘譯經工作流程的記實性質。但這個觀點提醒我們：《法師傳》敘述邏輯存有內在矛盾。

1　《胡適日記全集》二版，第六冊，台北聯經出版社，二〇一八年九月十九日，頁七三七。
2　胡頌平編著《胡適之先生晚年談話錄》，台北聯經出版社，一九八四年，頁四十五—四十六。

胡適沒有討論《法師傳》另外一個，與記實背道而馳的，寫作策略：鼓吹迷思。《法師傳》是宗教文獻，難免記載奇蹟。最廣為人知的大概是玄奘在取經行旅中頌唸觀音菩薩聖號以及《心經》來擺脫惡魔。其實在他出發前，那看似簡單的、玄奘學得《心經》的記載，也是個神秘經驗。《法師傳》三度提及《心經》。前兩次屬於第一卷。首先交代玄奘接觸《心經》的機緣：「初法師在蜀見一病人。身瘡臭穢衣服破污。愍將向寺施與衣服飲食之直。病者慚愧乃授法師此經。」事件發生時刻清楚：「初」即「先前」，意指玄奘西行取經出發之前。《法師傳》沒說細節：傳授方式是口授或是贈與書寫版《心經》，那位病患是否漢人，傳授的經文是梵文或當時已有的中譯。

《心經》至少有七種中譯，其中包括鳩摩羅什的版本。[3]《高僧傳》講鳩摩羅什的卒年難予確定。就其提到的幾個可能年份看來，鳩摩羅什卒年比歷史玄奘生年約早一百九十年。鳩摩羅什譯經肯定在玄奘（六〇二—六六四）生前已經存在。不止於此，在玄奘生前，鳩摩羅什是占主導地位的翻譯大家。《法師傳》提到鳩摩羅什，絕非偶然。前引胡適私談，清楚說明：「佛經的名著，多是鳩摩羅什譯的，如《維摩詰經》等都是。唐玄奘是主張直譯的，所以玄奘譯的經典，倒沒有人來讀的。」歷史玄奘西行之前，遍訪佛寺，向高僧學佛，不大

3 星雲大師編著《佛教——經典》，《佛教》叢書之一，高雄縣佛光出版社，一九九五，頁一八八—一八九。

可能完全不知道鳩摩羅什《心經》譯版的存在。我們可以合理推測：玄奘譯經，必然有個如何超越前賢的問題。在他的面前，一定有座名為鳩摩羅什的大山需要超越。

玄奘完全無知於前人（包括鳩摩羅什在內）譯版的可能性很小。為了公平起見，我們願意想像另外一個可能性：佛經譯作的競爭。《法師傳》由玄奘弟子所寫，所以可能故意避免說玄奘初學的《心經》是當時已有的前人的翻譯。《法師傳》刻意留空，不想承認任何翻譯前輩對玄奘西行，以及後來的恢弘譯業，曾經產生任何影響。我們無意責怪。玄奘弟子維護傳主地位，關切佛經譯場競爭。當然可以理解。

玄奘學得《心經》的神秘經驗曾經引發重重疑竇。後續的西遊故事編撰者果然在《法師傳》的模糊空間裡大展身手。我隨手拈來兩個著名的例子。第一例是被視為唐代作品的《大唐三藏取經詩話》。那個故事講玄奘取經回程路上，在盤律國香林市，定光佛「袖出《多心經》」，授予玄奘。所以是份書面版本。[4]第二例是宋代的《太平廣記》。該書〈異僧六〉，玄奘西行途中，在罽賓國，老僧「口授多心經一卷」。

> 沙門玄奘俗姓陳，偃師縣人也。幼聰慧，有操行。唐武德初，往西域取經。行至罽

---

4 《大唐三藏取經詩話》，收入蔡鐵鷹《西遊記資料彙編》（北京：中華書局，二〇一〇年六月），頁九〇—九一。

> 賓國。道險，虎豹不可過。奘不知為計。乃鏁房門而坐。至夕開門，見一老僧，頭面瘡痍，身體膿血。牀上獨坐。莫知來由。奘乃禮拜勤求。僧口授多心經一卷。令奘誦之。遂得山川平易，道路開闢，虎豹藏形，魔鬼潛跡。遂至佛國。取經六百餘部而歸。其多心經至今誦之。初奘將往西域，於靈巖寺見有松一樹，奘立於庭。以手摩其枝曰：「吾西去求佛教，汝可西長；若吾歸。即卻東迴。使吾弟子知之。」及去，其枝年年西指，約長數丈。一年忽東迴。門人弟子曰：「教主歸矣。乃西迎之。奘果還。至今眾謂此松為摩頂松。（出《獨異志》及《唐新語》）

吳承恩知道歷史玄奘與《心經》的關係頗為神秘，充分利用西遊故事發展傳統裡的想像自由。《西遊記》第十九回，《心經》出自烏巢禪師，傳授方式是「口授」，時刻是西行去程之中。

這些資料告訴我們：在《西遊記》小說成書歷史裡，《法師傳》很早就開始不具絕對性的約束力。從唐朝到明朝，後世西遊故事編撰者自由想像的空間很大。或許基於對玄奘譯經功業的尊重，有關玄奘受傳《心經》的方式，大都傾向於神話化，讓玄奘直接受傳於神秘的來源（定光佛、老僧、烏巢禪師等等），完全不提玄奘之前的譯本。

我列表比較這四份玄奘初涉《心經》的過程記錄，以便瞭解《法師傳》對後世西遊文學的影響在於啟發，而非制約：

	傳經時刻	傳經者	方式	梵文／中文
《大慈恩寺三藏法師傳》	西行取經出發之前	蜀，病患者	不明確	不明確
《大唐三藏取經詩話》	取經回程路上	定光佛	書面形式	不明確
《太平廣記》異僧六	往西域路上	老僧	口授	不明確
《西遊記》小說	往西域路上	烏巢禪師	口授	玄奘中譯

由此列表可看出，因為前生故事的延伸已經彈性而且活潑，《西遊記》小說在三藏初涉《心經》的過程上最為突破性的藝術安排並不在於傳經時刻（西行去程之中）、來源（烏巢禪師）、或媒介（口授）。《西遊記》小說多人（三藏、悟空、八戒）同時受傳，也非創意，因為《大唐三藏取經詩話》定心佛當著法師和隨從一共七人，授與《心經》。當時定心佛的教言裡清楚說明受傳者是七個人：「今乃四月，授汝《心經》，七月十五日，法師等七人，時至當返天堂。」《西遊記》小說最為突破性的藝術巧思在於受傳者的不同反應。由於是口授，在場聽眾都是受傳者，避免單本經書是否在受傳者之間傳閱完成的懸問。吳承恩確

認受傳者悟性差異，那是西遊故事演進歷史上的創舉，無可置疑的里程碑。八戒沒有興趣參與。三藏和悟空多次相互切磋，最後產生所謂「真解」，那是西遊故事演進歷史的高峰。本書所收〈明知山有虎——《西遊記》的《心經》〉將詳細討論《西遊記》的《心經》詮釋。

上表未必彙集了玄奘初涉《心經》的所有記錄。但我們可以合理假設：迄今為止，尚無令人信服的，關於歷史玄奘接受《心經》的記實文獻。星雲大師編著《佛教》叢書，專章介紹《般若波羅蜜多心經》，循例介紹主要譯者唐玄奘生平，乾脆忽略在四川遇見病患而得傳《心經》的事件，只提西行途中「但念觀世音菩薩及《般若心經》，於是得免一切艱難危險。」[5]這項省略似乎是刻意避免——前文提到的——前賢（如鳩摩羅什）《心經》譯版無緣無故「消失無蹤」的疑問。

5 見註3，頁一八二。

明知山有虎

——《西遊記》的《心經》

一

魯迅說《西遊記》小說作者「尤未學佛」。[1]欠妥。吳承恩當然學過佛。本書所收〈價值取向——吳承恩詩文的身份認同〉指出：吳承恩詩文自稱「居士」。居士是沒有正式出家的佛門弟子。曹炳建遍查《西遊記》所引佛教經目，作出以下結論：「作者對佛教經目和有關典故還是相當熟悉的，作者對佛教的認識已經達到當時普通儒生所能達到的高度。」根據曹炳建，「《西遊記》實際所涉案到的佛教經目共計四十四種」。[2]《西遊記》所引佛經以《心經》最為重要，這是唯一經文全錄，而且在故事語境裡屢被討論的佛經。

魯迅論斷值得一提，因為《西遊記》允許我們想像：吳承恩預料自己的佛經解讀會引起負面反應，但仍毅然決然鋪陳《心經》詮釋。相關的問題非常有趣。吳承恩如何詮釋《心經》？三藏和悟空多次討論之後，由三藏宣布悟空已得「真解」。然而三藏或悟空都沒明確說明真解為何。兩人研討的終點景觀相當模糊。「真解」的定義是什麼？吳承恩預料的反動是什麼？為何明知山有虎，偏向虎山行？

---

1 魯迅《中國小說史略》，《魯迅全集》第九卷，北京人民文學出版社，二〇〇五年十一月，頁一七二。

2 曹炳建〈《西遊記》中所見佛教經目考〉，蔡鐵鷹《西遊記資料彙編》，北京中華書局，二〇一〇年六月，頁一二八九—一二九八。

在回答那些問題之前，我們首先按步就班，依次闡明三藏和悟空各個學習階段的定義。本文將討論吳承恩《心經》「真解」的五個步驟：背誦、理解、執行、擺脫文字束縛、以及容忍瑕疵。如圖一所示，那是個循序漸進的過程。

二

吳承恩安排三藏、悟空、八戒同時聽取烏巢禪師口授經文，目的是允許他們以後相互切蹉。取經途中，三藏和悟空四度討論《心經》，在前三個討論的開端，悟空都訊問三藏是否

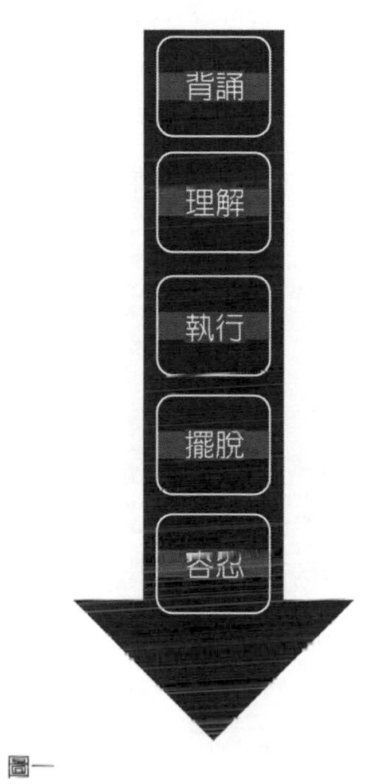

圖一
《西遊記》小說《心經》「真解」的過程

忘了經文。可見牢記的重要。但吳承恩《心經》「真解」的第一個步驟是背誦。牢記不夠，要出聲誦念。三藏、悟空、八戒一起接受經文。只有三藏勤於持誦。很可理解。在整個西遊記故事發展的傳統裡，小說三藏延續了歷史玄奘勤於持誦的傳統。

《大慈恩寺三藏法師傳》第一卷講玄奘西行，獨自一人（「顧影唯一」）穿越長八百餘里的沙河，「上無飛鳥下無走獸。復無水草」，為了驅散環繞四周的鬼怪或奇形怪狀的動物，僅念觀音菩薩法號沒用，必須誦吟般若心經：「因常誦習（按：指《心經》）至沙河間。逢諸惡鬼奇狀異類遶人前後。雖念觀音不能令去。及誦此經發聲皆散。在危獲濟實所憑焉。」《般若心經》即《心經》。吟誦起來，本經比觀音法號產生更為神奇的效應。

為何背誦經文重要？《法師傳》說玄奘西行路上誦唸自四川病患學到的《心經》，沒說他使用華語還是梵語，誦唸時候是否理解經義。但那不重要，因為密教支持不完全理解式的誦唸。這點說得過去。沒問題。但這是一個相當有趣的情況。歷史文獻記載了玄奘的密藏興趣。玄奘《大唐西域記》記錄烏仗那國奉行大乘佛法的僧徒：「寂定為業，善誦其文，未究深義。戒行清潔，特閑禁呪。」「閑」指嫻熟，「禁咒」是「佛菩薩在禪定後所發出秘密語言」，是種咒術。[3]莎莉．哈維．芮根斯正確無誤指出：玄奘的記述並無貶讑烏丈那國那些

3 《大唐西域記校注》，玄奘、辯機原著，季羨林等校注（台北新文豐出版公司，二〇〇一年七月台一版），頁二七〇—二七二。

大乘僧人之意。玄奘帶回中原的佛經裡就有密咒經文。「玄奘正是最先把密藏引進中國的高僧之一。他對佛教信仰和修行法門兼容並蓄的態度，可能遠遠超乎世人料想之外。」[4]

歷史玄奘兼顧佛教的密教和顯教。那個左右逢源的包容也反應在他的《心經》譯筆上。玄奘譯版《心經》強調該經的咒語部分：「故知般若波羅蜜多，是大神咒，是大明咒，是無上咒，是無等等咒，能除一切苦，真實不虛。」一口氣講那麼多個「咒」字，當然意在鼓勵誦唸。玄奘譯文混用音譯和意譯。現代學者藉由註解去註釋音譯的梵文字詞，但我們吟誦音譯文字之時，仍需像念咒那樣按照字音發聲。玄奘譯版《心經》以十八字的咒語結束：「故說般若波羅蜜多咒，即說咒曰：『揭諦揭諦，波羅揭諦，波羅僧揭諦，菩提薩婆訶！』」那十八字的咒語譯成漢語即是：「去吧！去吧！到彼岸去吧！用般若的智慧，讓我們速登正覺的彼岸。」[5]意譯失去了音譯的押韻。誦讀意譯就不是念咒了。

鳩摩羅什翻譯本經，經名《般若波羅蜜大明咒經》。逕稱「大明咒經」。可見整部經，而不是部分經文，應予以咒唸。

我們大可假設玄奘西行途中吟誦的經文大意不出今日我們所知的，收入《西遊記》小說的，玄奘譯版《心經》。無論當時情況如何，《法師傳》強調玄奘只需背誦就「在危獲

4 莎莉・哈維・芮根斯著，杜默譯《玄奘絲路行》（台北足智文化，二〇一八年九月），頁九八—九九。

5 星雲大師編著《佛教——經典》，《佛教》叢書之二，高雄縣佛光出版社，一九九五，頁一八八。

濟」，誦念效果在於排除擾亂心情的亂象及其引發的恐懼。至於那些「惡鬼奇狀異類」是否實際存在，則屬宗教信仰範疇。讀者大可相信外在魔鬼的存在，而且朗誦本經具有驅逐魔鬼的神效。那是無可厚非的看法。

有些學者認為玄奘完成《心經》中譯的年代在他回國之後，在呈進《般若心經》之前。《法師傳》第九卷，第三次也是最後一次提及《心經》，記載唐高宗顯慶元年三月，玄奘奏表恭喜皇子（佛光王）滿月，呈進《般若心經》：「輒敢進金字般若心經一卷并函」。此時玄奘早已結束取經大業，在兩位皇帝（唐太宗，唐高宗）加持之下主持翻譯佛經的大事。呈報的《心經》應是玄奘譯本。身負佛經翻譯重任，實在沒有呈報他譯的理由。

前文引用烏仗那國的相關記述，說明從密教立場視之，誦經而「未究深義」，未必犯了什麼大錯。咒語在《西遊記》小說世界裡此起彼落。我曾簡短提過悟空因應不同目的而採用各異的念咒方式，都很有用。[6]其他例子很多。不但觀音菩薩有控制三個箍兒的經咒，銀角大王、土地、山神、虎力大仙都曾唸咒而產生特殊效果。《心經》情況不同，至少有兩個僅只背誦，無濟於事的例子。第二十回，三藏在黃風嶺戰戰兢兢誦唸《心經》，被虎先鋒一把攝去。第八十回，三藏在黑松大林誦唸《心經》，聽見求救聲，就動了慈悲心，數度拒絕悟

[6] 高全之《重探西遊記》，台北聯經出版社，二〇一八年十一月，頁二四一—二四二。

空勸說，上當要救濟金鼻白毛老鼠精變成的美女。可見在小說語境，誦唸《心經》並不一定獲益。

可能的原因是此經並不專屬密教範疇，有些部分需要理解。顯教的思維也很重要。那是下一節的話題。

三

我們現在推敲吳承恩《心經》「真解」的第二個步驟：理解。最早兩次悟空和三藏討論《心經》，悟空都直接引用屬於意譯的部份經文。

第卅二回，悟空第一次與師父討論本經，口述比原文精簡。悟空並非記錯，而是經過咀嚼後刻意修訂。

玄奘譯文：「心無罣礙；無罣礙故，無有恐怖。遠離顛倒夢想」

悟空口述：「心無罣礙：無罣礙，方無恐怖，遠離顛倒夢想」

悟空以句首「方」字代原文句尾的「故」字。原文「無有」意思是「無」，所以悟空刪除「有」。這裡「方」作「以致」解。斷句不同，突出「無罣礙」和「無恐怖」的因果關係。當然這是吳承恩的修訂版本。吳承恩強調理解，不必過度拘泥於小說裡收錄的，歷史玄奘的譯文：

行者道：「師父，出家人莫說在家話。你記得那烏巢和尚的《心經》云『心無罣礙：無罣礙，方無恐怖，遠離顛倒夢想』之言？但只是：『掃除心上垢，洗淨耳邊塵。不受苦中苦，難為人上人。』你莫生憂慮，但有老孫，就是塌下天來，可保無事，怕甚麼虎狼？」

第四十三回，悟空與師父再度討論《心經》的時候，那個在字裡行間解經的強調更為明顯。

師徒們出洞來，攀鞍上馬，找大路，篤志投西。行經一個多月，忽聽得水聲振耳。三藏大驚道：「徒弟呀，又是那裡水聲？」行者笑道：「你這老師父忒也多疑，做不得和尚。我們一同四眾，偏你聽見甚麼水聲。你把那《多心經》又忘了也？」唐僧道：「《多心經》乃浮屠山烏巢禪師口授，共五十四句，二百七十個字。我當時耳傳，至今常念，你知我忘了那句兒？」行者道：「老師父，你忘了『無眼耳鼻舌身意』。我等出家之人，眼不視色，耳不聽聲，鼻不嗅香，舌不嘗味，身不知寒暑，意不存妄想：如此謂之祛褪六賊。你如今為求經，念念在意；怕妖魔，不肯捨身；要齋吃，動舌；喜香甜，觸鼻；聞聲音，驚耳；睹事物，凝眸；招來這六賊紛紛，怎生得西天見佛？」三藏聞言，默然沉慮道：「徒弟啊，我

一自當年別聖君，奔波晝夜甚慇懃。
芒鞋踏破山頭霧，竹笠沖開嶺上雲。
夜靜猿啼殊可嘆，月明鳥噪不堪聞。
何時滿足三三行，得取如來妙法文？」

行者聽畢，忍不住鼓掌大笑道：「這師父原來只是思鄉難息。若要那三三行滿，有何難哉？常言道：『功到自然成』哩。」

悟空觀察正確。師父憂慮取經重任之完成，「為求經，念念在意」。思鄉情懷只是師父自我辯解的一種詮釋。但悟空在責怪師父之後，立即體恤人情，藉由「思鄉」理解而表示釋懷。悟空自動停止教訓師父，以身做則，示範了「意不存妄想」的行為。這個動作已經是部份經文的一種實踐。

悟空當時的《心經》解釋顯然不夠完整。他避開《心經》的核心議題：空性。對很多佛

教徒而言，空性是重要的領域。然而悟空兩次都意在化解師父的恐懼。悟空經文援引及其解釋，皆有緊急但有限的目的。悟空只是擇其所需，無意以偏概全。

我們也可從作者論述的自我約束來瞭解悟空局部但細心援引經文。吳承恩偏好較為具體而且實際的思辨。我曾指出吳承恩抄錄唐太宗《大唐三藏聖教序》，刻意跳過關於空宗有宗爭議的文句。[7]吳承恩沒有興趣在佛教空性的議題上著墨。所以悟空和師父討論《心經》內容，也跳過關於空性的文句。

悟空經文解讀與吳承恩《心經》「真解」的下一個步驟息息相關。

四

吳承恩《心經》「真解」的第三個步驟是執行。

第八十五回，兩人第三次切磋《心經》，那個實踐的訴求正式浮上檯面。重點在悟空引用頌子的尾字：「修」。直言修行的重要。

> 正歡喜處，忽見一座高山阻路。唐僧勒馬道：「徒弟們，你看這面前山勢崔巍，切須

---

7 見註6，頁七四—七五。

仔細。」行者笑道：「放心，放心，保你無事。」三藏道：「休言無事。我看那山峰挺立，遠遠的有些兇氣，暴雲飛出，漸覺驚惶，滿身麻木，神思不安。」行者笑道：「你把烏巢禪師的《多心經》早已忘了？」三藏道：「我記得。」行者道：「你雖記得，這有四句頌子，你卻忘了哩。」三藏道：「那四句？」行者道：

「佛在靈山莫遠求，靈山只在汝心頭。
人人有個靈山塔，好向靈山塔下修。」

這個頌詩講人人都有佛性，而且人人都可按照佛經指示去修行。當然這不是悟空創意。佛教要求信徒修練心性，可上追釋迦牟尼在悟道之後首次傳教提出的「八正道」。那是個人修行的行動指示。提倡佛學思想多年的精神科醫生馬克．愛潑斯坦，在他的新書裡就以八正道做為現代精神病患者的自療方法之一。[8]

我們在現存吳承恩文獻資料裡找不到這種佛教思維的痕跡。但何其幸運，我們仍可找到這個思維邏輯的起源。

---

8 Mark Epstein, M.D., Advice Not Given - A Guide To Getting Over Yourself, Penguin Press, January 16, 2018.

有些學者認為（吳承恩廿八歲就讀的）龍溪書院某些師長與陽明心學的儒者有關，所以陽明心學可能滋養了吳承恩的文學。[9]這種臆測本身無大問題。詩文證明吳承恩曾經直截了當談起宋朝儒學的一場公開辯論。吳承恩〈壽陸母朱老夫人六十障詞〉這樣開始：

> 有宋大儒，記鵝湖勝跡，天啟朱、陸。淮南名家，遠出大儒之族。[10]

基於「有宋大儒」四字，「鵝湖勝跡」大概指宋朝學者朱熹與陸九齡、陸九淵在江西鵝湖山的學術辯論。這樣「天啟朱、陸」的「朱、陸」就有所指。「天啟」兩字較需解釋。應該不是年號。宋朝沒有天啟年號，明朝的天啟年號（1621–1627）出現在吳承恩之後。如果不是年號，或可解為「啟發」或「造就」，於是「天啟朱、陸」變成：老天爺啟發（或造就）了朱、陸那樣的大學者。這是我們目前所能想到的最佳解釋。「淮南名家，遠出大儒之族」，比較好懂：「陸母朱老夫人」娘家姓朱，夫家姓陸，祝壽詞恭維她是朱熹、陸九齡、或陸九淵的後人。

牟宗三曾扼要總結這場宋儒爭議：

9　蔡鐵鷹著《吳承恩年譜》（北京中國社會科學出版社，二〇一四年九月），頁六〇—六二。
10　蔡鐵鷹箋校《吳承恩集》（北京中國社會科學出版社，二〇一四年九月）。

> 須知踐履所至之境界是一事，而其為踐履之軌範（道路）則又是一事。自其為踐履之軌範言，則不可作一境界看，而直須承當之於自己生命中以盡性。[11]

「踐履所至之境界」和「踐履之軌範（道路）」都是踐履的議題。本書所收〈時在念中——胡適的《西遊記》研究〉曾指出，胡適認為這部經典小說的禪宗意義在於——五十三參和八十一難前後呼應——禪宗行腳僧堅忍求道的精神。也是在說踐履。

前引〈壽陸母朱老夫人六十障詞〉並未在朱陸之間有所取捨。表面理由和該文目的有關：意在頌揚壽星出身名門，不必在朱陸兩家親戚關係之間厚此薄彼。然而吳承恩的措辭是「鵝湖勝跡」，嚮往之情躍然紙上。吳承恩平等對待兩者，也反映了對朱陸兩派學者鵝湖之後，互敬和諧情況的理解。[12]哲思析辨畢竟和軍事衝突、政治攻防、權力鬥爭不同，在實際生活中可以有各自表述的空間。鵝湖正面詰難以及後續辯論，都沒有阻止朱陸互相尊重。那種君子風度乃儒家思想傳統的一種高度，對明朝知識份子如吳承恩的哲思或有啟發：兼容並蓄，避免極端。這個胸襟延伸到《西遊記》小說的宗教態度：信疑程度深深淺淺，皆個人選

11　牟宗三《宋明儒學的問題與發展》（台北聯經出版社，二〇〇三年七月），頁二三三。

12　徐復觀〈象山學述〉，收入《中國思想史論集》，台灣學生書局，一九五九年十月，頁廿八。

擇，沒有絕對的對錯可言。

在吳承恩的文學世界裡，朱陸「等重」的實質意義轉變成《西遊記》的《心經》理解。經文要緊。如無經文，就沒有後來「真解」的平台，無牟宗三所說的「踐履」，無所謂超越。此所以在故事的結尾，三藏團隊一旦發現取得的是無字經卷，立即匆忙趕回靈山再度求經。如來佛祖也知道他們無法回中土交空白經卷。所以西遊取經以及《心經》學習，都在兼顧文字和付諸行動。

五

吳承恩《心經》「真解」的第四個步驟最有趣：跳脫文字束縛的訴求。

第九十三回，悟空最後一次問師父是否忘了《心經》。師父的回答相當懇切：「《般若心經》是我隨身衣缽，自那烏巢禪師教後，那一日不念？那一時得忘？顛倒也念得來，怎會忘得？」。悟空隨即提出至關重要的「解得」兩字。

悟空先說三藏沒有請烏巢禪師講解經文。以下這段引文的「那師父」指烏巢禪師，「解得」指講解：

> 行者道：「師父只是念得，不曾求那師父解得。」

以下引文裡幾個緊接的「解得」都指領悟，乃個人的《心經》理解：

> 三藏說：「猴頭，怎又說我不曾解得？你解得麼？」行者道：「我解得，我解得。」自此，三藏、行者再不作聲。旁邊笑倒一個八戒，喜壞一個沙僧，說道：「嘴巴，替我一般的做妖精出身，又不是那裡禪和子聽過講經，那裡應佛僧也曾見過說法。弄虛頭，找架子，說甚麼『曉得』、『解得』。怎麼就不作聲？聽講，請解。」沙僧說：「二哥，你也信他？大哥扯長話，哄師父走路。他曉得弄棒罷了，他那裡曉得講經？」三藏道：「悟能、悟淨，休要亂說。悟空解得是無言語文字，乃是真解。」

師父宣布悟空得到「無言語文字」的「真解」。但小說從此不再直接闡述《心經》。如果我們無視於兩人前幾次討論，僅只專注此時此刻，那麼這個交談就難以捉摸，好像作者言不及義，玩弄文字遊戲。然而我們現在知道三藏和悟空數度談經，講四個步驟：背誦，理解，實施，以及不拘泥於文字。前後串連，是個層次漸進的解經方式。閱讀全書，即可全盤考量。

「無言語文字」至少有兩種意含。其一，彰顯語文先「有」後「無」的順序。如果一開始就否定語文，就沒有所謂無言語文字的境界。菩提祖師耳語口授地煞數七十二變妙法。密咒側重聲音和節奏。《心經》不同。如前所述，《心經》有些部份是意譯，側重理解。文字要緊。如前所述，吳承恩甚至修改了其中一句意譯的經文。

其二，「無言語文字」的語境意義是跳脫特殊情況，做通盤考量。悟空講經原本都注意實際需要，認為《心經》可以幫助三藏在取經途中去除害怕。三藏的顧慮集中在個人安危，除此之外，沒有功名利祿和個人情慾糾纏。如前所述，悟空最早三次和師父討論經文，都在處理那個竦懼問題。到了第四次經文討論之時，悟空沒有再提三藏擔心身家性命或其他迫切的具體問題。那麼什麼是《心經》引起的通盤考量呢？

答案在讀者的印象裡。悟空連說兩次「我解得」之後，兩人都「再不作聲」。如果讀者覺得這個溝通空泛或空洞，即符合文意。悟空觸及《心經》闡述的空性。抽象的空性難用語文解釋。經文本身已經明示信徒應該像咒語那樣誦唸全詩。咒語可以不求其解。至於部分意譯經句，聰慧的讀者或許認為非常清晰，再付諸語言文字解釋就是畫蛇添足。所以悟空住口。三藏立即懂得。吳承恩似乎認為：留連徘徊於經文，無法企及涵蓋人生整體的空性或空境。我們可以從這些句子中得出否定句：「不生不滅」，「不增不減」，「無受想行識」，「乃至無意識界；無無明，亦無無明盡，乃至無老死，亦無老死盡」，「無智亦無得」。深究經文就是有生滅增減，有受想行識，有意識界，有明有盡，有老死盡，有智有得。

前文提到吳承恩刪除《大唐三藏聖教序》涉及佛教空宗有宗的字句。現在我們注意悟空避談空性。兩者其實前後呼應。吳承恩覺得不必浪費唇舌去解釋佛經空性。最微妙的是吳承恩知道自己的空性看法也許未能服人，也許僅能博君一粲。八戒和沙僧聽到「解得」的反應，說明悟空不置一言，以無聲代有聲的解經方式不容易懂。八戒和沙僧公然譏笑悟空。悟空平常脾氣暴躁，自我感覺過於良好，喜愛教訓別人，曾像冥頑不靈老夫子那樣責難寶象國三公主，在車遲國訓示國王，在其他場合甚至動手毆打八戒，此時居然不聲不響。那是神來一筆。八戒和沙僧的矛頭其實直指作者本人。作者容忍那種質疑。吳承恩耐心陳述《心經》學習過程之後，沉默無語，坦然任由八戒和沙僧懷疑自己。

基於同樣的道理，我們整理這部小說的《心經》「真解」，並非宣稱這是該經的最正確詮釋。吳承恩無意於此。

六

吳承恩的《心經》思辨並不因為悟空與三藏都領悟該經的「真解」而停止。吳承恩《心經》「真解」的最後一個步驟是接受該經「真解」之後的生存情境。我暫時稱之為容忍。容忍的意思是聽其言而觀其行，並且接受瑕疵。

悟空和三藏在成為《心經》解人之後，是否都具有該經所提示的空性呢？

吳承恩沒說悟空已達到《心經》描述的空性境界。我們以《心經》經文校驗，大概可以同意悟空不怕妖邪，「無有恐怖」，但他是否已經做到「心無罣礙」？在那舍衛國給孤獨園寺最後一次《心經》討論以後，悟空仍在誇耀自己比一百〇五歲的老和尚年長。以常理推斷，那心理糾結是長壽想望。所以悟空說他已「解得」《心經》要義，猶未徹底大功告成。

三藏也未能通過檢驗。前文提到第九十三回，三藏認可悟空那盡在不言中的《心經》「真解」內涵。稍後（第九十七回）師徒在銅臺府地靈縣蒙冤入獄，吳承恩細寫三藏的情緒反應。師徒離開華光行院，在路上遇到強盜，「諕得唐僧在馬上亂戰」。「戰」通「顫」，當「顫抖」解。在送還員外財物途中見到刀槍簇簇的追捕官兵，三藏「大驚」。遞解進城路上，嵌詩說：「唐三藏，戰兢兢，滴淚難言」。三藏明知自身清白，面對刺史強勢問狀，「一似大海烹舟，魂飛魄散」。可見三藏並未實際依照《心經》指示完成心理建設。但是吳承恩並不因此而質疑三藏知曉「真解」。

吳承恩拐彎抹角表述一己的讀經心得，但不急於宣告至高無上、人人都得臣伏的經義。或許他認為《心經》「真解」大可因人而異，所以刻意不把話說飽說滿，留下讀者個別思辨與解釋的空間。容我們越俎代庖，總結《西遊記》小說《心經》「真解」的最後一個步驟：不一定要做得盡善盡美，仍然可以算是「真解」。

《西遊記》小說《心經》「真解」的意義可能是：肯定宗教感化的效應，但也承認宗教力道有其限制。

民族記憶

——《西遊記》的全真教

歷史玄奘（六〇〇—六六四）比全真教創教的王重陽（一一一三—一一七〇）大約早五百多年。從歷史上看，玄奘取經與全真教無關。全真教在《西遊記》小說出現，並非反映歷史玄奘的遭遇，而是凸顯作者（吳承恩）的生命經驗。

王重陽比吳承恩（一五〇六—一五八〇）大約早四百年。基於以下兩個理由，我們認為全真教不是吳承恩的——至少不是獨一無二的——宗教信仰。其一，目前證實的《西遊記》小說抄自全真教人的詩詞，多半經過更改，而且有些是朝向佛教思維做的修正。[1]其二，如本文第三節所示，《西遊記》故事的全真道士可正可邪，並非絕對神聖。

既然如此，全真教如何在吳承恩的生命經驗裡勝出？我們認為明朝人（吳承恩）沉迷於全真教，可能是藉由唐朝取經故事浮現出來的某種歷史反思。那個強烈的歷史反思到底是什麼？

為了理解《西遊記》小說納入全真教的意義，我們先弄清楚這部小說中「全真」道士的定義。我們怎麼知道故事裡全真道士身份本身並不意味善惡呢？悟空的道士身份和全真有什

[1] 徐朔方〈評「全真教與小說西遊記」〉，《文學遺產》，一九九三年六期，收入蔡鐵鷹《西遊記資料彙編》，北京：中華書局，二〇一〇年六月，頁八六九—八七七。

麼關係？吳承恩不可能不知道中國道教派別很多，為何偏偏不提其他道教派別？

二

《西遊記》小說的道士分類其實相當糢糊，並無宗教研究的嚴謹。不過我們仍然能予確定以下三點：

其一，在故事語境中，全真道士是一種與眾不同的道士類別。直接而且僅只稱為「全真」的例子是地位崇高，連觀音菩薩也要禮讓三分的五莊觀鎮元子。第二十四回說五莊觀裡「還有四十八個徒弟，都是得道的全真」。第二十五回，鎮元子攔截取經團隊，曾「變作個行腳全真」。

但作者沒有明確定義全真道士。作者沒有清楚交代：全真道士與非全真道士在服飾、氣質、專業訓練、平常操作、或神通等等方面有何差異。

其二，在故事語境中，道士只要涉及外丹術，就不稱其為全真道士。第十七回，凌虛子和黑漢、白衣秀士一起：「高談闊論，講的是立鼎安爐，摶砂煉汞，白雪黃芽，傍門外道。」後來凌虛子去赴黑熊怪的邀宴，「手拿著一個玻璃盤兒，盤內安著兩粒仙丹」。說到仙丹，可見是個煉外丹的。作者一再稱凌虛子為「道人」。觀音菩薩依悟空建議變作凌虛子模樣之後，形象好看些，改稱為「凌虛仙子」，加上頌詩一首：「鶴氅仙風颯，飄颻欲步虛。蒼顏松柏老，秀色古今無。去去還無住，如如自有殊。總來歸一法，只是隔邪軀。」稍後黑風洞小妖看見，就稱「凌虛仙長」。在整個黑風洞故事裡，這位道士，無論是本尊（蒼狼妖怪）或化身（觀音菩薩），都夠不上「全真」兩字。

第三十二至三十五回，平頂山故事的兩魔原是太上李老君看金爐和銀爐的童子。觀音菩薩向老君三次借將，兩童奉命到平頂山託化妖魔，阻撓取經團隊。既是老君屬下，兩魔當然精通外丹。所以二魔變作老道士去欺騙三藏師徒，作者說二魔「搖身一變，變做個年老的道者」，並加頌詩一首：「星冠晃亮，鶴髮蓬鬆。羽衣圍繡帶，雲履綴黃棕。神清目朗如仙客，體健身輕似壽翁。說甚麼清牛道士，也強如素券先生。妝成假像如真像，捏作虛情似實情。」二魔變像在三藏眼中是位年長的「道者」，在悟空說詞裡是「老道人」。所有的外貌形容都不用「全真」兩字。

其三，作者強調丹道功成的境界極高，甚至可與佛家修成正果相提並論。但這個故事明白承認：道士的專業訓練不限於丹道。故事裡提到的道士專業訓練絕非只有內丹和外丹兩種。舉個例子。靈臺方寸山，斜月三星洞的培訓課程琳琅滿目：「『道』字門中有三百六十傍門，傍門皆有正果。」菩提祖師提到四個傍門：術、流、靜、動。其中「術」的內容看似信眾服務，與丹道沒有什麼直接的關聯：「請仙、扶鸞、問卜、揲蓍，能知趨吉避凶之理。」其中「流」的內容，除了類似與神明溝通的最後一項「朝真降聖」以外，都屬外延性的學術或宗教研究範疇，和丹道不必掛鈎：「儒家、釋家、道家、陰陽家、墨家、醫家，或看經，或念佛，並朝真降聖之類。」「靜」的內容比較接近內丹：「休糧守谷、清靜無為、參禪打坐、戒語持齋，或睡功，或立功，並入定、坐關之類」。內丹修持或許也涉及「動」字門的「摩臍過氣」。「動」的內容，除了採陰補陽、攀弓踏弩、和婦乳的項目之外，則接近外丹：「此是有為有作：採陰補陽、攀弓踏弩、摩臍過氣、用方炮製、燒茅打鼎、進紅鉛、煉秋石，並服婦乳之類。」

菩提祖師在三百六十傍門裡僅只列舉四個傍門，顯然是個局部的概念簡介。這些放在檯面上的項目是否正確無誤陳述中國道教傳統的道士訓練，並不要緊。重要的是，這個列表間接表明：丹道乃種種操作項目之一，無從囊括所有的道士專長。修行淺薄的道士很可能一生拘泥於某些與丹道沒大關係的訓練或操作裡。所以僅用外丹和內丹來區分所有的道士，未必妥當。圖一是《西遊記》小說粗糙的道士分類觀念示意。

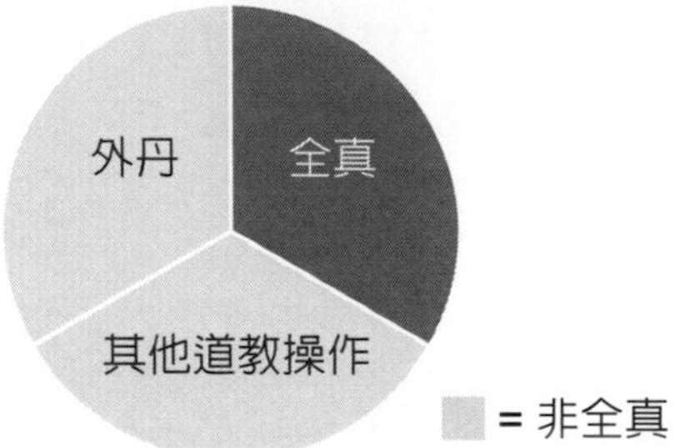

外丹
全真
其他道教操作
= 非全真

圖一 《西遊記》小說的道士區分

前文已經指出：道士只要涉及外丹術，就不稱其為全真道士。既然如此，那麼全真道人的修行方法肯定不是外丹術。因此我們合理猜測鎮元子五莊觀的培訓課程不是外丹。在故事語境裡，整體而言，我們不知道全真道人是否一定涉及內丹修持。菩提祖師的道士培訓大可包括丹道之外的信眾服務、外延的學術或宗教研究等等項目。這是因為故事缺乏明確的全真定義的結果。

《西遊記》小說道士定義或拘泥或模糊。我們不必在正式的道教文獻裡尋找全真教的定義，然後勉強套在這部小說上，這樣做會限制我們體會作品的原意。如是，則劃地自限了。本文稍後將說明這種閱讀方法意在理解小說深層意義，絕非苛責作者的宗教理解。

三

「全真」是個中性屬性，並無善惡正邪可言。根據土地提供給悟空的情報，兩魔社交圈裡倒不乏「全真道人」。悟空詢問：「我且問你，他這洞中有甚人與他相往？」土地回道：「他愛的是燒丹煉藥，喜的是全真道人。」可見道士們修行方法不同，彼此沒有衝突，可以互通有無。這很重要。稍後我們會討論悟空在車遲國初來乍到，變成全真道人去和該國的道人打交道，不必預先知道那些道人的修行方式。

《西遊記》小說常用同一基本結構，藉由佛教和道教背景個別編撰，變成兩個故事。與平頂山故事對應的是烏雞國故事。都是佛教神明刻意安排的挑戰。一個用道家資源（金爐和銀爐童子），另個用佛家資源（文殊菩薩座下的青毛獅子）。

第三十七至三十九回，烏雞國故事再度證明「全真」和正邪無關。這個故事非僅用「全真」兩字代表「全真道士」，而且三次指出那個全真道士來自（全真教重鎮）鍾南山。烏雞國王最先說：「正都在危急之處，忽然鍾南山來了一個全真」。悟空向王子分析情況時，改「全真」為「道士」：「鍾南山來了一個道士」。稍後悟空當面揭穿妖怪冒充國王的詭計，首次指稱「全真怪」：「百姓饑荒若倒懸，鍾南忽降全真怪。呼風喚雨顯神通，然後暗將他命害。」這是《西遊記》小說結合「全真」和「妖怪」的僅例。注意悟空措詞的變化：先改烏鷄國王的「全真」為「道士」，然後改「道士」為「全真怪」。悟空似乎似乎需要想想才能確定這個全真道士竟然是個妖怪。

偏偏那個全真道士身份是個假消息。妖怪原是文殊菩薩座下的一個青毛獅子，奉佛旨前來烏雞國搗蛋。所以這個出身佛門的妖怪和道教原先沒有任何牽連。非僅如此，文殊菩薩向悟空解釋：三年來，「風調雨順，國泰民安」，青毛怪不但未曾傷害百姓，也沒有佔了三宮娘娘的便宜。

烏鷄國故事有三個意義值得注意。其一，「全真」是個假消息。烏雞國根本沒有柳存仁所謂「壞全真」的問題。[2]不必等到現代網路時代，中國古人早已知道假消息效力之大。悟空精明，也難免上當。在理論上，全真道士確實可以是個壞蛋，然而青毛怪不是。其二，佛教（文殊菩薩）沒有藉機污蔑道教或者全真教的名譽。其三，烏鷄國王靠太上老君九轉還魂丹救回來。作者再次肯定道教外丹的功能。

---

2 柳存仁〈全真教和小說西遊記〉，《和風堂文集》下冊，上海古籍出版社，一九九一年十月，頁一三五四。

四

悟空自己的道士身份較需要解釋。悟空拜靈臺方寸山斜月三星洞菩提祖師為師，就學期間從來沒有經歷專為外丹設計的訓練。但在偷吃太上老君的仙丹之前，悟空說：「此物乃仙家之至寶。老孫自了道以來，識破了內外相同之理，也要煉些金丹濟人，不期到家無暇。」悟空相信外丹，所以當著觀音菩薩的面，吞下一粒凌虛子製作的仙丹。「不期到家無暇」的意思是：悟空在理論上接受，但沒空閒實際修煉外丹。既然暫不涉及外丹，曾經兩度化身作道士，具體而明確標記為全真道士。第三十三回，悟空自平頂山二魔的三座大山脫身出來，「這大聖搖身一變，變做個老真人」。第四十四回，悟空初到車遲國，變成全真道士：「變做個遊方的雲水全真」。那是具有高度自覺性的行為。稍後悟空告訴那些受害的和尚們，自己不是真的「雲水全真」。悟空相信外丹的另一個證據是在鬥法時毫不猶豫變作虎力大仙，欺矇藏在櫃裡的道童，要道童剃髮改裝為和尚。此時悟空變作不是全真教的道士。這和前文所述，觀音菩薩為了欺敵，變作非全真教的道士（凌虛子）一樣。

為何我們知道虎力大仙不是全真道士呢？第四十四回，眾僧向悟空報告三仙的神通。有兩種《西遊記》小說文字。人民文學版和二民版同：「摶砂煉汞，打坐存神，指水為油，點石成金」。里仁版：「煉砂乾汞，打坐存神，點水為油，點石成金」。兩組文字之中都提到轉化具體物質（砂、汞、水、油、石、金）的本事，顯然是外丹術。第四十六回結尾評議三仙，明指他們的外丹神通：「點金煉汞成何濟？」這裡需要注意的是學藝地點（鍾南山）不能用來判斷虎力大仙是否全真道士，因為鍾南山可能同時是全真教和其他道教教派的基地。作者從未標籤車遲國三仙為全真，只要注意他們的外丹功夫，就知他們不是全真道士。

單就車遲國故事而言，我們似乎得到這個印象：全真教（悟空）高於修煉外丹的非全真教派別（車遲國三仙）。但是在《西遊記》小說的整體氛圍裡，三仙妖邪，與他們的非全真身份沒有直接的因果關係。車遲國三仙代表邪惡的理由是：興道滅僧，而且直接影射玉帝昏庸無能。

這部小說不以全真教身份之有無來確定正邪。

五

為何《西遊記》小說自甘「孤陋寡聞」，強自區分道士類別為二：全真教以及非全真教？道教從東漢末年創教到吳承恩的明朝，近千年左右，派別相當多。柳存仁提到的道教派別至少有：太平道、天師道、五斗米道、全真教。[3]周良霄、顧菊英認為元朝的道教派別有

[3] 柳存仁〈一千八百年來的道教〉，《和風堂文集》中冊，頁六五一—六六四，見註2。

全真教、真大道教、太一教、正一教。[4]在稍後的引文裡，胡適提到的道教派別有：全真教、大道教、太一教。為何其他派別的名稱不值得一提？

全真教在這部小說的道教派系裡一枝獨秀，較為適當的詮釋或許是在（明朝）作者的歷史宏觀回顧裡，全真教具有比其他道教派別更為重要的特殊意義。

我建議用胡適和錢穆認可的全真教的歷史貢獻來做為吳承恩（或在他之前的《西遊記》作者）注意到的歷史意義。這是屬於民族記憶的那種肯定。

全真教在宋元交際時期庇護中華民族知識分子，建了大功。胡適肯定道教在元朝消滅宋朝的時候，做為許多宋朝遺民的避風港。一九五九年五月十三日胡適在台灣對嗣漢第六十三代的張天師說：「我國的道教，乃是提倡國貨，抵制外貨，——所謂外貨，是指佛教說的，道教在北宋、南宋亡國時，都曾保護了好多萬人的生命。金朝的王國也是如此的，當元朝的軍隊到了一地，如果全部投降了，自然沒有事；稍加抵抗之後投降的，元朝就要屠城的。那時只有銅鐵匠、木匠、做裁縫的不殺，和尚、道士也不殺，於是許多士大夫都逃到道教裡去，因為不須剃髮。當元朝的成吉思汗還在西比利亞的時候，就請邱長春去見他。邱長春走了一萬多里的路程去了。邱長春保護了不少的人。在十二、十三、十四世紀裡，道教的

[4] 周良霄、顧菊英《元史》，上海人民出版社，二〇〇三年四月，頁七三一—七四〇。

確出了不少有氣魄的人。……（略）……陳垣著的《南宋初河北新道教考》這本書是值得印的。這本書裡說那時的全真教、大道教、太一教的源流很詳細，他收到很多碑版的資料，文章也很清楚，這書中說的王喆（重陽）、邱處機（長春）等人的行誼，可以叫人知道道教是有民族思想的。……（略）……金元時代的士大夫看得起道教，因為外族奮鬥時道教有用處。」[5]

柳存仁講了兩次邱長春會見成吉思汗的地點：「邪米思干（撒馬兒罕Samarkand）」[6]，或「邱處機在一二二一─一二二四年間從山東萊州應成吉思汗之邀到現在的阿富汗興都庫什山北營幄」。[7]但柳存仁沒提全真教在元朝滅宋（以及滅金）之際救了很多知識分子性命的事。

周良霄、顧菊英提到一二二一年邱處機覲見成吉思汗，一二二三年東歸：「成吉思汗的青睞頓時使全真道身價倍增。時，北中國戰火蔓延，民無所逃命。『（邱）處機還燕，使其徒持牒招求於戰伐之餘，由是為人奴者得復為良，與濱死而得更生者，毋慮二三萬人。』全

5 胡頌平編著《胡適之先生年譜長編初稿》增補版，第八冊，台北聯經出版社，二〇一五年六月，頁二八九九─二九〇〇。

6 柳存仁〈一千八百年來的道教〉，《和風堂文集》中冊，頁六六七，見註2。

7 柳存仁《全真教和小說西遊記》，《和風堂文集》下冊，頁一三三〇，見註2。

真教的勢力驟增。」[8]歷史學家錢穆指出元朝許多加入全真教的人是知識分子：「中國社會上自先秦以來甚佔重要位置的士人（按：當時稱『儒』，即讀書人），卻驟然失卻了他們的地位。」，然後中國讀書人在全真教裡得以存活，「蓋蒙古初入中國，其野蠻最甚。長春真人邱處機以宗教得成吉思汗之信仰，其徒得免賦役，全真教遂大行，文人不能自存活者多歸之。」[9]

胡適和錢穆都提及士大夫，那是古代中國四個代代相傳的職業（士農工商）之一。父子同一職場的規矩早在明朝以前就未嚴格執行。吳承恩的父親吳銳因家貧而休學，做了小商人，中斷了曾祖父和祖父「兩世相繼為學官」的出仕傳統。「吳氏修文二世」，「皆不顯」，但「士」仍曾是父親吳銳的首選職場。[10]

我們可以合理假設兩種傳遞民族記憶的線性機制。其一，家族「士」業或有斷續，但同宗後人或能記得先人的保命經驗。其二，知識份子的師生傳承關係。學生們可能知道老師（或上追幾代之前的老師）曾受到邱處機的恩澤。

8 見註4，頁七三五—七三六。
9 錢穆《國史大綱》修訂三版，台灣商務印書館，一九九五年七月，頁六五八—六五九。
10 高全之〈從〈先府賓墓誌銘〉到《西遊記》小說〉，《重探西遊記》，台北聯經出版社，二〇一八年十一月，頁八十三—一〇四。

或許我們能這樣解讀《西遊記》的全真教筆墨：從大歷史觀點來看，明朝距金元其實不遠，民族記憶猶存，吳承恩深切感念全真教的歷史功蹟。

廢佛庭辯

——從《資治通鑑》到《西遊記》

一

受益於《西遊記》的藝術成就，讀者無需追究小說與史實的落差，仍可享受小說閱讀樂趣。多少年來，讀者欣然接受故事角色與歷史人物之間的龐然變異，毫不在意懦弱膽小的小說三藏，其原型人物竟是冒險家、翻譯家、和宗教領袖玄奘大師。

當然歷史知識不一定會礙事。如果使用得當，歷史知識其實可以幫助我們深度——至少是提供更多角度——瞭解小說。本文第二節簡述切割廢佛庭辯的一個《西遊記》縮本。僅讀那個縮本，就無從體會該情節導致的思辨情趣。第三節討論廢佛庭辯與《資治通鑑》的牽扯。第四節解釋該項關聯如何幫助我們聆聽孫悟空的車遲國言談。藉由悟空那番話，吳承恩想說什麼？

二

澳洲學者康丹（Daniel Kane,1948－2021）為李提摩太（Timothy Richard,1845—1919）英譯縮簡本《西遊記》小說重印而寫〈導論〉。文章大致中規中矩，但這個提法頗為刺眼：

「唐太宗和玄奘是這部小說裡僅有的真實歷史人物。」[1]

如果康丹講的是《西遊記》小說原作，當然視而不見小說原作裡的其他唐朝歷史人物：魏徵、房玄齡、杜如晦、徐世勣、許敬宗、干珪、馬三寶、殷開山、程咬金、秦叔寶、李淵、李建成、李元吉、胡敬德、蕭瑀、高士廉、傅奕、張道源、張士衡、李淳風、薛仁貴等等。

退一步而言，如果康丹論斷的是李提摩太這個英譯本，康丹仍然忽略了該譯本保留的李淵和魏徵。李提摩太譯原文那句「先王李淵，先兄建成，故弟元吉」為「his father Li Yuan and his two brothers」，譯數次提及的魏徵為「Minister Wei」，或「Prime Minister Wei Zheng」，或「Wei Zheng」。我們不必過度譴責這位洋人漢學家行文粗忽。華人讀者大多知道：唐太宗的父親唐高祖名叫李淵，唐太宗有位留名千古的諍臣魏徵。

康丹的疏失與這個英譯本子的歷史脫勾相映成趣。康丹說李提摩太根據的是清朝時期的簡本《西遊記》小說，而且英譯本重印之前曾經再事修訂。譯作刪除了原本相當精短的廢佛庭辯。無論發生於李提摩太根據的清朝簡本《西遊記》或英譯本重印之前的修訂，這個切割自動放棄了這部小說依賴《資治通鑑》的一個證據。

---

1 Wu Cheng En, *The Monkey King's Amazing Adventures*, translated by Timothy Richard, TUTTLE Publishing, 2008, Singapore, p.xvii.

那將是本文下一節的議題。

三

《西遊記》小說第十一回（有些小說版本是第十二回）當庭辯論佛教的情節源自《資治通鑑》：先行簡化，然後添加衍生的細節。證據在於傅奕和蕭瑀的辯詞。尤其當蕭瑀詞窮之際，硬擠出一句同樣的話：「地獄之設，正為是人」。吳承恩肯定讀過《資治通鑑》。不可能是巧合。

《資治通鑑》第一百九十一卷：

> 瑀不能對，但合手曰：「地獄之設，正為是人！」

《西遊記》小說第十一回：

> 蕭瑀但合掌曰：「地獄之設，正為是人。」

抄襲或借貸當然無可厚非。問題是：確認兩份文獻前後呼應，將如何影響我們的小說理解？

在《資治通鑑》裡，唐高祖聽完庭辯之後，同意傅奕的立場，決定要選擇性的照顧專業宗教人員（僧、尼、道士、女冠），並且規定寺（佛教）和觀（道教）在京師與各州的數量。以下這段抄文的「上」，指唐高祖。

> 上亦惡沙門、道士苟避征徭，不守戒律，皆如奕言。又寺觀鄰接廛邸，混雜屠沽。辛巳，下詔命有司沙汰天下僧、尼、道士、女冠，其精勤練行者，遷居大寺觀，給其衣食，無令闕乏。庸猥粗穢者，悉令罷道，勒還鄉里。京師留寺三所，觀二所，諸州各留一所，餘皆罷之。（《資治通鑑》第一百九十一卷）

吳承恩質疑唐太宗殺了兩個兄弟來取得皇位，所以營造唐太宗崇尚佛法，讓他到地獄走了一趟，安排他與觀音菩薩會面以及親自加持三藏西行取經。吳承恩念念難忘唐朝那場廢除佛教的大辯論，所以把兩個皇帝（高祖和太宗）合併為一個皇帝（太宗），把辯論從高祖的朝庭搬到太宗的朝庭上，而且把當朝皇帝贊同傅奕（反對佛教）改為贊同蕭瑀（支持佛教）。在《西遊記》小說裡，唐太宗聽完庭辯之後，做出以下指示：「但有毀僧謗佛者，斷其臂」。

> 太宗甚喜道：「卿之言合理。再有所陳者，罪之。」遂著魏徵與蕭瑀、張道源邀請諸佛，選舉一名有大德行者作壇主，設建道場。眾皆頓首謝恩而退。自此時出了法律：但有毀僧謗佛者，斷其臂。（《西遊記》小說第十一回）

《資治通鑑》那場宗教庭辯顯然廣為人知。唐太宗即位之後，曾當面確認傅奕的宗教論述。以下這段抄文的兩個「上」，都指唐太宗：

> 上嘗謂奕曰：「佛之為教，玄妙可師，卿何獨不悟其理？」對曰：「佛乃胡中桀黠，誑耀彼土。中國邪僻之人，取莊、老玄談，飾以妖幻之語，用欺愚俗。無益於民，有害於國，臣非不悟，鄙不學也。」上頗然之。（第一百九十二卷）

唐太宗「頗然之」，同意傅奕的反宗教觀點。我們可以合理假設吳承恩知道《資治通鑑》唐太宗的宗教態度。唐太宗的妻子，長孫皇后，尤其徹底反對宗教迷信。長孫皇后病重，太子建議「赦罪人及度人入道，庶獲冥福。」皇后答覆裡有這句話：「道、釋異端之教，蠹國病民，皆上素所不為，奈何以吾一婦人使上為所不為乎？」。「上」指唐太宗。司馬光側寫唐太宗，筆鋒尖銳，直言道教和佛教是「蠹國病民」的「異端之教」。太子請房玄齡向唐太宗轉述皇后的話。唐太宗聽到，心裡悲哀，想為皇后赦免罪人，以便獲得冥福。長孫皇后再度拒絕，所以太宗沒做。注意太子原來建議兩件事：赦免罪犯和度人入道。太宗只考慮兩議之一，赦免罪犯，根本免談增加僧侶人數（度人入道）。[2]以下是《資治通鑑》的相關文字。

> 上得疾，累年不愈，后侍奉，晝夜不離側。常繫毒藥於衣帶，曰：「若有不諱，義不獨生！」后素有氣疾，前年從上幸九成宮，柴紹等中夕告變，上擐甲出閤問狀，后扶疾以從，左右止之，后曰：「上既震驚，吾何心自安！」由是疾遂甚。太子言於后曰：「醫藥備盡而疾不瘳，請奏赦罪人及度人入道，庶獲冥福。」后曰：「死生有命，非智力所移。若為善有福，則吾不為惡；如其不然，妄求何益！赦者國之大事，不可數下。道、釋異端之教，蠹國病民，皆上素所不為，奈何以吾一婦人使上為所不為乎？必行汝言，吾不如速死！」太子不敢奏，私以語房玄齡，玄齡白上，上哀之，

---

2 胡適注意古代的僧尼人數。一九二二年四月七日胡適日記：根據《佛祖統紀》的北宋僧尼人數（458,855），以及《大事年表》的全國人口數（21,970,000）粗略計算出：宋真宗時期每千人中有二十二個僧尼（應是二十一個）。見《胡適日記全集》二版，第三冊，台北聯經出版社，二〇一八年九月，頁四九八。

欲為之赦，后固止之。（第一百九十四卷）

《西遊記》小說合併兩個皇帝為一個皇帝的部分想必容易理解，因為高祖和太宗一前一後都支持傅奕。顛倒當朝皇帝的佛教立場則頗詭異。兩個皇帝欣賞傅奕的原因都是為國政著想，必須有效管理民間宗教團體及其活動。吳承恩儘管曾經官階低微，總是官場中人，想必了解那些治國理念。《西遊記》小說卻反向操作，改變了皇帝（唐太宗）聽完群臣發言之後的反應，去支持蕭瑀。傅奕和蕭瑀的影響力以及在小說裡的戲份，也因此整個對調過來。

我們可以合理猜測吳承恩始終沒有忘記《資治通鑑》所記，唐高祖和唐太宗以國事為重的宗教態度。其次的問題似乎是：吳承恩是否找到一種方式來記念兩位皇帝為政府利益而管理宗教的智慧？

如本文第四節所示，治國必須涉及宗教管理，確是《西遊記》小說的一種寓意。

四

在吳承恩詩文和《西遊記》小說的個別語境裡面，三教的重要性的順序相同，依次為：儒家，佛教，道教。在吳承恩心中，三教和平共處，但其重要性井然有序，並不等同。掌握這個理解，就可以聽懂《西遊記》小說裡面高於宗教的一個治國論述。

《西遊記》小說第四十七回，悟空訓示車遲國國王：「望你把三教歸一：也敬僧，也敬道，也養育人才。」

「三教歸一」，指三教同屬一個系統，或三教接受同一個系統的管理。敬僧（佛教），敬道（道教），剩下的只能是儒教。所以訓話的第三部分，「養育人才」，顯然屬於儒教功能。行者教訓的對象是位國王，所以「人才」指國家可用之人。「養育」目的不限於修身、齊家，必然包括治國、平天下的範疇。「養育」方法牽涉到教育制度和政府多重管理人員供應和補充的機制。

有趣。這個情節涉及《西遊記》評論家長期忽略的兩個問題。

第一個問題：儒家關懷治國平天下，千頭萬緒，悟空只提「養育人才」，好像那是最要緊的國家大事。為什麼如此在意這個單項議題？

答案與吳承恩的仕途經歷相關。我們知道吳承恩多次應考鄉試，始終未能中試。舉人資格對他來說非常重要。何炳棣認為「在明清社會分層化中，舉人這個身分佔決定性的地位。」何炳棣舉例說明初階科名「生員」無法實質改變某富商家庭的主觀社會地位，得等到其子考中舉人，才算脫離商人階級。家庭地位突升，不在於經濟實力而在社會觀感，因為在經濟上那位富商早已致富。舉人介於低等級的生員和高層次的進士之間，「對其家庭向上社會流動更具關鍵性的意義」。[3]

吳承恩在荊府紀善任內完成《西遊記》。這是他宦途的終點。在此之前曾任職長興縣丞（六十一歲）。我們合理假設吳承恩寫悟空車遲國訓詞之時，已經受益於何炳棣所說的「家庭向上社會流動」系統。也就是說，科舉制度除了考場之外，另有審核並提升人才的機制。隨著時間推移吳承恩的社會地位在那個備用管道裡浮出：吳承恩得到貢生功名，算是貢生裡的「歲貢」。貢生已是明代身份制度裡的官僚階級。何炳棣指出：「『貢生』也是決定社會地位的關鍵性功名，與舉人同為具任官資格者與平民間的分界線。」明朝社會各地為榮登舉人與進士的在地子弟立牌坊，後來甚至為貢生也立旗竿來顯耀其舉業。[4]吳承恩四十九歲入國子監讀書深造。「入監」則列入有任官資格者之列。貢生、監生，屬明朝科舉制度的配套管道，都是社會公認、有法律地位、公眾尊重的「正途」。那時候吳承恩大有可能已在淮安鄉里受到尊重。我們沒有理由小看像長興縣丞或荊府紀善那些官派差事。官職低階，卻仍是高於平民的社會地位。吳承恩棺頭板上有「荊府紀善」四字，標明他一生的最後官銜，可見那個地位已足以光宗耀祖。就吳承恩而言，這些發展想必重要：他實現了父母的期許，做到了父親做不到的事。

3 何炳棣著，徐泓譯注《明清社會史論》，台北聯經出版社，二〇一三年十二月，頁二九—三〇。

4 見註3。頁二九—三〇，頁一一一。

作者身世確實可以解釋一些故事細節。吳承恩一生官階低下，在長興縣丞任內甚至曾有牢獄之災。根據這些資訊，我們或可猜想《西遊記》小說流露作者於官場的失望：道家天庭僵硬無趣，嚴懲不貸，以及取經途中幾個塵世國家的國政混亂。

假道悟空強調「養育人才」，吳承恩表達了對國家儲才與考選制度的重視。貢生身分可能幫助吳承恩擺脫自己職業生涯的心理糾結。吳承恩未曾中舉，但沒有抱怨科舉制度的理由。詩作〈金山寺〉有「佛界真同江月靜，客身暫與水雲留」的句子。整理西遊故事令他心靈安靜。西遊故事是他在詩文之外，另一個進入「佛界」的機會。可貴的是他沒有自吹自擂，歌頌自己考場和官場的浮沉。詩文證明吳承恩謹慎，沒有誇耀自己社會身分提高。

悟空訓示車遲國國王引起的第二個問題：為何吳承恩要站在超越三教之上的高度這樣平鋪直敘治國理念？

答案在於《資治通鑑》和《西遊記》小說的兩種聯繫。第一種聯繫很明顯，但值得再提一次：吳承恩對唐太宗登基的評價。

《資治通鑑》詳細解釋唐太宗取得皇位之前，兄弟之間劍拔弩張的緊張情勢，並未一味責備唐太宗。然而司馬光預料的「貽譏千古」（《資治通鑑》第一百九十一卷），發生在《西遊記》小說裡。我曾指出《西遊記》小說質疑唐太宗殺兄（建成）弟（元吉），並且強迫父親退休，以便自已登上皇位。[5]

《資治通鑑》和《西遊記》小說的第二種聯繫比較隱晦：吳承恩肯定唐太宗凌駕三教之上，以治國理念來評估宗教或哲學。前文提到吳承恩始終沒有忘記《資治通鑑》裡皇帝以國事為重的宗教態度。以下這段《資治通鑑》抄文的「上」，指唐太宗：

> 上曰：「梁武帝君臣惟談苦空，侯景之亂，百官不能乘馬。元帝為周師所圍，猶講《老子》，百官戎服以聽。此深足為戒。朕所好者，唯堯、舜、周、孔之道，以為如鳥有翼，如魚有水，失之則死，不可暫無耳。」（第一百九十二卷）

司馬光寫長孫皇后，具有同樣的敬意。以下是長孫皇后死前交代唐太宗的一部分遺囑：

> 妾生無益於人，不可以死害人，願勿以丘壟勞費天下，但因山為墳，器用瓦木而已。仍願陛下親君子，遠小人，納忠諫，屏讒慝，省作役，止遊畋，妾雖沒於九泉，誠無所恨！兒女輩不必令來，見其悲哀，徒亂人意。（第一百九十四卷）

---

5 高全之〈知法玩法——龍王官僚運作〉，《重探西遊記》，台北聯經出版社，二〇一八年十一月，頁二三一。

長孫皇后不相信冥福，不要厚葬，就現化語言來說，很可能是無神論者。司馬光沒有維護皇權，沒有褒貶個人宗教信仰。司馬光手上有把人民福祉的量尺。長孫皇后不要因為自己而特赦罪人，因為那干擾正常的法律運作。長孫皇后不要因為自己而增加釋道兩教的出家人數，因為出家人免交稅免服役，是國家的負擔。她不要厚葬自己，因為那浪用公帑。她不要「以死害人」的項目沒說清楚，但可能是拒絕活人殉葬。司馬光要肯定長孫皇后，以及和她意氣相投的唐太宗。

悟空在車遲國代吳承恩發言，具有在三教之上、治國安邦的視野。可能的解釋是：吳承恩贊同《資治通鑑》的論述：唐太宗本人可能傾向於無神論，但是為了國家整體利益，樂於容忍甚至支持宗教。如《大慈恩寺三藏法師傳》所言，唐太宗加持歷史玄奘和佛教。

那畢竟是許多科舉考生（包括吳承恩在內）對國治民安的共同關切。

價值取向

——吳承恩詩文的身份認同

一

《西遊記》是迄今傳世的唯一吳承恩小說。目前所知其他小說作品《禹鼎志》只存序文，小說本身失傳。為了討論方便，我們簡稱現存吳承恩在《西遊記》小說之外的文章為「詩文」。我們將以蔡鐵鷹《吳承恩集》為詩文的依據。[1]

詩文與小說文體不同：思維與情懷的表露程度，相對而言，前者較為平鋪直敘，後者傾向婉轉間接。兩者內容主軸互異：前者偏重作者實生活的表達，後者（就吳承恩而言）專注於歷史取經典故的重寫。前者較為寫實，後者依靠虛擬。

明朝知識份子同時受到儒家、佛教、和道教影響。那麼在詩文裡，吳承恩是否透露了那些影響的不同輕重程度呢？

二

詩文裡的短論〈秦璽〉意圖戳破有關秦璽的迷思，重新探索「國寶」的觀念。〈秦璽〉不但以諸多秦政缺失做為秦璽不值珍惜的理由，並且指認二帝和三王的傳國寶為「精一執

1 蔡鐵鷹箋校《吳承恩集》，北京中國社會科學出版社，二〇一四年九月。

中」和「建中建極」。兩者都不是能予觸摸的硬體。考古學家或許難予同意這個意見，但吳承恩建議擺脫具體物件，注重歷史抽象概念，以便與現代文明產生關聯，確是能夠理解的提法。

無論〈秦璽〉是否少作，它據理辯爭，意氣風發，強調個人獨立思考能力。其他詩文裡不乏攬鏡自照，出現關乎「我」的字詞，與〈秦璽〉同調。以下只是隨手拈來的幾個例子：「余」（〈古意〉）、「吳生」（〈春秋列傳序〉，〈申鑒序〉）、「承恩」（〈壽葉太老夫人八十頌〉）、「愚」（〈秦璽〉、〈熙臺先生諫垣奏議跋〉）等等。

〈古意〉強調自我的草根性：「余自塵世人，癡心小塵世。」吳承恩非僅知會塵世大小的小（「小」），而且忘卻宗教所可能提供的性靈超越，怡然焦注（「癡心」）於人間的瑣瑣碎碎。擁抱俗世生命，豐富了小說想像。眾人皆醉我獨醒，自我意識覺醒，為《西遊記》小說強烈維護自我權利而鋪路。觀音菩薩、行者、八戒、沙僧都憎恨自我身份受到侵犯。[2]舍我其誰，一直是儒家的重要核心價值。

詩文和小說的自我意識可以在明代儒家思潮裡找到佐證。早吳承恩兩百多年、明初的朱學傳人之一，宋濂（一三一〇——一三八一）就為那種重視自我的思維鋪路。容肇祖曾說宋

---

2 高全之〈猴年談猴——神我較勁與宗教薰陶〉，《重探西遊記》，台北聯經出版社，二〇一八年十一月，頁一四五—一五六。

濂：「提出自我的重要，以為學問是在自我的開悟，自我的思考，自我的方寸心」。[3]

三

就目前所見資料看來，吳承恩從來沒有正式修道。神仙想像曾經幫助詩文狂放，比如說：「我夢倒騎銀甲龍，夜半乘雲上天闕」（〈金陵客窗對雪戲柬朱祠曹〉），「不縱詩狂並酒興，不是神仙」（〈浪淘沙〉）。他從來沒有幻想自己是道士，卻記錄過與道教相關的神秘經驗。那個神秘經驗記於六十歲左右在杭州玄妙觀夢見道士作詞。長長的詞題描述了稀奇的夢：〈嘉靖丙寅余寓杭之玄妙觀夢一道士，長身美髯，時已被酒，牽余衣曰為我作醉仙詞，因信口十章，覺而記其四〉。吳承恩說自己不是這組詞的作者，醒來依靠夢的記憶寫下道士吟詞十章之四。有趣。

吳承恩詩文玩弄局外人解釋不清的人生經驗（夢境），提示「朦懂」的閱讀態度：讀者無需確認那個夢是否真正發生，仍然可以欣賞醉仙詞。《西遊記》小說持續鼓勵類似的閱讀態度。與道教相關的有些描述，如煉丹術（內丹或外丹），令人似懂非懂。如（第三

3 容肇祖，《明代思想史》，一九六九年十一月，台灣開明書店，頁八。這個版本註明：「齊魯大學國學研究所叢刊之一」，但恪於當時禁忌，沒有註明作者姓名，並缺原書〈自序〉。讀者可參考齊魯書社（一九九二年）和河南人民出版社（二〇一六年四月）的版本。

十六回）敕建寶林寺悟空談日月法象，沙僧說土母相配，師父一時解悟，茅塞頓開，作者說是「理明一竅通千竅，說破無生即是仙」。仙即道教神仙。「說破無生」是概念的理解，煉丹術（內丹或外丹）是技術程序的突破。作者沒有澄清兩者之間的關係。讀者或可在神話、象徵、或其他抽象層面謀求詮釋，但在字面意義上，沒有可能用現代（生物、物理、化學等等）科技去析梳明白。吳承恩認為：有些人生經驗，包括人類想像世界，神秘玄妙，所以閱讀他的詩文，可以「朦懂」，亦即「不求甚解」。

四

就目前所見資料看來，吳承恩從來沒有正式出家。五言長詩〈鉢池山勸緣偈〉詩題按語裡自稱是「好為言詞」的「居士」。居士可指沒有出家的佛家弟子。吳承恩的宗教信仰曾經傾向於皈依佛門。這首詩勸人施緣於鉢池山的會禪寺：「我今所捨，有如毫毛，欲成弘因，須假眾力，但願大眾，皆如我心。」《西遊記》小說裡，師徒到達靈山，必須奉獻「人事」才能取得有字經冊，即持續肯定人間宗教的經濟機制。此詩顯示佛教歷史觀感：「世尊在西天，名曰極樂界」，「自佛行中國，於今數千年」，也符合吳承恩對玄奘取經故事的興趣。道觀激發神仙想像，佛寺令他承認在家學佛並且反思佛教東傳歷史。很有意思。

吳承恩曾經應考入仕，所以公開表態的身份是儒家門生。他的確至少那樣做了兩次。吳承恩三十歲那年撰文〈祭卮山先生文〉追念曾經賞識過自己的長輩葛木，語氣真切，有句：「承恩，淮海之豎儒也。」約兩年之後，〈答西玄公啟〉再度說「承恩，淮海豎儒」。「豎儒」意指學養淺陋的小儒，是個自謙的說詞。

值得注意這兩個「豎儒」表態的年齡已經跨越一生應試時段中點。蔡鐵鷹確定吳承恩應試五次（二十三、二十六、二十九、三十二、三十五歲），不確定的有三次（十七、二十、三十八歲）。吳承恩「鄉試」屢戰屢敗。明朝鄉試的目的在獲得舉人資格。大概在三十歲至三十二歲那些年紀，雖然仍未中止屢敗再起的努力，吳承恩開始意識到中舉遙不可及，想到了自己不用官銜來定義的基本身份：儒者。

「居士」只出現過一次，「豎儒」出現過兩次。這不只是次數多寡的問題。「居士」只是在家學佛，「豎儒」是正式承認的儒者身份。詩文證明在吳承恩的價值觀裡，積極入世的儒家思想一直重要。為夫人葉氏的曾祖母寫壽頌和輓詩序，不忘說那位長輩是孔子後代。（〈壽葉太老夫人八十頌〉、〈葉太母輓詩序〉）理所當然引述孔孟：「孔子之於館人也，解驂而雪涕也。」（〈張鳳原諸母姚挽詩序〉），「而孟子言樂正子為政，亦曰『好善優於天下，而況魯國乎。』」（〈壽師相存齋徐公六十序〉）代人稱頌李春芳父母八十壽辰，不忘在李春芳的道教信仰之外，兼提李春芳的儒門修養，以便恭維周到：「華陽洞天。粵有仙宗，玄元道裔。……黼黻經綸，伊周孔孟。」（〈德壽齊榮頌〉）代人寫傳達詔令（撤孔子

像、改孔子稱謂）的告示文，不忘提醒民眾：孔子的地位仍然尊崇，「聖賢之靈，如日行天，如水行地」。（〈告先師廟文〉）

五

詩文裡「儒」字的兩個定義值得我們注意。

第一個定義：「儒」是明朝身份制度正式使用的一種標籤，指學者，與中國傳統裡庶民「世守其業」的系統相關。例如前文提到的「豎儒」。

中國傳統職業有高下之別：士、農、工、商。儒學教育乃「士」業弟子本務。歷史脈絡裡儒者的職場身份與現代名詞「知識份子」有別，不只是擁有某些知識、關切時事與新知等等屬性而已。這個「儒」義是種生涯規劃：參與科舉考試以便入仕，一展治國平天下的鴻圖大志。詩文裡陳詞「儒林」沿用此義，指現任、已退休的官員，以及（包括貢生或監生在內的）儲而備用的學者。以下是幾個例子：「羽儀政府，領袖儒林」（〈約庵周公陞南京刑部尚書障詞〉），「風儀仕路，豹蔚儒林」（〈賀金恥齋翁媼齊壽障詞〉），「政府羽儀，儒林鼓吹」（〈賀總制梅林胡公奏捷障詞〉），「羽儀政府，黼黻儒林」（〈贈邑侯湯濱喻公入覲障詞〉），「楷模政府，領袖儒林」（〈壽蘇山陳公障詞〉）。詩文裡以「儒」指生涯規劃，卻不用陳詞「儒林」的例句是：「仰吏部之儒宗」（〈賀少岩傅公晉秋卿障詞〉）。

「障詞」指書寫在屏風上、公開供人觀賞的文章。

明朝社會身份世襲制度相當彈性，允許流動，並不嚴格。曾任吳承恩長官的歸有光說過：「古者，四民異業，至於後世，而士與農商常相混！」[4]這個相混情況適用於吳承恩父親（吳銳）和吳承恩本人。吳承恩〈先府賓墓誌銘〉記述父親吳銳家貧失學，祖母抱著吳銳痛哭：「嗟乎！吳氏修文二世矣，若此耳，斯孤弱奈何？」祖母知道在吳銳之前吳家兩代為官，即令職位低下，也是守著「士」業，吳銳失學，從此就只能從事社會地位較低的職業。我們不知道吳銳失學從商，是否曾經在身份制度裡引起何種實質正式標籤變更，但我們知道小商人吳銳養家，吳承恩得以上學，父親的商人身份並沒有妨礙兒子唸書並參加科舉考試。這對父子是士商相混的佳例：貧窮儒生棄學從商，商人兒子棄商從儒。

詩文裡「儒」字的第二個定義：個人學識淵博和氣質優雅。詩文避免用這個字義來影射自己。所有例句都在描述別人。例子很多：「致身儒雅道何高」（〈贈子价〉），「讀書明理，儒行君子也」（〈壽童孟湖八十序〉），「西浙醇儒」（〈賀徐新齋掌教生孫障詞〉），「臞儒列乎壽鄉」（〈壽金月艇六十障詞〉），等等。

學者們注意到吳承恩謙遜謹慎，所以多以〈明堂賦〉為「代作」，亦即代別人撰寫的

4 何炳棣著，徐泓譯注《明清社會史論》，台北聯經出版社，二〇一三年十二月，頁八六。

作品。吳承恩留下不少代作，包括前引的一些障詞。代作意在滿足特殊社交需要，必須從文章具名者立場去對應受文者，並且通常要指名道姓受文者。吳承恩顯然是個中高手。《西遊記》小說的兩份奏表都可視為虛擬世界裡的代作：東海龍王敖廣報告齊天大聖鬧龍宮，幽冥界（地藏王菩薩執筆，秦廣王呈遞）報告齊天人聖到森羅殿強行塗改生死簿。奏表文字皆十分得體。

學者認為就吳承恩的身分而論，無需為明堂落成而撰文。目前仍難確認代誰而作。寫作年代仍有爭議：如果五十六歲撰寫此文，當時仍無任何官銜可言；如果年代向後推，低階公職（如長興縣丞或荊州紀善）仍未達到撰寫此文的級別高度。我們同意這個「代作」的判斷。〈明堂賦〉有兩個句子：「歌頌德業，儒臣事也。臣齋心述賦，以模寫天地萬一。」吳承恩沒有必要藉由實生活的官樣文章妄自尊大，自況「儒臣」。

代作詩文的一個表面意義也許是：吳承恩可以文章具名者立場，設身處地接受俗世價值。同樣重要的意義是文學成為間接表達深層自我的一種方式。代作有其方便，吳承恩或可暫時「忘卻」自己的挫折，盡情採用文章具名者的社會地位（官位官譽）和約定俗成的成就量尺（功名利祿）。就吳承恩而言，小說創作也是在虛構世界裡，忌憚鬆懈，個人盡情享受（高於自己身分的）俗世光采的機會。美猴王大剌剌自封齊天大聖，可以理解為吳承恩紓解心頭傲骨豪氣。

詩文也混用以上兩種「儒」的字義：身份和氣質。舉兩個例子。尊稱岳飛為「一代文儒」（〈重刻金陀粹編序〉），誇獎范櫝「奏奇功於不戰，儒者孫吳」（〈贈郡伯養吾范公如京改秩障詞〉）。兩例都恭維對方職場能量兼顧文武，而且具有符合儒家思想的個人氣質。

吳承恩詩文的自我身份認同與三教的關係，從最重要到最不重要，有以下順序：儒家，釋家，道家。

井然有序

——《西遊記》的三教排行

一

本書所收〈價值取向——吳承恩詩文的身份認同〉建議吳承恩詩文的自我身份認同與三教的關係，從最重要到最不重要，有以下順序：儒家，釋家，道家。現在我們思考下一個問題：詩文的優先順序是否延伸至《西遊記》小說？

詩文裡從來不直接提「西遊記」。可能原因有二。其一：在吳承恩所處的時代，類似《西遊記》小說的寫作難登大雅之堂。柳存仁說過：「過去的若干小說，作者常常是不具名的。原因是小說在當時原是不登大雅之堂的文字，作者犯不著那麼認真。」柳存仁並以吳承恩的《西遊記》為例：「吳承恩的《西遊記》是不曾署名的。」[1]其二：作者或許有特殊顧忌。我曾提到有些評論家認為《西遊記》小說若干情節影射與吳承恩同一時期的明朝政治。[2]即令表達方式間接，小說有時可以被解讀為：對當朝皇帝和政策的批判。

我們暫且採用蔡鐵鷹《吳承恩年譜》的提法：吳承恩六十三歲至六十五歲在蘄州出任

1 柳存仁《和風堂文集》下冊，上海古籍出版社，一九九一年十月，頁一六三〇—一六三一。

2 高全之〈文學驚嚇效應—從《水滸傳》到《西遊記》〉，《重探西遊記》，台北聯經出版社，二〇一八年十一月，頁一四二—一四三。

「荊府紀善」，在任上完成《西遊記》小說。[3]寫作環境部份細節仍屬猜測，但這是目前較具說服力的假設。我們將選擇性的採用蔡鐵鷹《吳承恩集》關於詩文日期的總結。[4]

二

《西遊記》小說的儒家思想重要。最明顯的證據是如來佛祖承認儒家所涉，實為宗教（佛教與道教）難及的領域。所以如來佛祖老王賣瓜，自誇佛經「實乃三教之源流」的時候，同時要承認其他兩教的重要，兩教之一就是出自民間的儒教：「有孔氏在彼立下仁義禮智之教」（第九十八回）。「仁義禮智」是儒家思想內容的摘要。

吳承恩把儒家搬遷到宗教範疇，以便在同一個平台來討論三教。悟空曾經故意不講佛、道為「教」，偏偏只說「儒教」：「李老君乃開天闢地之祖，尚坐於太清之右；佛如來是治世之尊，還坐於大鵬之下；孔聖人是儒教之尊，亦僅呼為『夫子』。」（第八十六回）

吳承恩了解「宗教」可以不限於具有人格化的神明信仰，所以儒家思想（或儒學）也可稱為「儒教」。余英時曾經這樣解釋儒學的宗教性或宗教向度：

3 蔡鐵鷹著《吳承恩年譜》，北京中國社會科學出版社，二〇〇四年九月。頁一九七—二二一。

4 蔡鐵鷹箋校《吳承恩集》，北京中國社會科學出版社，二〇〇四年九月。

孔子對於「天」和「天命」抱著深摯的信仰，但卻不把「天」當作人格神來看待。由於後世儒家繼承了這一取向並不斷有新的發展，它終於構成儒家的宗教內核；我們通常所謂儒學的「宗教性」（religiosity）或「宗教向度」（"religious dimension"）即指此而言。[5]

三

《西遊記》小說的三教排行微妙，但不模棱兩可。基於以下兩個理由，我認為《西遊記》小說蕭規曹隨，按照吳承恩詩文的三教重要性排序。其一，宗教文獻是否「聖經」。其二，儒家比佛教和道教更為接近人性的本然。

在《西遊記》小說裡，儒家經典變成了具有宗教文獻高度的另類聖經。釋門典籍在取經故事裡當然重要，如來佛祖坦然以「聖經」指稱佛教經典（第一百回）。然而觀音菩薩（第八回）和三藏法師（第廿七回）個別使用「聖經」稱謂，指涉對象卻是記載孔子言論的儒家書籍。這種稱謂有其合理性：既然儒教可與宗教（佛教、道教）並立，其經典也可與宗教書籍一樣叫做聖經。

5 余英時《論天人之際：中國古代思想起源試探》，台北聯經出版社，二〇一四年一月，頁五四—五五。

《心經》是個「聖經」例子。作者使用佛教來平衡過份膨脹的自我。那平衡的方式有時是外力（如緊箍兒），有時是教化（如《心經》）。當事人必須願意接受宗教的幫助。那也是種個人的自我要求：首先要有意願去修行，明知沒有一定成佛的保證，也得開始個人的取經之旅。

在故事語境裡，儒釋兩教都有「聖經」，唯獨道教沒有。龐巨的天庭組織都是實務處理單位，沒有類似靈山藏經寶閣那樣的圖書管理機構。「聖經」的概念完全在道教神明日常操作的意識之外。道家神明不自誇——佛教神明也不尊稱——道教文獻為「聖經」。《參同契》寄居在夾詩之內（第九十九回）。車遲國故事的《道德經》、《黃庭道德真經》、《三官經》、《北斗經》、《消災經》，名目稍閃即逝。無論是否獲得點名，道教文獻都無明確認定的聖經地位。顯然作者認為就三教的書寫記錄而言，儒釋皆高於道。

進一步看，在故事語境裡，儒家比佛教和道教更為接近人性的本然。天產石猴生來就是儒門揚聲器。在還沒接觸神佛或凡人之前，石猴已出口成章，吟詠《論語》金句：「人而無信，不知其可。」（第一回），好像孔子思想貼近人性本質的意思。吳承恩當然知道在實際人生裡，《論語》章節必須習而得之。但是石猴無需學習就能順口引述，而且在場諸猴一聽就懂。眾猴服從孔子指示的行為要則。在作者心目中，在那個特定的時刻，石猴口出佛經訓詞或道家丹訣，都過不了關，只有孔門金句才近自然。

儒家在三教之中獨佔鰲頭，可能受惠於吳承恩理解的佛門正式幼兒訓練。佛教的幼兒教育始自儒書，然後才學佛經。第三十六回，三藏在寺廟門外，看不清被「太陽影射」以及「塵垢朦朧」的寺名。悟空當場批評師父：「你老人家自幼為僧，須曾講過儒書，方才去演經法，文理皆通，然後受唐王的恩宥。門上有那般大字，如何不認得？」講得很清楚，三藏出生就當和尚，受教育的順序是儒書早於佛經。或許這反映著吳承恩本人（以及大部分明朝知識份子）的童年經歷或基本常識。這點很要緊：幼兒開始學習認字，課程裡兼顧了儒家思想教育，

四

儒家接近人性本然的概念具有非常有趣的現代意義。英國哲學家理查德・道金斯為了證明沒有亞伯拉罕宗教信仰（猶太教，基督教，伊斯蘭教）的人也可以做個道德「好人」，以基督教聖經為例，在舊約全書、新約全書裡來來回回攻堅，舉出許多強而有力的證據，說明基督教聖經內容缺乏界定個人行為對錯好壞的說服力。他認為亞伯拉罕宗教的幾種聖經，都不足以做為個人行為對錯的準繩。道金斯沒有在亞伯拉罕宗教之外搜尋任何具有影響力、足以填補空白的西方文獻，做為人類行為規範的指南，因為他認為人類老祖宗在進化過程中學會群居，生存之道包括禮尚往來，互助合作，各取所需，辨別親疏等等。人類本質善良

（至少人性的一部分是善良的）是達爾文物競天擇、適者生存的結果。當然人類老祖宗在求生存的演變過程中也會學壞。不過這個討論的最初提問是「沒有宗教信仰的人是否可以是好人」，所以人性壞的部份可以暫時擱置不談。道金斯的析論不涉及中華文化，但那人類演化論的現代知識，提供了中國儒家思想「人之初，性本善」的一種人類學的解釋。

基於以下兩個理由，道金斯的提法與《西遊記》小說相關。其一，儒家思想已經為儒者吳承恩解決了絕大部份、個人行為準則的問題。吳承恩認為在學習宗教（道、釋）之前，那個問題（「沒有宗教信仰的人是否可以是好人」）已經從儒家教導中得到了完美的答案。吳承恩無需宗教（道、釋）來判斷個人言行是否妥當。其二，吳承恩接納儒門教育，毫無猶豫（藉由美猴王）提出某些儒家思想符合人性本質的看法。《西遊記》小說透露的孔子教誨與現代價值觀念略有落差，比如重男輕女，並不妨礙以生物演化論的角度來理解小說。道金斯曾經舉例指出：道德對錯的定義與時俱進，並非拘泥不變的定律。[6]

《西遊記》小說反映作者的時空環境。

6 Richard Dawkins, *Outgrowing God - A Beginner's Guide*, Random House, New York, 2019。

不求甚解

——《西遊記》的神秘經驗

一

我曾追蹤幾位學者關於道教如何影響《西遊記》小說的辯論。結論之一，是支持柳存仁的這個看法：這部小說的道教筆墨不足以宣教，但增進神秘氣氛，並未影響情節的流暢和精采。[1]

本文第二、三節將個別舉證來補充兩個意見。其一，小說情節難以支撐余國藩的道教丹道寓言析辨。其二，道教丹道寓言和佛教密宗咒語也都增進神秘氣氛，沒有阻攪情節的流暢和精采。

這些反省提醒我們採用不求甚解的方法來賞析《西遊記》小說的神秘經驗。「神秘經驗」指我們難以邏輯推理或常情常理解釋，但藉由想像而出現的經歷或事態。各種人間宗教提到的神跡、神通、前世來生、天堂地獄等等，都可算是神秘經驗。

二

《西遊記》小說第四十四回，行者在車遲國看到五百和尚運送建材，景像如下：

1 高全之〈內丹修持——神秘經驗和小說美學〉，《重探西遊記》，台北聯經出版社，二〇一八年十一月，頁四十二。

行者漸漸按下雲頭來看處，呀！那車子裝的都是磚瓦、木植、土坯之類。灘頭上坡最高，又有一道夾脊小路，兩座大關。關下之路都是直立壁陡之崖，那車兒怎麼拽得上去？

柳存仁指出：「兩座大關」暗指「雙關」，「雙關」和「夾脊」，在王重陽《重陽真人金關玉鎖訣》裡，都是「解釋內丹修持的『用三車搬運上崑崙頂』」的詞彙。柳存仁根據這個借貸，以及其他證據，猜測曾經存在過現已失傳的一個全真派的《西遊記》小說版本。[2]我曾引用徐朔方的回應，暫時擱置那個曾有全真派《西遊記》小說版本的猜測。[3]現在重提柳存仁的發現——《西遊記》小說與王重陽之間的牽扯——目的在於處理另一個後續發展。

余國藩英譯百回本《西遊記》小說的修訂版，〈導論〉引用柳存仁提到的「雙關」和「夾脊」，加上以下兩個理由，進而認為車遲國故事可視為道家內丹術的寓言。第一個理由：三仙名字（虎力大仙、鹿力大仙、羊力大仙）裡頭兩個吻合道教煉金術的三車名字（鹿

2　柳存仁〈全真教和小說西遊記〉，《和風堂文集》下冊，上海古籍出版社，一九九一年十月，頁一三七〇—一三七一。

3　高全之〈內丹修持——神秘經驗和小說美學〉，《重探西遊記》，頁三十一，見註1。

車、羊車）。第二個理由：「車遲」兩字在故事裡講陡坡上輸送建材，但兼指人體內運轉丹氣，速度皆遲緩。為了便利讀者瞭解三車（或三河車）在人體內部丹氣運轉的作用和位置，余國藩〈導論〉展示《修真十書》的《雜著捷徑》煉丹術運輸圖。在那圖裡，沿著脊椎骨從上而下，依次可見牛車、鹿車、和羊車。[4]

我認為車遲國故事藉由道家內丹術寓言渲染神秘氣氛，但作者並不相信道家內丹修持的理論和實質效果。原因有三。

其一，《西遊記》小說改牛為虎。三位大仙是虎力，鹿力，和羊力大仙。如果作者篤信道教內丹修持的三車理論，不可能擅自以虎易牛。牛車在道教內丹修持理論的三車裡最為重要。理由非僅在丹氣運轉裡，牛車居人體內最高位置，而且在於那個三車的根源故事。余國藩〈導論〉腳註165盡責說明三車概念出自佛教《妙法蓮華經》，但沒有指出該經〈譬喻品〉火宅喻的三車，以牛車最為重要。道理很簡單：孩子們聽父親說火宅外有羊車、鹿車、牛車那些好玩的東西而自火宅脫險，然後父親賜給他們肥壯白牛拉的大車。孩子們最後得到的只有牛車，沒有羊車或鹿車。[5]

吳承恩以虎易牛，或許有個值得注意，很有意思的理由。我曾經建議牛魔王一家的原

4 余國藩譯《西遊記》修訂版，漢英對照，上海外語教育出版社，二〇一六年，頁九二—一〇〇。

5 星雲大師編著《佛教——經典》，《佛教》叢書之二，高雄縣佛光出版社，一九九五年九月，頁一九九—二〇一。

型人物是吳承恩一家，牛魔王對應於吳承恩的父親吳銳。[6]牛這個動物在作者心目中地位尊貴，不能與具有負面意義的妖仙發生瓜葛，於是吳承恩改用「虎」力大仙去湊數，取代《妙法蓮華經》或道教文獻三河車的「牛」車。

其二，《西遊記》小說嚮往唐代宗教和諧共存。車遲國三仙「興道滅僧」，代表邪惡。第四十六回回目稱三位大仙為「外道」，是「諸邪」：「外道弄強欺正法，心猿顯聖滅諸邪」。如果車遲國故事是道教內丹術寓言，三仙必須攜帶正面（至少是中性的、非負面的）意義。三仙雖然神通廣大，終究屬於外道，非故事語境內的道教正統，不夠資格落實寓言。

其三，車遲國故事直接影射玉帝昏庸無能。這和車遲國三仙的背景有關。車遲國三仙沒有曾在道家天庭任職的背景。有兩個讀者熟悉的例子。第一例：太上老君受觀音菩薩重托，在平頂山安排變成兩個魔頭的金爐童子和銀爐童子。兩魔僅只是取經團隊必須經歷的折磨。第二例：金兜洞兕大王原是離恨天兜率宮太上老君的青牛。這個妖怪作亂代表天庭局部的管理機制出了問題。

車遲國三仙的出身不同。虎力大仙幼時在鍾南山學武藝。其他兩位大仙想必也是在塵世練得一身武藝。車遲國三仙不再反映道家天庭借將，或官僚體系某個區塊出現瑕疵。然而

---

6 高全之〈從「先府賓墓誌銘」到《西遊記》小說〉，《重探西遊記》，頁八三—一〇四。見註1。

虎力大仙的令牌足以「驚動玉帝」，玉帝不得不下旨，風雨雷電諸神依令行事。《西遊記》小說的所有妖魔裡，只有車遲國三仙威震玉帝。玉帝乃道教信仰獨一無二的最高領袖。所以車遲國三仙在故事情境裡，在取經團隊遇到的所有妖魔之中，對道教信仰的沖擊力道最大，直接威脅到道教管理機制的穩定。他們的下場非死不可，不像其他妖怪得到佛教或道教的收編。車遲國三仙顛覆震撼，負能量極端巨大，不可能影射道教內丹運作。

如果車遲國故事不是道家煉丹術寓言，為何它與道家煉丹術有那麼多聯結呢？最簡單的解釋是增加故事的神秘氣息。這種解釋並非空穴來風，乃柳存仁類似提法的擴展。第七十回孫行者對朱紫國王自誇無邊法力，有以下十二個詩句，比車遲國三仙更真接描繪內丹運作：

倚天為頂地為爐，兩般藥物團烏兔。
採取陰陽水火交，時間頓把玄關悟。
全仗天罡搬運功，也憑斗柄遷移步。
退爐進火最依時，抽鉛添汞相交顧。
攢簇五行造化生，合和四象分時度。
二氣歸於黃道間，三家會在金丹路。

柳存仁認為「普通的讀者」無法理解那些「內丹運作的詩句，他們「多半是隔教的」。[7]道教專家柳存仁承認自己也無從解釋這些丹道機制的描述。按照他自己的定義來說，他也是隔教的。柳存仁尊重神秘經驗，不全盤否定自己無法理解的道士或道教信徒的講解。但他不得不接受這個事實：迄今為止，在他所涉獵的道教著作裡，他沒有找到令人信服的，關於這些丹道機制描述的解釋。

余國藩堅持丹道寓言的可能。但是如前所述，他的提法站不住腳。

就我所見，這些神秘描述沒有令人信服的闡釋。我們不必強作解人，不妨採用「不求甚解」的方法來欣賞《西遊記》小說的丹道筆墨。

三

《西遊記》小說也需要「不求甚解」的態度來閱讀佛教神秘經驗。

第七回，如來佛祖收壓齊天大聖於五行山下，從袖中拿出一張六字金帖，令阿難貼在五行山頂。金帖是張封皮，「緊緊的貼在一塊四方石上，那座山即生根合縫。」當場沒有人唸出六字。作者沒交代齊天大聖是否立即看見帖文。如來佛祖使用金帖壓山防逃的啟因是：

7 柳存仁〈全真教和小說西遊記〉，《和風堂文集》下冊，頁一三六九。見註2。

「巡視靈官來報道：『那大聖伸出頭來了。』」所以齊天大聖伸出頭，可能看到封皮帖文。這點可能性很要緊。假設齊天大聖看見，就能解釋五百年後齊天大聖在五行山下，向路過的觀音菩薩說：「如來哄了我，把我壓在此山」。這個「哄」字，音近六字金帖尾字「吽」。六字金帖「唵嘛呢叭咪吽」的發音，用英文模擬，即「Om Mani Padme Hum」。「吽」是Hum聲。用「吽」發音來解釋「哄」，就知齊天大聖那句「如來哄了我」的意思是：如來用六字金帖制服了我。

這是目前最好的「哄」字解釋。理由有二。其一，傳神，符合齊天大聖調皮搗蛋的講話方式。其二，吳承恩點明六字大明咒尾字「吽」的發音，「哄」，暗示密咒讀音愈近梵文聲調愈好。本書所收〈明知山有虎——《西遊記》的《心經》〉已經指出吳承恩瞭解誦唸佛教密咒之重要。

發音之外，所有其他「哄」字的單字定義都無法適當解釋齊天大聖這句「如來哄了我」。舉個例子。台北里仁版《西遊記》第七回為六字真言加註，逐字逐詞解釋咒文。六字大明咒是種密咒，其實無需解釋。但解釋咒文是種普遍常見的做法，無需責備里仁版。問題是那個腳註附帶了以下一段話：

> 又據錢鍾書《管錐編．史記會注考證．封禪書》關於「入海求三神山」項的結尾處

> 云：「明人嘗嘲釋氏之六字真言『唵嘛呢叭咪吽』，謂『俺把你哄也，人之不悟耳』。」可見此為嘲諷如來佛把猴壓在山下，還公然宣告：「俺把你哄也！」[8]

這種詮釋誤以「唵」（音「Om」或「嗡」）為「俺」（音「ㄢˇ」，中文的「我」），並取「哄」字的欺騙或逗喜之意。欠妥。咒語六字都是音譯，與音譯所用中文字的字義沒有直接關聯。在故事情境裡，如來佛祖神通廣大，沒有欺騙或逗喜他人之必要。齊天大聖在五行山下壓了五百餘年，沒有向觀音菩薩說自己受了「哄騙」的理由。明人或錢鍾書之言，不必盡信。

六字金帖咒文的讀音重要。六字金帖咒文即觀自在菩薩六字大明咒，也稱為六字真言或六字箴言。網路上可以看到敦煌莫高窟六字箴言碑的照片和說明。此碑立於元至正八年（一三四八年），碑中央陰刻四臂觀音坐像，周遭有六種文字（梵文，藏文，漢文，西夏文，回鶻文，八思巴文）。其中漢字碑文書寫方式和《西遊記》「唵嘛呢叭咪吽」略異：以「八」為「叭」，並以現在少見的異體字（左邊「口」字傍，右邊「迷」）為「咪」。那不重要。重要的是，根據百度百科，碑上其他五種文字和漢文的發音一樣。元朝流行的幾個文字書寫

8 《西遊記校注》第一冊，台北里仁書局，一九九六年一月二十八日，頁一四二一。

系統，萬流歸宗，都在模擬咒語的聲音。吳承恩知道咒語讀音重要，借悟空之口，使用咒語尾字發音而得「哄」字。

如來佛祖借用觀音菩薩的六字箴言來展示自己神通。此舉配合五百餘年後觀音菩薩來五行山安排悟空的釋放。

四

柳存仁撿拾道教筆墨的文學趣味，辨認文學價值。那種閱讀態度適用於佛教咒語文字。密咒增進神秘氣氛，無需逐字逐詞解釋。

解析《西遊記》小說神秘經驗，適可而止，可以幫助我們認識作者的文學成就。

聚散和清濁

——《西遊記》的「氣」

一

余英時研究中國思想起源，指出古中國有個「氣化宇宙論」的觀念：氣造成天地萬物。這個提法是欣賞《西遊記》小說的絕佳角度，由此我們可以再度看出吳承恩如何納入前人思想，有時甚至推陳出新，藉而豐富文學想像。所幸余英時那段摘要不長，抄錄如下，做為我們討論的啟端：

> 在西元前四世紀，宇宙（即當時常用的「天地萬物」）被看成是由「氣」所構成。「氣」本來是渾然一體的生命力，永遠在不停的運動中（亦可稱「元氣」）。當此「元氣」由整體趨向分殊，進入個體化的狀態時，天、地、人，萬物便形成了。這便是莊子所說的「人之生，氣之聚也。聚則為生，散則為死」（〈知北遊〉）。其實宇宙萬有無不如此，不僅「人」而已。因此《管子．樞言》「有氣則生，無氣則死，生者以其氣」一語恰可補足此普遍原則。但「氣」在分化之後，有從「清」到「濁」各種程度的差異：「清陽者薄靡而為天，重濁者凝滯而為地」（《淮南子．天文訓》）。人居天、地之間，故其心由清氣構成，身則由濁氣構成，如「浩然之氣」

即是一種最清純的「氣」。[1]

「氣」在中國語文裡長期而且廣泛使用，衍義很多。舉個例子。《西遊記》小說這幾個句子裡的「人氣」詞義各異。第十四回，「原來這猴子一生受不得人氣」，可作「欺凌」解。第四十一回，「你這獃子，全無人氣」，可作「為人的基本原則」解。第七十四回，「這個和尚，怎麼這等個碓梃嘴，蒲扇耳朵，鐵片臉，毛頸項，一分人氣兒也沒有了？」，可作「人的模樣」解。

我們專注於與「氣」字相關的兩個面向：宇宙想像，以及「氣」與個人的關係。

二

氣化宇宙論和《西遊記》小說的宇宙刻畫息息相關。舉兩個例子。

其一，「氣」聯繫天地。第一回描述宇宙萬物出現：「天氣下降，地氣上升；天地交合，群物皆生。」

其二，第二十三回：「自混沌初分，以輕清為天，重濁為地，天是一團清氣而扶托瑤天

1 余英時《論天人之際：中國古代思想起源試探》，二〇一四年一月十二日，台北聯經出版社，頁三十八。

宮闕」。我曾指出這句話前後兩個部分都揀拾前人文字。[2]現在我簡略重複那些意見，加上他們與《淮南子》的聯繫。

前半部份：「輕清為天，重濁為地」。《西遊記雜劇》有個字詞重疊的話：「我想自盤古至今，輕清者為天，重濁者便有俺山水之神。」其實雜劇和小說都不離前文提到，余英時指出的，《淮南子．天文訓》：「清陽者薄靡而為天，重濁者凝滯而為地」。「氣」構成天地。輕浮重沈，古人已經注意到物料密度和浮沉的關係。

後半部份提到「瑤天宮闕」，承繼《淮南子．天文訓》列舉的天空組件（眾神住所）想像：「太微者，太一之庭也。紫宮者，太一之居也。軒轅者，帝妃之舍也，咸池者，水魚之囿也。天阿者，群神之闕也。」。名目不同，但天宮的觀念非常清楚。《西遊記》小說重視神明社區，除了道教天宮之外，還有如來佛祖的西天、觀音菩薩的南海等等。

注意「扶托」兩字隱射「氣」的神奇力道。「氣」不只聯繫、構成天地。天宮懸在半空中不掉下來，全靠「氣」的撐持：「天是一團清氣而『扶托』瑤天宮闕」。

[2] 高全之《重探西遊記》，台北聯經出版社，二〇一八年十一月，頁二一八—二二一。

三

《西遊記》小說的個人身體氣息觀念涵蓋道家（莊子）思想和道教神話，幫助文學想像。

第七十七回，「氣散魂消」指死亡，源自（余英時指出的，氣化宇宙論裡）莊子：「人之生，氣之聚也。聚則為生，散則為死」。第九十七回悟空去幽冥界森羅殿帶回銅臺府地靈縣的寇洪，方式是把寇洪「吹化為氣，掉於衣袖之間」，回到陽間，在寇家「喚八戒捎開材蓋，把他魂靈兒推付本身。須臾間，透出氣來活了。」重點似乎是那股「氣」可以保藏在衣袖間運送，沒散開，散開就死了。

第三十四回，行者消隱身形逃脫現場，有句：「似這般手段，著實好耍子。正是那聚則成形，散則成氣。」一語法與上面提到的莊子相同。這個牽扯非僅句型借貸，也不只是把生死嚴肅議題轉換成隱形的神通而已。重要的訊息是吳承恩編造悟空神通，思維邏輯沒有完全擺脫，但未局限於，氣化宇宙論。吳承恩諱言「聚則成形」的具體元素是什麼。吳承恩避免指稱「氣」是構成人類肉身的唯一元素，但他同意「氣」是構成人類肉身的原素之一。以下是意義繽紛的幾個證據。

《西遊記》小說裡至少八次用「晦『氣』色臉」來形容沙僧，可見「氣」充塞人體而且自皮膚滲透出來。就沙僧這個個案而言，外人甚至可以識別出臉上的晦氣。

吳承恩認為喉口出聲是個人身體獨特「『氣』質」的一部分。人類喉聲（所引發的音波）異於周圍環境的空氣。第三十四回，銀角大王拿了太上李老君的紅葫蘆，底兒朝天，口兒朝地，叫聲：「者行孫。」行者誤認假名能夠破功紅葫蘆的魔法，忍不住應了一聲，立即被吸進去。作者解釋：「但綽個應的氣兒」。「綽」指抓取。紅葫蘆辨識人類喉聲所產生的氣（音波），不受假名影響。

但是人類體氣確有沉寂無聲的其他部分。古人沒有基因複製的概念，本尊和分身難辨的理由是氣體一致。第三十九回，青毛獅怪變成三藏，行者一時分辨不出真假師父，說他們「氣體相同」。

「氣」可以自個人身體（臉部皮膚、聲音、或無聲）溢出，配合著氣化宇宙論的另一概念：氣填滿周邊環境。第五十回，行者警告師父，眼前金山金洞獨角兕大王的樓臺房舍凶險，言詞裡有句：「那壁廂『氣』色兇惡，斷不可入。」樓臺房舍，人體之外的固態物質，也有其氣色。可能的解釋或是：那建築物充滿著居住者身體溢出的氣。

這個神話故事以口舒氣為魔法施展的一種機制。悟空善於此道，常向拔下的毫毛或其他近傍事物吹口仙氣，令對方依照己意變形。其他幾位佛、道、妖魔也利用口氣施法：聖嬰大王紅孩兒（第四十回），彌勒佛祖（第六十六回），太上李老君（第三十五四，五十二回），東天門光明宮昴日星官（第五十五回），六耳獼猴（第五十八回），金鼻白毛老鼠妖怪（第八十三回）。觀音菩薩最厲害，一口氣化玉龍為白馬（第十五回），兩口氣就把蓮花瓣上的悟空吹過南洋苦海（第四十二回）。

口吐仙氣甚至是傳遞特殊神秘能量程序的一部分。悟空增強玉華城三位王子的體能：「這裡卻暗暗念動真言，誦動咒語，將仙氣吹入他三人心腹之中，把元神收歸本舍。傳與口訣，各授得萬千之膂力，運添了火候，卻像個脫胎換骨之法。」

四

《西遊記》小說和《封神演義》都用這個詞「煉氣」。煉氣的「煉」，通煉丹的「煉」。煉丹術包括外丹和內丹。

兩部小說各有偏重。《西遊記》煉氣屬內丹修持，算是內丹術的一部份，並非專為增強戰力。《封神演義》的「煉氣士」一詞，大多意指煉氣有成的戰士。《封神演義》正（闡教）反（截教）雙方都有自稱是「煉氣士」的角色：終南山玉柱洞雲中子，青峰山紫陽洞清虛道德真君，九龍島王魔、楊森、高友乾、李興霸、呂岳、周信、劉環，金鰲島秦完，篷萊島法戒，梅山朱子真。金吒、木吒等等。

《西遊記》小說沒有任何神仙或妖怪自稱為煉氣士。兩次提到煉氣。第十六回，三藏師徒在觀音禪院安歇過夜。悟空：「雖然睡下，只是存神煉氣，朦朧著醒眼。」這個句子的

「存神煉氣」與小說中第二次提到的煉氣有關。第廿六回，蓬萊仙境三老（壽星，福星、祿星）有五個修道項目（養精、煉氣、存神，調和龍虎、捉坎填離）。悟空的「存神」和「煉氣」都上了三老的修道榜單。三老皆非習武之人，修道的主要目的在於長生，所以他們盛讚萬壽山五莊觀人參果（萬壽草還丹）的延壽效果。

《西遊記》小說第二回，菩提祖師說，「『道』字門中有三百六十傍門」，問悟空要學那種「道」。悟空一開始相當謙虛，說什麼都可以學習。悟空道：「但憑尊師教誨，只是有些道氣兒，弟子便就學了。」注意措辭裡的關鍵字：「道『氣』兒」。但是當菩提逐項簡介，以便確認之時，悟空開始懂了，明白表志要學可得長生的道。這個初衷和三老修道的目的完全吻和。

在觀音禪院，悟空早已解決人間（塗銷森羅殿文簿上的姓名）以及天上（吃食「後樹」的蟠桃）的長生問題，所以悟空煉氣，再無期盼長生之理由，只是習慣性的平心靜氣的功夫而已。悟空是科班出身的道家弟子，雖然皈依佛門，仍未完全拋棄道家操練。

五

《西遊記》與氣化宇宙論裡「浩然之氣」的糾纏較為複雜，需要略做解釋。吳承恩曾參與科舉考試，有個儒生身份，不可能不知道「浩然之氣」在中國傳統思想裡的特殊重要意義。孟子認為道德意志可指引天賦的、存於心中的「浩然之氣」。相關的闡述很多。[3]其中最簡單的意義之一，即闡明庶民的個人自我價值。《西遊記》小說深受那個個人自我強調的影響，雖然沒有把「浩然之氣」擺在檯面上討論，故事的「氣」表述仍然借用了「浩然之氣」的推理方法。

《西遊記》講的是清濁之氣。第三十九回，行者從太上老君借得九轉還魂丹，餵食烏雞國王之後，三藏說需要個人嘴對嘴度一口氣，恢復烏雞國王的元氣。那個人不能是八戒，非得要悟空擔當。

> 那八戒上前就要度氣，三藏一把扯住道：「使不得，還教悟空來。」那師父甚有主張：原來豬八戒自幼兒傷生作孽吃人，是一口濁氣。惟行者從小修持，咬松嚼柏，吃桃果為生，是一口清氣。這大聖上前，把個雷公嘴，噙著那皇帝口唇，呼的一口氣吹入咽喉，度下重樓，轉明堂，徑至丹田，從湧泉倒返泥垣宮。呼的一聲響喨，那君王氣聚神歸，便翻身，掄拳曲足，叫了一聲：「師父。」

[3] 可參考徐復觀〈孟子知言養氣章試釋〉，收入徐復觀《中國思想史論集》，台灣學生書局，一九五九年，頁一四二—一五四。

三藏認為修持和飲食決定個人軀體蘊藏的「氣」，顯然延續孟子「我善養浩然之氣」的養氣看法。但三藏的認知內容從浩然之氣演變成清濁之氣。遣詞用字借用氣化宇宙論的清濁之氣，但張冠李戴，借用孟子浩然之氣的邏輯。

氣化宇宙論的體氣有兩個重點。其一，身心搭配但分而論之：心由清氣構成，身則由濁氣構成。其二，氣之清濁有個漸進過程；兩極之間有個清濁程度不一的諸多階段。余英時說「有從『清』到『濁』各種程度的差異」，其中「浩然之氣」是最清純的「氣」，所以介於「浩然之氣」和最汙濁的氣之間，有純度不同的讀數。

三藏論述與以上兩點都截然有別。其一，三藏講體氣，身心聯結不分。其二，指涉對象限於在他眼前的兩個徒弟（悟空和八戒）。體氣非清即濁，指優劣之別。

吳承恩擺脫了身心分離的抽象思考，體氣即身體各種組件結合之後，一起擁有的「氣」。三藏用簡單的清濁二元論來避免清濁漸進論的複雜奧秘。吳承恩棄繁就簡，不惜有異於儒家養氣論的概念，因為他別有懷抱。

此事說來可能會令人驚訝：吳承恩志在展現三藏的誤判。第廿七回，行者向三藏解釋眼前女子是屍魔化身，曾說自己從前在水簾洞做妖魔時候也吃過人肉。講那話時刻，八戒（以及沙僧）都在現場。行者吃過人肉不是師徒之間的秘密。後來在烏雞國，根據三藏的邏輯，「傷生作孽吃人，是一口濁氣」，那麼行者和八戒同屬濁氣，肉體裡面沒有清氣可言。在度氣搶救烏雞國王那刻，行者和八戒未曾隨即糾正三藏錯誤，其實也符合他們的個性：行者喜歡別人奉承，八戒習於逆來順受。三藏誤判的原因可能是健忘，或不知不覺夫子自道。三藏自己生下來就做和尚。師徒四人只有三藏符合自己所訂的修持和齋戒條件，只有他體內有「清氣」。

吳承恩藉三藏之口陳述與儒家思想傳統迥異的養氣道理，以庶民較能理解的黑白分明的簡單思維來取代浩然之氣的漸進包容。錯把馮京當馬涼，意在曝露三藏記性欠佳和聰明才智局限。吳承恩要指出人間宗教傳道者的不完美。

也許同樣重要的是：吳承恩承認「清氣」（三藏）的存在，但他認為我們大部份人都像悟空那樣亦清亦濁，屬於中間地帶。

銅臺府地靈縣

——《西遊記》的程序正義

《西遊記》第九十七回的銅臺府地靈縣事件值得注意。它實踐人本主義，同時可能反映作者自身的生命經驗。為了瞭解顯隱迴異的兩個意義，我們併讀第五十六、五十七回的楊家不肖子事件。兩案章節並非毗隣，但意義遙相呼應，前後順序不得更改。

二

楊家不肖子事件的人本主義昭然若揭。悟空沒有耐性讓當地執法單位維持治安，莽撞獨斷，自行處理盜匪問題。第五十六回，楊老兒招待師徒夜宿，坦承兒子結交狐群狗黨，「專好打家截道，殺人放火。」悟空表示願意親自處死那個兒子：「老官兒，似這等不良不肖，奸盜邪淫之子，連累父母，要他何用！等我替你尋他來打殺了罷。」楊老兒明言不可，希望兒子將來為自己送終。

次晨那群笨賊追殺取經團隊。三藏特別吩咐悟空：「切莫傷人，只嚇退他便罷。」然而悟空義憤填胸，不但殺匪，而且罔顧楊老兒前晚的懇求，認出並處決穿黃色衣服的、老楊的兒子：「行者上前奪過刀來，把箇穿黃的割下頭來，血淋淋提在手中」。悟空越俎代庖，以自己的裁處來取代可能存在的地方法治機制。表面上看來，此舉似乎符合悟空反對威權的立場，但他頓時變成人間法理的極端威權。由於涉及人倫親情，這個場景，手提割下的楊家不肖兒子的頭，可能是《西遊記》小說最恐怖的視覺印象。

悟空被三藏驅逐，求救於觀音菩薩。菩薩的教言把這部小說的人本主義講得明明白白：「草寇雖是不良，到底是個人身，不該打死。比那妖禽怪獸，鬼魅精魔不同。那個打死，是你功績；這人身打死，還是你的不仁。但祛退散，自然救了你師父。據我公論，還是你的不善。」

整部小說裡沒有神佛妖魔介入的凡人盜匪事件就此兩樁。楊家不肖子事件為銅臺府地靈縣事件舖路。悟空在銅臺府地靈縣面對草寇，心中曾生殺機，但終究沒有殺人。自我約束證明悟空學得教訓。我們確定以下引文那句「又恐唐僧怪他傷人性命」指楊家不肖子事件：「行者欲將這夥強盜一棍盡情打死，又恐唐僧怪他傷人性命，只得將身一抖，收上毫毛。那夥賊鬆了手腳，爬起來，一個個落荒逃生而去。」悟空處理此案面面俱到，涉案官員以及原告寇家都承認犯錯。悟空最終甚至不去處罰誣告取經團隊的事主（寇夫人）。

悟空處理兩起草寇事件，逾越和自制的差別非常明顯。在兩者之間，悟空完成了與師父的《心經》對談。師父宣佈悟空已經得到「真解」。那個真解的概念之一，是知行合一。重點在於第八十五回那句「好向靈山塔下修」的「修」字。

足見兩個草寇事件的順次重要。

三

在楊家不肖子事件裡，悟空未曾允許地方法治程序啟動。盜匪出沒，三徒承認地方法統權威存在，所以地方上仍有維持治安的官方。八戒和沙僧的前生都是凡人，想必曾有雙親，比天生石猴、沒爹沒娘的悟空更懂得體會年邁父親（楊老兒）的心情。當晚在傍聽到悟空要殺楊家不肖子的豪語，八戒和沙僧立即進言：「師兄，莫管閒事。你我不是官府，他家不肯，與我何干。」悟空沒有反駁。這番話在推理層面有兩個支撐點。其一，「你我不是官府」。他們承認自己並非負責治安的官方。八戒和沙僧並未因地方官府不是國王或中央政府而掉以輕心。其二，「他家不肯」。那個孩子的父親（楊老兒）不願授權悟空代表父母去施罰。

銅臺府地靈縣事件進一步思考法治程序。地方政府辦案流程在三藏師徒尚不知情的時刻已先啟動。三藏師徒原先並不知寇梁兄弟去銅臺府誣告，刺史姜坤三派遣一百五十名官兵，浩浩湯湯前來追捕。悟空聰明，當即私下告訴沙僧：「師父的災星又到了！」三藏師徒非常尊重官兵的身份，完全沒有拒捕，任由綑綁擡回。刺史親自問狀。悟空為了不讓師父受皮肉之苦，開口自己頂罪，承受腦箍刑求。入監之後，這段描述值得我們回味。

> 可憐把四眾捉將進去，一個個都推入轄床，扣拽了滾肚、敲腦、攀胸。禁子們又來亂打。三藏苦痛難禁，只叫：「悟空，怎的好？怎的好？」

「一個個」意指師徒都得扣拽和挨打。只有三藏喊痛。吳承恩完全不講三徒的反應。那不是疏忽。三徒個個神通了得。那些凡人獄卒的雕蟲小技算得了什麼？稍早追匪近身，沙僧和八戒「心慌」，只是不想多惹麻煩，不是怕打輸。所以沙僧笑慰八戒：「大哥（意指悟空）是個了得的，向者那般毒魔狠怪，也能收服，怕這幾個毛賊？」三徒制服民匪之後，再次稱那些蠢盜為「毛賊」。注意三徒從未私下或公開用類似的貶抑字眼稱呼刺史、官兵、刑吏、或獄卒。三徒明知地方法治系統諸多缺失，仍願意尊重公務人員的法統權威。

悟空當夜決定出手干擾法律訴訟的後續程序：變成猛蟲兒去收集情資，先後假裝寇員外和銅臺府姜刺史伯父顯靈，變成「浪蕩遊神」嚇唬地靈縣官吏，為已經死亡的寇員外延壽等等。證諸銅臺府地靈縣官府辦案產生冤獄的高度可能，以及悟空去幽冥界森羅殿救回寇員外的努力，我們知道吳承恩不完全信任民間法治機制。如果「程序正義」意指法律訴訟按照明文規則運作，我們可以體會吳承恩疑慮法治機制的公平公止，寧可接受略為扭曲的程序版本。

四

以吳承恩作為西遊記作者，目前已經是定論，中外皆然。「定論」指大部分人同意的看法。我個人是贊成的。我以目前所知的幾個吳承恩生平事蹟來詮釋《西遊記》，覺得非常搭配。愛因斯坦有句名言：「想像比知識更重要。知識有限。想像盤繞著世界。」[1]理論物理學如此，人文研究亦然。文獻學是知識的累積和思辨的根據，但不幸常常殘缺欠全。在不違反既有的有限的文獻學資料之上詮釋，間或使用合情合理的想像，是我們和舊文化的關係之一。「意義」於是生焉。

吳承恩傳記、年譜就有好幾種。許多似乎已被學界接受的事件其實只是學者專家在資訊空白之處加入的「合理」猜測。我們利用相關學研成果，知道吳承恩曾經上任長興縣縣承，很快入獄，迅速出獄，然後接受荊府紀善的職務。以下行狀抄自蔡鐵鷹《吳承恩年譜》：

一五六六年：春夏之交，吳承恩赴浙江出任湖州府長興縣縣丞。

[1] Gary S. Berger, MD, and Michael DiRuggiero, Einstein: *The Man and His Mind*, June 2022, Italy，p9.

一五六七年十二月：吳承恩因受攝令貽誤徵糧重差的牽連，只得以「貪贓」罪名下獄避禍。

一五六八年：長興獄案結束，吳承恩有「荊府紀善」職務的補授，其中疑有李春芳的運作。

蔡鐵鷹沒有提供任何確鑿證據，但揣度吳承恩能夠迅速脫出長興獄案，並且得到實際平反和名譽補償，最大的原因是內閣首輔李春芳的介入。[2]作者生平資料允許我們做相關的小說詮釋。我認為銅臺府地靈縣的故事正可以當作內證，支持蔡鐵鷹的看法：吳承恩牢獄之災很可能經過朝中高官朋友在正常法律辦案流程之外，即明朝法治「程序正義」的某個扭曲版本，暗中解決。

如果上述解讀可予考慮，那麼銅臺府地靈縣故事或有另外一個意義：它是文學的障眼法；當吳承恩描繪悟空完美和神奇的時候，衷心感激，想到那位曾經幫助自己出獄的友人。

2 蔡鐵鷹《吳承恩年譜》，北京中國社會科學出版社，二〇一四年九月，頁一七九至一九九。

大話和感恩

——《西遊記》的胎裡素

一

取經途中，三藏兩次自稱是「胎裡素」。在那兩次之間，悟空曾說三徒（悟空、八戒、沙僧）都是胎裡素。那是個什麼情況？

二

三藏身世主要出現於現在通行本《西遊記》第九回，或（在某些小說版本裡）夾於第八第九兩回之間的附錄。本書所收〈時在念中——胡適的《西遊記》研究〉曾引余國藩的第九回評估。現在我們引述《中國通俗小說總目提要》的意見。專家們大多同意該回不是吳承恩本人所撰寫。目前所見最早的《西遊記》刻本是明萬曆世德堂本。明朝幾個《西遊記》刻本都沒有現在通行本第九回的內容。第九回在清朝刻本才出現並且落實。以下這段話簡述了清朝刻本第九回的演進大要：

> 上述明版本均無陳光蕊赴任受災、唐玄奘出身一節故事。此故事最早由《西遊證道書》加入，而為第九回：「陳光蕊赴任逢災，江流僧復讎報本」。據該書第九回評語，謂得大略堂「釋厄傳」古本，備載陳光蕊赴官遇難始末，始加補刻。該書因補入

第九回陳光蕊事，乃將明刊本第九回至第十一回三回文字合併為第十、十一兩回。[1]

《西遊證道書》並非現在通行本《西遊記》的定本。但第九回大致自《西遊證道書》開始定案。刻本編輯保留第九回的原因是實際上的需要，以便與全書其他相關情節配合，而且：「唐僧出身的故事，宋元時代民間已普遍流傳，作者（指吳承恩）似不會不予吸收。很可能原書是有一段敘述唐僧出身的故事的，世德堂本把它刊落了。」[2]

第九回之外的「胎裡素」三字，應該都源自世德堂版本。其解讀必須參考清朝刻本的第九回補文。這是閱讀《西遊記》小說的一種選擇：接受前人修填遺漏的工作，承認唐僧身世補文為今日所見，《西遊記》小說藝術整體的一部份。

三

一般來說，「胎『裡』素」指母親在懷孕期間就開始持齋。

三藏兩度自稱胎裡素。第一次出現於第十九回，三藏告訴高太公：「貧僧是胎裡素，自幼兒不吃葷。」這句話把母親和自己分開來講，先稱母親懷孕期間吃素，再說自己自幼

1 《中國通俗小說總目提要》簡錄，蔡鐵鷹《西遊記資料彙編》下冊，北京中華書局，二〇一〇年六月，頁五七七。

2 《版本介紹》，見台北文化圖書公司《西遊記》，台北文化圖書公司，一九九四年十月五日再版。

持齋。胎裡素是唐僧持齋的第一個特點。第二個特點（自幼不吃葷）無可置疑，曾得官方認證。朝臣與眾僧奉唐太宗命令選一名有德高僧，結果推出玄奘法師。論其資歷，提到「這個人自幼為僧，出娘胎，就持齋受戒」。注意官方認證沒提三藏持齋的第一個特點（胎裡素）。

三藏第二次自稱胎裡素是第七十二回。三藏在盤絲嶺盤絲洞，面對兩盤人肉麵觔，人腦豆腐塊片，聞得腥膻，拒絕進餐，向蜘蛛精說：「女菩薩，貧僧是胎裡素。」三藏當時沒說自幼就不吃葷。

然而三藏另外曾經兩度談到齋戒，沒講胎裡素。第十三回，劉伯欽在家裡招待三藏吃飯。「三藏合掌當胸道：『善哉！貧僧不瞞太保說，自出娘胎，就做和尚，更不曉得吃葷。』」第卅六回，在勅賜寶林寺，那個勢利的僧官問三藏師徒吃素還是吃葷，三藏答：「吃素。」簡單扼要。出家人回應這種問題，如果答案是素食的話，完全無需多加解釋。

為什麼三藏自己有時會諱言胎裡素？可能的原因是他根本不知道自己是否胎裡素。有關三藏身世的篇幅描述母親（承相之女）殷溫嬌嫁給狀元陳光蕊，懷孕，被盜賊劉洪強佔為妻，然後生子，偏偏沒有交代在產前是否持齋。殷溫嬌含辱偷生，才能生下肚裡的陳光蕊的骨肉，大有可能無法顧及素食問題。多年後母子會面，殷溫嬌沒說任何有關胎裡素的事。

我們回過頭來問：為何，如前所述，三藏曾經兩度自稱胎裡素呢？可能的原因是心懷感恩，語言浮誇。畢竟許多佛教徒認為胎裡素是惠及嬰兒的一種功德。三藏要說母親疼愛自己，積了功德。

作者希望讀者注意三藏言詞妄誕。證據就在前引第卅六回，三藏答說自己吃素之後，僧官接著問三徒是否吃葷。悟空代表回答：「我們也吃素，都是胎裡素。」這個額外信息突如其來，令人訝異。悟空曾氣憤「弼馬溫」的封號，接受部屬進言，自稱「齊天大聖」，要求玉帝依此稱號「陞官」。那份狂妄裡有自我身份認知的確切意願。但「胎裡素」的自稱卻語帶諷刺，並不真誠。第七十一回，悟空自稱「生身父母是天地」。天生石猴沒有俗世父母，沒有胎裡葷素可言，勉強把（通俗意義的）無食講成素食，或許還說的過去。但涉及八戒和沙僧，就是胡說八道。八戒「自小生來心性拙」，沙僧「自小生來神氣壯」，都有凡胎肉體，故事從來不提兩人生母懷孕的狀況。悟空怎麼知道？

稍早第十九回，師父第一次自稱是「胎裡素」的時候，沙僧尚未入夥，悟空和八戒坐在師父左右兩旁，聽得清楚。大概刺耳，悟空一直記得。此時悟空答話，「我們」意指三徒。八戒和沙僧在傍悶聲不響。此刻他們知道悟空在說大話，但自己身世記憶可能過於模糊，母親資料一片空白，沒有討論生母是否持齋懷孕的知識和興致。

悟空強不知以為知，八戒、沙僧沉默，都無從代表「子欲養而親不待」的孝思。悟空沒有「欲養」的投射對象。八戒和沙僧遠離童年和親生父母，或許缺乏「欲養」的念頭。

悟空一直是師父言行舉止的近距離觀察者，以及嚴格的評論員。悟空此次語出驚人，非僅確認「胎裡素」的佛教生命價值，也提醒讀者：請去檢驗三藏自抬身價，是否吹牛。悟空表述婉轉，語帶玄機，避免正面挑戰師父。由於未受僧官進一步質詢，師父當場一言不發。然而三藏思母心切，如前所述，多年後忍不住再度咋呼，自稱「胎裡素」。

四

本來在神話故事的邏輯裡，俗世父母僅是金蟬長老（三藏）轉世投胎的交通工具而已。但三藏生來就做和尚，具有（他自己一再承認）「肉眼凡胎」的限制。凡胎裡的俗世倫常情愫很可理解。

三藏從來不提自己前生的金蟬子身份，卻自吹自擂今世的「胎裡素」品質，間接表達人子未能深度了解生母的遺憾。殷溫嬌和三藏母子情深。丞相殷開山懲兇之後，殷溫嬌羞見父親，當下就要自縊，兒子（三藏）與父親（殷開山）相繼苦勸。已經出家十八年的兒子跪求陳情，有句：「母親若死，孩兒豈能存乎？」可見這個出家人長久心存孺慕。

這位十八歲的和尚在母親面前跪下，令人想到《封神演義》哪吒聽到四海龍王奉玉帝命令，即將擒拿父母，「放聲大哭」，求師父太乙真人設法營救。一跪一哭，都是中國神話世界不忘孝思、令人讀之難忘的情景。

悟空看出師父的如意算盤：既然在故事語境裡沒有證據顯示母親是否在懷孕期間齋戒，出家的兒子宣稱有位為自己素食的孕母，又有誰能反對呢？於是《西遊記》有這樣的三個「胎裡素」大話。悟空的大話前巴村後著店，夾在師父的兩個大話之間。串連起來，同聲相應：世上只有媽媽好。

功效・局限・濫用

——《西遊記》的孝道評估

一

我曾經建議《西遊記》小說牛魔王一家婉轉間接涉及吳承恩本人的生命經驗。[1]本書所收〈大話和感恩——《西遊記》的胎裡素〉建議三藏思母心切，浮誇母親美德。

本文繼續撿拾其他孝道舖陳，從宗教到法治，確認孝道乃故事的核心價值之一。孝道表述方式繽紛多彩，在在見證這部小說的藝術成就。

二

《西遊記》認為佛經允許出家人心存孝思。證據在全書結尾詩句「上報四重恩」。曹炳建歸納《西遊記》涉及到四十四種佛教經目，分四類。「四重恩」屬於其中第三類：「無此佛教經目，然與佛教有一定關係者，計十種。」第三類第一種總結如下：

《恩意經大集》：據《釋氏要覽》卷中，以父母恩、眾生恩、國主恩、三寶恩為「四恩」；又以父母恩、師長恩、國主恩、施主恩為「四恩」。查《西遊記》第一百回回

1 高全之〈從〈先府賓墓誌銘〉到《西遊記》小說〉，《重探西遊記》，台北聯經出版社，二〇一八年十一月，頁八三—一〇四。

末詩，有「上報四重恩，下濟三塗(途)苦」句，或作者據「四恩」說而造此佛經。[2]

無論「四重恩」是否可解讀為（作者虛擬的）佛經經目，我們確知「四重恩」源自「四恩」。前面提到的引文裡，《釋氏要覽》的兩種「四恩」定義都以「父母恩」為首。可見《西遊記》知道佛經允許出家人記得父母恩澤。

三

《三國志》有個相當感人的故事。三國時代，年輕書生司馬芝逃難時遇到賊人。其他人都離棄同行的老弱人士逃生，只有司馬芝留下守護老母。在賊人刀口下，他叩頭請求饒了母親。賊人說：「此孝子也，殺之不義。」賊人就不殺這對母子。[3]可見民間搶匪也懂得尊重孝子義行。

《西遊記》不遑多讓，多次確認孝順父母必將得到報償。第一回，靈臺方寸山的樵夫因為自己是獨子，必須照顧寡母，無法全時修道。美猴王回應說：「據你說起來，乃是一個

2 曹炳建〈《西遊記》中所見佛教經目考〉，蔡鐵鷹《西遊記資料彙編》上冊，北京中華書局，二〇一〇年六月，頁二一九四。

3 陳壽著，裴松之注《三國志》第二冊，北京中華書局，一九八二年七月第二版，頁三八六。

行孝的君子，向後必有好處。」有意思。雖然自西漢初期就有皇家敕封的「孝悌」稱號，但這部小說沒提任何獎賞孝行的政府制度。百善孝為先，行孝是一種行善類別。「向後必有好處」比較接近佛家的業報觀念。「向後」可以是慧遠《三報論》所說的現報（此身受）、生報（來生便受）、或后報（更遠的世代）。[4]

第九十七回有個現世報的例子。銅臺府地靈縣寇洪冤死。悟空去幽冥界要人。十八層地獄裡有三層（酆都獄、拔舌獄、剝皮獄）專門收留「不忠不孝傷天理」、「佛口蛇心」的人。但地藏王菩薩原本就知道寇洪生前提供齋食給出家人，是個「善士」，即刻就近指派了一個職位（掌善緣簿子的案長），沒讓寇洪受到折磨。地藏王菩薩看在悟空面上，延長寇洪陽壽十二年。

靈臺方寸山那位樵夫並非照顧寡母的僅例。鎮山太保劉伯欽是個唯母命是從的孝子，家裡除了老婆之外，也供養著年邁的母親：「這劉伯欽雖是一個殺虎手，鎮山的太保，他卻有些孝順之心。聞得母言，就要安排香紙，留住三藏。」這個描述符合孔子說的「無違」、「色難」等等教誨。「今之孝者，是謂能養。至於犬馬，皆能有養；不敬，何以別乎？」[5]

4 高望之著，高亮之、高翼之合譯，《儒家孝道》，南京江蘇人民出版社，二〇一〇年十一月，頁七三，九八。Wang Z. Gao, *Confucian Filiality*, CN Times Books, Inc. New York, 2013.

5 《論語》〈為政篇〉，謝冰瑩等編譯《新譯四書讀本》，台北三民書局，一九九三年八月修訂五版，頁七五—七七。

第八十六回，悟空在隱霧山折岳連環洞救出（被南山大王擒獲的）另位樵夫，那也是個在家供養老母的孝子。吳承恩知道儒家孝道的重要社會功能在於解決老人問題。第十二回，唐太宗朝廷上，儒佛辯論，大臣傅奕的陳詞有句：「禮本於事親事君」。注意「事親」優先於「事君」。唐太宗最後裁定要加持佛教，意在兼容——沒有驅逐——儒家孝道。那個情況符合中國傳統思想（墨翟、楊朱）歷經外來宗教（佛教、基督教）衝擊，仍舊維護孝道的事實。[6]

悟空的思想言行未必全部代表作者。第五十六回，楊老兒懇求悟空手下留情，別殺那個為非做夕的楊家不肖子，以便將來有人為自己送終。楊老兒的期待很可理解。後事乃安老問題的一環。孔子向樊遲進一步解釋「無違」：「生，事之以禮；死，葬之以禮，祭之以禮。」[7]老人心裡想到喪葬，甚至祭拜，相當自然。

我們可從孝道的立場去確認楊家那個淪為盜匪的兒子不孝。孟武伯問孝，孔子答說：「父母唯其疾之憂。」[8]在這個「孝」的定義裡，父母只擔憂子女的健康，子女其他行為應該循規蹈矩，不令父母操心。楊老兒知道兒子和他的那夥匪徒朋友會加害於三藏師徒，所以

6 見註4，頁六六—八二。
7 見註5，頁七五。
8 見註5，頁七六。

半夜預警，請取經團隊潛離。那個不肖子令父親擔心，所以不孝。

楊家兒子不孝，仍然難以充當悟空次日親手殺戮的正當理由。我曾討論過那個行為的妥當性。[9]破壞安老機制可能是吳承恩質疑悟空行為的主要理由。

就老人問題的解決方案而言，孝道未盡理想，卻仍長期為中國社會採用。吳承恩肯定這個辦法。

四

《西遊記》小說擴展父子關係到師徒對應之上。悟空和八戒頻頻引述「一日為師，終身為父」的古訓。譬如第八十一回，悟空告訴師父：「常言道：『一日為師，終身為父。』我等與你做徒弟，就是兒子一般。」

拆開師父兩字，「師」和「父」兩種身份各自指引徒弟的「恭」和「孝」。第五十回，金兜山的山神和土地建議暫為保管齋飯和缽盂，等待悟空救出三藏之後才再奉還，目的是：「方顯得大聖至恭至孝」。第五十三回，三藏脫難，金兜山山神、土地現身交還紫金缽盂，提醒三藏進餐，重覆了弟子心存恭孝的重要：「且來吃了飯，再去走路，莫孤負孫大聖一片

[9] 高全之〈舊瓶新酒——孫悟空和唐三藏的分分合合〉，見註1，頁一七五—一九六。

恭孝之心也。」

師徒之間的父子對應是鎮元大仙稱讚悟空「有些孝意」的理由。第九十回，萬壽山五莊觀鎮元大仙抓到偷吃人參果的三藏師徒，要責打三藏。悟空主動要代師父挨打，鎮元大仙稱讚說：「這潑猴，雖是狡猾奸頑，卻倒也有些孝意。既這等，還打他罷。」這裡「孝意」指師徒形同父子之後，徒弟應有的身段。

「一日為師，終身為父」是個單向的行為訴求，僅用於徒弟對師父的應有態度。三藏拘謹嚴肅，從未傲慢自大，自比為徒弟的父親，也從未要求徒弟行人子之禮。

《西遊記》沒有盲目倡言那個父子觀念適用於所有的師生關係上。吳承恩知道在一般的師生關係裡，老師無需承擔為人父母的責任。吳承恩〈先府君墓誌銘〉憶述父親吳銳幼年時在「社學」就讀，付不起學費（「錢物」），厚著臉皮偷偷旁聽。社學老師故意冷落吳銳，一旦發現吳銳學習程度夠好，為了想擺脫這個窮學生，就要他昇級去「鄉學」就讀。吳銳因此而輟學。那位勢利的社學先生無意免費做窮人家幼童吳銳的老師，遑論扛起父親的責任來。[10]

取經團隊的首要任務是重現宗教歷史的大業。三徒是武裝護衛。保護師父，需要長期的

[10] 蔡鐵鷹《西遊記資料彙編》下冊，北京中華書局，二〇一〇年六月，頁六四五—六四八。

忠誠和毅力。由於外力（緊箍兒）的存在，師徒之間缺乏親子那樣的溫暖。

五

孝道觀念可能濫用。我曾討論奎木狼和三公主的案例。[11]悟空假借孝道規範來遮掩狂妄和自以為是，值得再予簡要討論。

第卅一回，悟空原本答應如果寶象國三公主放走沙僧，悟空就交還三公主的兩個孩子。沙僧被釋放之後，悟空卻指示八戒和沙僧摜殺兩個孩子。悟空失信，自知理虧，只好轉變話題，與三公主大談孝道：

行者笑道：「公主啊，為人生在天地之間，怎麼便是得罪？」公主道：「我曉得。」行者道：「你女流家，曉得甚麼？」公主道：「我自幼在宮，曾受父母教訓。記得古書云：『五刑之屬三千，而罪莫大於不孝。』」行者道：「你正是個不孝之人。蓋『父兮生我，母兮鞠我。哀哀父母，生我劬勞。』故孝者，百行之原，萬善之本。卻怎麼將身陪伴妖精，更不思念父母？非得不孝之罪，如何？」公主聞此正言，半晌家

11 高全之〈奎木狼與三公主——未曾宣布緣盡情了〉，見註1，頁三一一—三二八。

> 耳紅面赤，慚愧無地。忽失口道：「長老之言最善。我豈不思念父母？只因這妖精將我攝騙在此，他的法令又謹，我的步履又難，路遠山遙，無人可傳音信。欲要自盡，又恐父母疑我逃走，事終不明。故沒奈何，苟延殘喘，誠為天地間一大罪人也。」說罷，淚如泉湧。

悟空強詞奪理。三公主身為人母，據理要求歸還兩個孩子，與她是否思念父母有何關係？三公主的父母貴為一國之主，生活無虞，不需子女照顧。三公主被黃袍怪（奎木狼）搶來做夫妻生養孩子，無法與父母通訊，與孝道有何抵觸？悟空的首要敵人是黃袍怪，但罪及妻孥。妻孥無辜。

《西遊記》是否未曾濫用孝道思維，但其執行程度接近常情常理的極限呢？答案在第九回補文，三藏為父母報仇的事件裡。三藏向師父金山寺法明和尚哭訴：「父母之仇，不能報復，何以為人？」法明和尚毫無異議。報仇雪恨的情節發展至置壞人劉洪於死而後止。那個滿足俗世正義觀念的交代，完全不給佛家展示大慈大悲的機會。三藏主動的承諾——報仇之後將「頭頂香盆，重建殿宇，報答師父之深恩」——也無下文。

出家人的俗世聯繫包括為父母報仇。第九回補文因此拓增了《西遊記》小說的孝道評估。出手為三藏報仇的是唐王和外祖父殷丞相。佛教尊重俗世政府懲罰壞人的法權。俗世法律規範著孝子為父母報仇的行為。當孝子是僧人的時候，佛教只是個旁觀者，靜候司法程序的完成。世間有些事情，宗教無需居於主導的地位。

佛教華化

——從比較宗教學讀《西遊記》

一

美國漢學家芮沃壽（Arthur Frederick Wright,1913–1976）認為佛教華化，歷經四個階段：（中國本土價值系統的崩盤）準備，（佛教入侵並接受地主國政治與思想體系的）馴化，獨立成長，（與道教和其他民間宗教）融合。芮沃壽提到唐玄奘屬於中國佛教的獨立成長階段，隨即從比較宗教學的角度指出中國佛教的兩個特點。

其一，在中國，梵文從未像拉丁語那樣在歐洲一度成為與公眾生活脫節的教會專用的「聖堂語言」。也就是說，大部分歐洲信眾讀不懂拉丁文聖經，天主教士具有解讀聖經的特權。中國佛教徒極少數（像唐玄奘那樣）懂梵文。大多數中國佛教宗派的思想家或創始人只懂漢語。佛經中譯雖然未盡完美，但成熟的程度足以幫助中國信眾擺脫對梵文的依賴。

其二，中國佛教無需仰賴境外某個機構，像羅馬教庭（於天主教）或埃及阿扎爾清真寺（於回教），做為宗教運作的權威中心，遙控以及檢驗中國佛教的思想發展或組織運作。

簡而言之，中國各種佛教宗派的誕生與運作，只有根據中國思想傳統，中國宏觀歷史視野裡的各種動向，以及中國人民的精神和知識需求，才能完全理解。[1]

芮沃壽沒有點名。但他想到的西方宗教翻轉並且普及的範例之一，大概是馬丁路德（Martin Luther,1483–1546）及其領導的宗教革命。中國佛教發展歷史裡沒有，也不需要，類似馬丁路德那樣的人物。

無論芮沃壽是否精準並完整描述了中國佛教發展歷史，這兩個比較宗教學的意見足以激發好奇：《西遊記》小說（下文簡稱為《西遊記》）支持或者牴觸芮沃壽講的中國佛教特性呢？

我們趁此機會，最後將討論芮沃壽沒有觸及的宗教「選民」議題。

二

第一個意見，中國佛教典籍語文的華化程度相當徹底。《西遊記》顯然支持這個史觀。歷史玄奘是位偉大的佛經翻譯家。譯經的目的在於消除語文隔閡。《西遊記》卻刻意忽略國際語文有別，完全抹殺外國語文與中文互譯的需要。取經團隊有官差身份，一路帶著通關文牒，在外國住進當地官方為異國訪客設置的館驛。進入西梁女國，立即被安排住進「館

[1] Arthur F. Wright，芮沃壽，*Buddhism in Chinese History*，《中國歷史中的佛教》，Stanford University Press, Stanford, California, 1959, p76-77.

驛」。進入天竺國，與「眾商各投旅店」不同，直接投宿「會同館驛」。師徒的通關文牒使用各國與各地通用的文字（中文），一共收集了十一個印記，根本沒有翻譯的需要。小說語境裡中文是宇宙性的。在塵世凡人之外，神佛妖魔都用中文溝通。順理成章，佛經完全沒有翻譯的需要。

明朝時期無論佛經中譯如何成熟，語文徹底統一當然是《西遊記》的誇張。承認國際語文差異的明期小說所在多有。《今古奇觀》有個膾炙人口的故事，〈李謫仙醉草嚇蠻書〉，和《西遊記》一樣鋪陳唐期舊事，卻記述需要外語人才協助處理國際事務。渤海國使節抵達京城，朝廷急宣賀知章接待番使住在館驛。唐玄宗滿朝文武看不懂渤海國使節呈遞的文書。端賴賀知章推薦，李白讀寫俱佳，妥善覆函「嚇蠻書」，建立大功。

《西遊記》強調佛教華化程度的深入，刻意「以偏概全」，渲染在中國佛經翻譯大師們努力之後，佛教語言華化近乎完美。故事裡中國佛教自有生命，自外於印度原始佛教，得如來佛祖以及觀音菩薩直接垂青。作者想像：如來佛祖賜予小說三藏三十五部完全用中文書寫的佛經。其象徵意義在於：中譯佛經裡固然存在（反映密教思維的）音譯咒語，但梵文佛教術語中譯完備；梵文不是中國佛教寺廟的殿堂語言；在寺廟之外，梵文也不是中國民眾討論或學習佛教思想的主要工具。

三

芮沃壽的第二個意見：佛教進入中國，與儒家、道教、官方或民間團體磨合，以便生根，發展，存活，但始終沒有聽令於印度那爛陀寺或其他境外的佛教機構。中國佛教無需境外佛教機構認證或指導。

要探討《西遊記》是否支持這個觀察，首先要確認小說裡中國佛教組織的存在。答案是肯定的。佛教在唐期相當興盛，不然的話，唐太宗朝庭不會有傅奕和蕭瑀的廢佛辯論。玄奘自幼即為佛寺（金山寺）收養，是正式訓練的和尚，被選為高僧之後，在化生寺做諸項法事，有一千二百名僧人共襄盛舉。可見長安城內佛教僧人之多。

什麼是《西遊記》中國佛教運作的場域呢？《西遊記》的人間世界有四大部洲。佛教無遠弗屆，遍及四洲。唐朝的長安屬於南贍部洲。我們似可假設中國領土的地緣觀念即南贍部洲。這和本文第四節引用如來佛祖關於南贍部洲的一段話遙相呼應。

除了取經團隊長途跋涉之外，故事隻字未提南贍部洲的佛教組織和其他部洲的人間佛教組織互相往來。故事語境裡中國佛教與境外佛教的交往，主要是南海普陀山的觀音菩薩（來長安城顯相並宣講大乘佛法），以及西方極樂世界的如來佛祖（提供佛經）。兩位都是佛教神明，並非境外人間佛教組織。

基於以下兩個理由，《西遊記》認為中國佛教得到佛教神明真傳，乃佛教的正宗。其一，沒有人間佛教組織，境內或境外，夠資格做三藏師徒和佛教神明之間的中介。三藏師徒代表中土直接和佛教神明溝通。其二，如來佛祖要求三藏帶三十五部佛經回中國，直接影響中國百姓。

四

由於不受境外組織牽制，中國佛教從容自若發展。明朝人吳承恩寫唐期故事，更有因時制宜的方便。舉個例子。《西遊記》故事語境中，兩位畫家個別親睹觀音顯相，當場描繪，畫作傳世。繪圖者之一，是唐朝大畫家吳道子。

作者把吳道子搬上檯面，顯而易見的理由是史實和虛擬同台（長安）。吳道子曾在長安城凌煙閣為唐朝功臣作畫。第十二回，吳承恩特別囑咐：「吳道子（此人即後圖功臣於凌煙閣者）」。觀音菩薩到長安，顯相於唐太宗及其臣民。太宗傳旨描像，立即選出吳道子當場作畫。

也許更深層的意義是承認吳道子於佛道教神明形象的巨大影響。季崇建《中國佛像鑑定》這麼說：

吳道子人物畫的最大業績正是表現在宗教壁畫的創作上。他曾在長安、洛陽寺觀作佛道宗教壁畫三百餘間，筆法磊落，線條勁爽，勢狀雄峻，生動有立體感；又因用狀如蘭葉或蓴菜條的筆法表現衣褶紋理，並有飄舉風動之勢，故被後人稱為「吳帶當風」。

吳道子的佛畫藝術開創了一代新風格，勢必亦改變了當時佛教造像的創作思路和審美趣尚，而這種「吳帶當風」的藝術風格，尤其在盛唐菩薩造像的形體變化上得到最充分的發揮。這類作品一般多作三段屈曲扭動姿勢，纖麗嫵媚，嬌俏動人。製作者還特意在舞姿般的造型周圍，加上隨風飄繞的披巾，使整個菩薩像具有靈動和疏朗之美。雖然它和「吳帶當風」的本意有一定距離，但受到這種時髦畫風影響，而引申出的一種飄舉風動新形象，我們完全有理由把它稱為「吳帶當風」的菩薩像特色。

吳道子的影響包括觀音雕像。從歷史年份上看，盛唐和吳道子在世期間重疊。我在季崇建提到的幾件盛唐時期作品裡，引用兩例。

例一：上海博物館所藏的「十一面觀音菩薩鎏金銅像」，照片見《中國佛像鑑定》頁二一九。

上海博物館所藏的〈十一面觀音菩薩鎏金銅像〉，亦可謂「吳帶當風」的典範作例。它的頭項作十面，高聳如冠，臉型豐圓，五官刻劃傳神，身姿呈三段屈曲式，裸上身，戴項圈、腕釧。帔帛飄垂至蓮座外側，有風動之感。長長的瓔珞自右肩垂掛至左膝，更襯托出觀音像體態的生動性。同類作品不勝枚舉，這說明「吳帶當風」的畫風不僅非常流行，而且與佛像雕刻藝術完全地融合在一起，成為盛唐觀音立像的一種常式。

例二：也是「吳帶當風」的單體直立觀音佛像，沒有文字討論，照片見《中國佛像鑑定》頁十九，註文記其年代為「盛唐」，日本新田氏藏，著錄《金銅佛造像特展圖錄》，命名為「十一面觀音鎏金銅像」。[2]

《西遊記》所記錄的觀音形象和以上提到的兩尊十一面觀音像有所不同。也就是說，《西遊記》所記錄的是明朝——可能有別於唐朝——所接受的觀音形象。近代的吳道子影響研究，給予我們這個特殊的欣賞角度。現在先提三項異別：平民化（去除異常性），美感俗世化（著重溫柔婉約的女性美），美感保守化（著裝遮身）。稍後我將討論這些落差如何反映《西遊記》的佛教華化態度。

2 季崇建《中國佛像鑑定》，典藏藝術家庭股份有限公司出版，二〇〇二年八月，頁十九，頁二一六—二一九。

（一）平民化（去除異常性）

前引兩尊十一面觀音像頭頂上都添加多個小的佛頭交錯疊合，形成髮飾模樣。神奇，怪異。

《西遊記》觀音髮型完全符合俗世美感。第八回首次描繪法相，有句：「烏雲巧疊盤龍髻」。盤龍髻是中國傳統女性髮髻的款式之一。第十二回提到髮飾：「那菩薩，頭上戴一頂金葉紐、翠花鋪、放金光、生瑞氣的垂珠纓絡」。第四十九回講觀音沒有梳妝，一頭散髮，與常人無異：「懶散怕梳妝，容顏多綽約。散挽一窩絲，未曾戴纓絡。」

《西遊記》用講故事的方式呈現觀音的神通，無需怪異形象（頭頂上小佛頭）來嚇唬凡人。

（二）美感俗世化（著重溫柔婉約的女性美）

前引那尊流落日本的十一面觀音鎏金銅像，臉型腫脹飽滿。眼眶大而誇張，眼眶的上沿弧線代表高眉。下眼眶半圓弧朝上，幾乎和朝下開的半圓弧細眉（上眼眶？）聯接而形成誇張的大眼，大大眼珠向前瞪，眼神呆滯。整體而言，容貌粗獷、憨直、野蠻，缺乏溫柔、細緻、平靜、或宏偉。

《西遊記》觀音頌詩有句：「九霄華漢裡，現出女真人。」這裡「漢」指天河。「女真人」，明言女性。《西遊記》兼顧化妝或素顏的外表。觀音上了妝是美女，「眉如小月，眼似雙星。玉面天生喜，朱脣一點紅。」（第八回），下了妝也好看，「懶散怕梳妝，容顏多綽約。」（第十二回）

（三）美感保守化（著裝遮身）

前引兩尊十一面觀音像上半身赤裸，胸部飽滿凸出。胸寬腰窄，肩膀也比臀部寬，體型健美。

《西遊記》第八回，明言觀音身上穿「素羅袍」。第十二回說得更清楚：「身上穿一領淡淡色、淺淺妝、盤金龍、飛綵鳳的結素藍袍。」第四十九回，悟空見到沒戴纓絡，沒穿素藍袍的觀音。當時觀音身上有襖縛和錦裙：「貼身小襖縛」，「漫腰束錦裙」。襖縛相對於錦裙，就外觀來說，各別覆蓋上半和下半身。吳承恩美學觀念裡絕無袒露上半身的觀音。

《西遊記》觀音菩薩形像不同於前引兩尊十一面觀音像，如何幫助我們體會這部小說的佛教華化態度呢？

吳承恩高度肯定吳道子推動佛像華化的歷史成就。盛唐時期觀音佛像華化程度仍深淺不一。例如前引兩尊十一面觀音像的面容就有細緻和粗糙之別。季崇建《中國佛像鑑定》評介的盛唐（或其他朝代）觀音像也不限於十一面觀音像。但是《西遊記》絕緣於中國視覺藝術家在觀音造型設計理念上的紛紛擾擾，氣定神閒舖陳觀音形像，沒有在華化深淺之中選擇的為難。畢竟已經是明朝了。吳承恩這樣記錄明朝的觀音：俗世化的神明價值，女性的性別肯定，慈悲（「解八難，度群生」，「救苦尋聲，萬稱萬應」，「他是落伽山上慈悲主」），優雅，以及端莊的衣著訴求。

在觀音之外，《西遊記》確認如來佛祖的男性性別。如來佛祖自稱「我是西方極樂世界釋迦牟尼尊者」，遙指印度王子出家成佛的故事。此非芝麻小事。在佛教華化過程中，釋迦牟尼佛像一度曾加入女性性格。季崇建這樣描述麥積山「第四十四窟正壁中的主尊佛像」：「既有佛陀的慈悲大度，又表現出溫婉善良的母愛性格」。[3]佛像反映俗世個人生命經驗，慈母模樣大概和塑像資助者或雕刻藝術家有關。然而吳承恩執意強調如來佛祖男性性別的歷史正確性，反映中國佛教的主流思想。常有人說觀音可男可女，少有人講釋迦牟尼可男可女。《西遊記》有其影響。舉個例子。陳定山《龍爭虎鬥》有這段話：

3　見註2，頁一五〇。

他想找薛二報復，無奈招文袋落在別人手裡，金箍咒套在自己頭上，任你孫悟空有十萬八千里觔斗雲，也翻不出觀音大士手掌去。[4]

「他」指金九，「別人」指金九太太露凝香。陳定山以《西遊記》如來佛祖制服孫悟空的故事，來比擬露凝香在夫妻爭鬥裡佔了上風。但典故和現況之間有個誤植。《西遊記》齊天大聖觔斗雲翻不出如來佛祖——不是觀音菩薩——手掌心。陳定山為何明知故犯？原因在於露凝香是位女性，所以作者硬以觀音菩薩取代如來佛祖。這個誤差在《龍爭虎鬥》小說裡是否妥當並非本文興趣，要緊的是陳定山同意《西遊記》神明性別的認知：如來佛祖是男性，觀音菩薩是女性。如果佔上風的一方是女性（露凝香），就得以女性神明（觀音菩薩）取代男性神明（如來佛祖），伸手制服悟空的觔斗雲神通。

在歷史的宏觀視野裡，《西遊記》維護佛教的歷史事實（例如如來佛祖的性別），故意忽略顛簸（例如滅佛事件），衷心讚嘆華化的徹底（例如觀音菩薩的性別）。

4 陳定山《龍爭虎鬥》，台北晨光出版社，一九五六年五月初版，頁一三二。

五

芮沃壽沒有討論中國成為佛教「選民」的議題。可以理解。歷史玄奘取經故事口碑載道，印證中國向印度學習並移植佛教的努力。佛教東傳，許多驅動力源自東土。如何去推論中國佛教徒得到佛教神明青睞，變成特別被挑選而受照顧的對象呢？中國佛教畢竟與其他宗教（如基督教）不同。歷史上中國佛教徒很少自稱是神明揀選的族群。

偏偏《西遊記》反其道而行，揚言中華民族是佛教神明的最愛。（這部小說也強調道教神明高度關切中華民族。但那在本文範疇之外。）吳承恩陳述的方法相當婉轉，需要一些解釋。

《西遊記》如來佛祖選擇性的特別關切中國，主動提議要在南贍部洲挑選取經人。表面上的理由很簡單，如來佛祖認為四大部洲之中，南贍部洲問題最多，最需要佛教幫助：「但那南贍部洲者，貪淫樂禍，多殺多爭，正所謂口舌兇場，是非惡海。我今有三藏真經，可以勸人為善。」但如來佛祖的評估未可盡信。他的西牛賀洲境內就有銅臺府地靈縣那夥兇徒，宿娼（可見當地有娼妓），飲酒，賭博，做賊（可見治安欠佳），最後到寇家殺人搶劫，惹來麻煩。銅臺府刺史姜坤三清廉但無知（可見時有冤刑）。西牛賀洲沒有如來佛祖講的那麼好：「我西牛賀洲者，不貪不殺，養氣潛靈，雖無上真，人人固壽。」

或許如來佛祖的四洲評價並不要緊。我們無需在乎南贍部洲如何丟人現臉（「貪淫樂禍，多殺多爭」）。吳承恩真正想說的是：南贍部洲居民是佛教神明揀選的族群。除了如來佛祖之外，還有觀音菩薩。觀音菩薩主動請命加持取經團隊，並數度恩澤唐朝君民。

這點大概沒有爭議：《西遊記》的選民概念可視為中華民族本位主義的浮現。就比較宗教學而言，如果個別宗教的選民「證物」可以在宗教經典之外考慮其他文獻（如小說）的話，《西遊記》足以充當中國佛教選民概念的一種歷史標記。

中國佛教並非完全沒有「選民」的概念。

這應該是《西遊記》令中國讀者窩心的事。

唐僧嗜飲

——佛教戒律合乎人情

一

《西遊記》小說第十回，唐太宗亡魂走過幽冥地府鬼門關，見到先王李淵、先兄建成、故弟元吉。可見得吳承恩藉由史書資訊，質疑唐太宗奪位的殘酷手段。但吳承恩把《大慈恩寺三藏法師傳》所記，高昌王認玄奘為兄弟、並提供旅行配備的功勞，全記在唐太宗名下。[1]有鑑於此，我們確知吳承恩肯定唐太宗加持佛教、容許（事先未得官方正式出境許可的）玄奘歸國、支持玄奘譯經的種種作為。[2]

曾有洋人不知歷史玄奘違反政府禁令、私自出國西行的典故，誤以小說情節為正史，煞有其事說中國皇帝派遣歷史玄奘去印度取經。[3]

小說裡唐太宗於玄奘的直接、個人影響起始於後者西行取經之前。太宗強勢，逼得玄奘首次公開喝酒。第十二回，唐太宗賜酒，玄奘謝恩接酒：「陛下，酒乃僧家頭一戒。貧僧

---

1 古高昌城，位於今日新疆維吾爾吐魯番縣東南六十餘里附近。見玄奘、辯機原著，季羨林等校注《大唐西域記校注》，新文豐出版公司，一九八七年六月，頁四七。

2 可參考〈唐太宗是護教仁君〉，收入星雲大師編著《佛教——教史》，高雄縣佛光出版社，一九九五年、頁二五九—三〇〇。

3 *Chinese Literature, An Anthology From The Earliest Times To The Present Day,* 《中國文選》，edited by William McNaughton, Charles E. Tuttle Company, Inc, Japan, 1974, 頁653。

自為人，不會飲酒。」太宗再勸：「今日之行，比他事不同，此乃素酒，只飲此一杯，以盡朕奉餞之意。」小說從此正式引進「素酒」的概念。此時三藏已經「不敢不受」，皇上卻要進一步展現帝威：「太宗低頭，將御指拾一撮塵土，彈入酒中」，太宗接著解釋捻土之意是「寧戀本鄉一捻土，莫愛他鄉萬兩金」。玄奘謝恩飲盡，辭謝出關而去。

在中國舊小說的討論裡，酒的葷素嚴格定義並不一致。我們思考唐三藏嗜飲，所需要的基本觀念很簡單：素酒是僧侶可以享用的一種飲料，葷酒則否。

那不是故事裡三藏唯一的國君賜酒遭遇。

二

第六十九回，朱紫國國王賜酒。三藏用了兩個類似的理由婉拒：「貧僧不會飲酒」以及「酒乃僧家第一戒」。然後三藏建議並成功的以三徒代飲，為自己解套。

拒酒成敗，表面上在於三徒之有無。三藏出關之前，三徒仍未報到，所以三藏必須自飲。但另一原因，顯然是朱紫國王不如唐太宗那般強勢。唐太宗與三藏有個正式的君主與臣民的對應。朱紫國王與三藏僅是在地君主與過路僧人的關係，而且當時朱紫國王受惠於悟空製造的「烏金丹」、向東海龍王求得的甘雨（「無根水」），剛剛才久病初癒，正欠著三藏師徒一個大大的人情。

吳承恩深諳勸酒場合人情世故的微妙。我曾比較《西遊記雜劇》和《西遊記》小說的酒色和圓寂概念，指出吳承思深知酗酒誤事，但不主張完全戒酒。[4]現在我們進一步認清：他並不介意在社交場合因應情勢而喝薄酒。前引三藏聲稱的兩個拒酒理由都是謊言：出家人需戒酒（「酒乃僧家第一戒」），而且三藏本人滴酒不沾。當然《西遊記》小說僅只展現作者的看法，未必是試圖界定中國傳統社會出家人戒酒的概念。我們不必過度計較小說含義是否符合歷史或現今佛教團體的行為規範。

證據在第八十二回，三藏被陷空山無底洞金鼻白毛老鼠精抓到。悟空獻計，要騙老鼠精喝酒，以便自己變作個蟭蟟蟲兒，躲在酒泡之下進入老鼠精體內搗蛋。但在緊要關頭，為了達到目的，三藏自己得先喝老鼠精勸進的一杯「交歡酒兒」。問題來了。

三

坊間評論多認為三藏喝下的是杯素酒。其實作者刻意在那個關鍵時刻不清楚交代酒的葷素。堅持或僅只關注素酒，就完全忽略了情節模糊性質所隱射的特殊寓意。容我們避免眾口爍金的錯誤，一起檢視這場騙局。以下是開場的對話：

4　高全之《重探西遊記》，台北聯經出版社，二〇一八年，頁一〇五—一一二。

妖精挽著三藏，行近草亭道：「長老，我辦了一杯酒，和你酌酌。」唐僧道：「娘子，貧僧自不用葷。」妖精道：「我知你不吃葷，因洞中水不潔淨，特命山頭上取陰陽交媾的淨水，做些素果素菜筵席，和你耍子。」

那句「我辦了一杯酒」比較刺眼。現代中文說「辦」一桌「菜」，不講「辦一杯酒」。「辦」的操作時段大概比「釀」短。明朝製酒技術以及酒品名稱可以與今不同，我們允許這種想像：「辦」指製程簡單、短期間就可製造酒品的運作。

重點是說了「我辦了一杯酒」之後，在三藏喝酒之前，老鼠精沒有進一步解釋酒的製作。三藏憂心忡忡，因為在聲明自己「不用葷」之後，老鼠精的答覆裡僅只解釋素食製作，完全不事澄清酒之葷素。三藏眼前所見，完全是食物：

唐僧跟他進去觀看，果然見那：

盈門下，繡纏彩結；滿庭中，香噴金猊。擺列著黑油壘鈿桌，朱漆篾絲盤。壘鈿桌上，有異樣珍羞；篾絲盤中，盛稀奇素物。林檎、橄欖、蓮肉、葡萄、榧、柰、榛、松、荔枝、龍眼、山栗、風菱、棗兒、柿子、胡桃、銀杏、金桔、香橙，果子隨山有；蔬菜更時新：豆腐、麵筋、木耳、鮮筍、蘑菇、香蕈、山藥、黃精。石花菜、黃花菜，青油煎炒；扁豆角、豇豆角，熟醬調成。王瓜、瓠子，白果、蔓菁。鏇皮茄子鵪鶉做，剔種冬瓜方旦名。爛煨芋頭糖拌著，白煮蘿蔔醋澆烹。椒姜辛辣般般美，鹹淡調和色色平。

難怪三藏高度懷疑與「陰陽交媾」淨水有關的「交歡酒兒」，是杯葷酒。

那妖精露尖尖之玉指，捧晃晃之金盃，滿斟美酒，遞與唐僧，口裏叫道：「長老哥哥妙人，請一杯交歡酒兒。」三藏羞答答的接了酒，望空澆奠，心中暗祝道：「護法諸天、五方揭諦、四值功曹：弟子陳玄奘，自離東土，蒙觀世音菩薩差遣列位眾神暗中保護，拜雷音見佛求經，今在途中，被妖精拿住，強逼成親，將這一杯酒遞與我吃。此酒果是素酒，弟子勉強吃了，還得見佛成功；若是葷酒，破了弟子之戒，永墮輪迴之苦！」

我們稍後將討論悟空何以知道師父平日愛喝葡萄素酒。此刻我們注意沒有任何情節可以證明眼前這杯是素酒，悟空根本無從知曉酒的葷素。

孫大聖，他卻變得輕巧，在耳根後，若像一個耳報，但他說話，惟三藏聽見，別人不聞。他知師父平日好吃葡萄做的素酒，教吃他一鍾。那師父沒奈何吃了……

三藏喝完酒後，悟空設計的騙局破功。老鼠精稍後提及「素宴」兩字。素宴是否包括素酒，至此已無關緊要。這個遲到的聲明不能改變三藏揪心、喝酒下肚的事實。

喝酒之前，葷素不明，就小說意義而言，非常重要。為何三藏不知葷素，竟然勉強喝了酒？為何悟空不知葷素，慫恿師父喝酒，「教吃他一鍾」？容我們建議兩個可能的原因。第一個原因淺顯易懂，已有評論家提及：作者要展示三藏禱詞裡和尚可以喝素酒的概念。第二個原因則較需解釋：由於葷素不明，三藏在故事結尾「見佛成功」，並非一定是此時此刻喝了素酒的結果。作者或許認為，身負取經大任，天經地義得設法死裡求生，在危急關頭就算破戒，被迫喝葷酒，其實沒有關係。三藏戒慎恐懼，擔心「永墮輪迴苦」，只是他個人過度憂慮。

蘇東坡死前，好友維琳方丈在他耳邊大聲說：「端明宜勿忘西方！」端明即蘇軾。蘇軾回應：「西方不無，但個裡著力不得！」另位友人在傍大聲說：「固先生平時履踐至此，更須著力！」蘇軾答：「著力即差！」[5]

如果三藏因為心有「我執」而拒喝那杯酒，就是「著力即差」。

悟空縱容師父喝酒，因為吳承恩了解佛教戒律並不僵硬，合乎人情。

四

《封神演義》有個值得參考的姜子牙喝酒情節。在討論該項事件之前，容我們先行注意那部小說的三個飲酒概念。

其一，《封神演義》瞭解道人喝酒，或齋或葷，通常是個人的嚴肅選擇，他人必須尊重。主人待客，尤其是生客，必須先問明白。第六十四回，殷郊備酒款待（前來助戰的）火龍島焰中仙羅宣。羅宣回應說：「吾乃是齋，不用葷。」殷郊立刻下令備治「素酒」。講明了是素酒。

其二，主人備食，先問客人齋葷，有時沒有明言那是酒品選擇，但是我們可以假設徵詢內容主要是飲料，但兼及食品。舉三個例子。第廿六回，妲己與喜媚喝茶之後，「茶罷」，妲己才問喜媚：「妹妹是齋，是葷？」喜媚答曰：「是齋。」妲己傳旨：「排上素齋來。」

---

5 唐震《蘇東坡》，台北縣木馬文化事業股份有限公司，二〇一〇年初版，頁二三二。王水照、崔銘《蘇軾傳》，天津人民出版社，二〇〇〇年，頁六二八。

這個素齋應該包括飲料與食品。兩人「傳盃敘話」。可能繼續用茶。此刻喜媚化身道姑來色誘紂王，如果盃裡盛酒，應是素酒。第六十回，殷洪招待骷髏山白骨洞一氣仙馬元：「請問老師吃齋，吃葷？」馬元回答：「吾乃吃葷。」對話只講齋葷。不必說酒，殷洪已經知道他們所談為何，立即「傳令，軍中治酒，管待馬元。」我們可以解釋為葷酒。第七十九回，徐蓋問法戒：「老師是素，是葷？」法戒回說：「持齋。我不用甚東西。」那個「用」，指喝飲與用餐。

其三，葷素可能影射高下。舉兩個例子。第卅八回，聞太師擺酒招待西海九龍島四聖。作者跳出來解釋：「左道之內、俱用葷酒，持齋者少。」在《封神演義》黑白分明的價值構思裡，「左道」乃「左道傍門」的簡稱，具貶義。可見素酒高於葷酒。但「持齋者少」，還是有持齋的左道，如前文提到的法戒。第四十、四十一回，黃天化出家修道，「在山吃齋」，奉令下山幫助子牙，回王府與父親黃飛虎歡聚。父親沒先問兒子葷素就「置酒父子歡飲」，所以「在王府吃葷」，應該涉及葷酒。師父救活陣亡的黃天化之後罵他犯了兩錯：下山吃葷、變服（換除道裝）忘本。這頓好罵配合重齋輕葷的基本價值觀念。

根據以上這些瞭解，我們來檢視姜子牙喝酒事件。第十五回，恩人宋異人招待姜子牙，先問：「是齋？是葷？」子牙回答：「既出家，豈有飲酒吃葷之理。弟是吃齋。」但宋異人執意勸酒：「酒乃瑤池玉液，洞府瓊漿，就是神仙也赴蟠桃會，酒吃些兒無妨。」子牙欣然同意：「仁兄見教，小弟領命。」隨後「二人歡飲」。沒再交代下肚酒品的葷素。宋異人絕非邪惡之輩，沒有陷子牙於不義的動機。這個情節允許我們猜測：子牙灑脫，不在乎酒的葷素：他「出家」，但可以不受一般道士生活規範所限制，他的高度已超越左道傍門與葷酒的可能聯結。

我們至少可以說：子牙當下沒有開酒戒就會引致巨大個人傷害的顧慮。同樣重要的是：宋異人勸酒壓力絕非子牙生死關頭的威脅。「內憂」和「外患」正好與陷空山無底洞唐僧喝酒的緊張情勢相反。

相比之下，我們可以體會《西遊記》小說筆墨細緻，葷酒素酒的差別寓意較為精微，足以支持本文建議的詭辯。

五

《西遊記》小說完全沒有交代悟空如何知道師父「平日好吃葡萄做的素酒」。有些研究者認為這個資訊來自歷史玄奘。因為《大慈恩寺三藏法師傳》第二卷兩度提到歷史玄奘在西行途中受到在地人士高規格招待，喝了僧侶可以享用的蒲桃漿。

根據《大慈恩寺三藏法師傳》，在唐朝西域，蒲桃漿是佛教僧人在社交場合的飲料，而且與酒，就名稱和實質而言，都迥然不同。

最早的記載是屈支國。大德僧木叉毱多接待歷史玄奘，「行蒲桃漿」。接著幾個寺廟都「受漿」。整天如此，「如是展轉日晏方訖」。蒲桃漿是僧眾應酬飲料。

第二個記載在突厥，葉護可汗顯然知道佛教僧人飲食約束，自己君臣喝酒，另外為歷史玄奘準備蒲桃漿：「命陳酒設樂。可汗共諸臣使人飲。別索蒲桃漿奉法師。」食物也有所區分，「別營淨食進法師」。蒲桃漿相當可口，吃飽之後再喝，「食訖更行蒲桃漿」。

我曾引用季羨林意見，認為歷史玄奘於貞觀元年出國取經，於貞觀十九年回到長安。[6]玄奘前往印度途中，曾經路過高昌國。長期逗留和旅行印度之後，在返回長安之前，發生了與葡萄酒品製造相關的大事：貞觀十四年，唐滅高昌國，成功移植馬乳葡萄，引進該地的葡萄酒釀造技術。[7]史書裡關於葡萄酒的記載，至少可上溯至晉朝。晉代的道安和尚提倡直譯佛經，曾以「蒲陶（葡萄）酒」做比喻。[8]可見當時佛門不可能全面嚴格禁酒。在唐滅高昌國之前，中原如有土產葡萄酒，必然遜於西域產品，不然就不必更新葡萄品種和製造方式。玄奘在西行路上所品嚐的蒲桃漿想必與他原先在唐朝境內所可能見識到的葡萄酒不大一樣。或許是個稀奇的經驗。而且算是受到禮遇，才大書特書一番。

6 見註4，頁二六一。
7 張錯《風格定器物——張錯藝術文論》，台北藝術家出版社，二〇一二年，頁一三—一四。
8 見註1，頁三。

唐朝西域的蒲桃漿與明朝的葡萄素酒大可在口味、濃淡、酒精含量、生產過程、甚至原料（蒲桃和葡萄可以是不同的品種）都有其異別。但小說是虛擬的，悟空記得師父平日愛喝葡萄素酒，那個記憶當然可以追本溯源，遙指唐朝西域的蒲桃漿。故事的歷史淵源允許這個攀附。

蒲桃漿的「漿」似指濃度較高的飲料。我們確知小說裡的素酒具有酒精含量，多喝會醉。第十九回，三藏允許八戒和悟空喝素酒，說：「既如此，你兄弟們吃些素酒也罷。只是不許醉飲誤事。」師徒西行途中倒真從未醉酒。

吳承恩沿用明朝讀者的命名習慣，稱其為「葡萄做的素酒」。措詞彈性，「葡萄做的素酒」並不意味明朝時代所有的葡萄酒都是素酒。明朝的製酒技術或許能夠用葡萄製造出葷酒。《西遊記》小說文字精雅飄逸，此為另一證明。

前文提到《大慈恩寺三藏法師傳》有些高昌王的資料轉移到小說的唐太宗身上。悟空這個記性的外延聯繫，儘管純屬後人揣測，大概是吳承恩（或在他之前的作者）讀過《大慈恩寺三藏法師傳》的另一證據。

神仙稱謂和仙佛關係

——孫悟空的宗教屬性

一

取經三徒都曾是，至少在外觀上看來，《西遊記》小說語境裡的「妖魔」。第八回，沙僧出場，跳出流沙河。觀音菩薩看著：「只見那河中潑剌一聲響喨，水波裡跳出一個妖魔來，十分醜惡。」隨後觀音菩薩和木叉在福陵山遇到八戒：「又閃上一個妖魔」。最有意思的也許是悟空。第廿七回，悟空自己承認在水簾洞曾為「妖魔」。足見悟空反躬自省的能力。隨之而來的問題是：既然不再是妖魔，現在是什麼身份呢？

第卅回，八戒說悟空離開取經團隊，不做和尚，倒要做「妖怪」。這句話有兩點值得注意。其一，「妖魔」和「妖怪」同義。其二，悟空（以及八戒、沙僧）參團之後是個和尚。和尚和妖魔（或妖怪）不同，在於出家人必須格守清規。

牛魔王和悟空一樣有自我身份辨識的警覺。第六十一回，他自言自語，有句「我當年做妖怪時」，可見自認從前算是「妖怪」。他現在勤讀丹書。雖然丹道沒有煉成，但宗教（道教）幫助牛魔王啟動去除妖怪身份的過程。也許牛魔王目前可算是個（近乎內丹修持的）道士。

悟空的情況較為複雜。值得進一步深究。

二

悟空參加取經團隊，自稱：「老孫改邪歸正，棄道從僧」。參團新聞傳遍道家神仙世界。蓬萊仙島的壽星見到悟空說：「我聞大聖棄道從釋」。太乙救苦天尊見了行者也表示關切：「大聖，這幾年不見，前聞得你棄道歸佛，保唐僧西天取經」。都用同一行動名稱：「棄道」。所謂「棄道」，可作不同解讀。其中之一，是不繼續在道家天庭體制內擔任或謀求一官半職。悟空從靈臺方寸山須菩提祖師學到一身神通，始終維持道家神仙的身分。用《西遊記》小說語境的術語來說，悟空參團之後，基本上是個「散仙」。

「散」無貶意，通今日口語「散兵游勇」的用法，指「編制之外」。西牛賀洲萬壽山五莊觀鎮元大仙訓練出來、離開師門的全真道人，都算是散仙。故事裡有句：「大仙門下出的散仙，也不計其數，見如今還有四十八個徒弟，都是得道的全真。」什麼編制？大概是故事裡神仙最大的就業職場：道家天庭的公共服務和管理系統。

故事裡兩度稱行者為「散仙」。入團之前，齊天大聖纏鬥木叉，夾詩有句：「一個是太乙散仙呼大聖，一個是觀音徒弟正元龍。」那時齊天大聖還沒皈依佛門，但已經離開天界公職。早些時候美猴王就任弼馬溫職位，接受官封的那段期間，就不是「散仙」。後來取經團隊在萬壽山五莊觀鬧事，鎮元大仙稱行者為「太乙散仙」，因為行者不再有道家天庭官銜。

當時悟空已「從僧」或「從釋」，是個和尚，可見他同時是和尚和神仙，但那個神仙身份是「散仙」。

三

「妖仙」大概意味著心性狂野，仍然需要外力制約，擁有魔法的神仙。所謂外力，包括但不限於，道家天庭的規範。它有兩個用法。

第一種用法在於非難。悟空參團前後都曾被斥為「妖仙」。「妖」貶義明確。齊天大聖大鬧天宮時期，道家天庭，包含玉帝在內，統一口徑稱悟空為「妖仙」。取經途中，「妖仙」通常指悟空的敵人，但也有例外。有次行者負氣出走，東海龍王勸悟空歸隊，點明了仙格問題：「大聖，你若不保唐僧，不盡勤勞，不受教誨，到底是個妖仙，休想得成正果。」東海龍王從道家天庭官僚體系的價值觀來鄙夷「妖仙」的仙格。

第二種用法在於記實。行者大戰黑熊精，有個讚詩句子「兩個妖仙不可量」，稱他們為妖仙。悟空此時已是和尚，正在為取經大業奮戰，為何要說他是兩個妖仙之一呢？或許與黑熊精相提並論，意在指出一個頭上已戴著緊箍兒（悟空），另外一個即將頭戴禁箍兒（黑熊精）。他們都有需要外力來管控的狂野個性。這個實情陳述多少透露同情，或許沒有太多嗔怪。作者未必完全同意官方或道德攻訐「妖仙」的觀點。

因此我們可以理解吳承恩的「妖仙」論述頗為繁複。一方面，他不挑戰俗世價值裡的邪正定義，承認宗教教化的功能，但質疑極端權威及其以外力（如緊箍兒）管控個人的機制。另一方面，吳承恩指稱已入佛門、未成正果的悟空為妖仙，似在說明八戒所言，從妖怪到和尚的身份變換，目的在於心性修練之有無。和尚身份無需修行的完美到位。宗教提供我們擺脫妖怪稱謂的方便，但我們的心性可能仍然藏有妖仙的成分。宗教為個人開啟棄惡就善的大門。然而披上袈裟或（像牛魔王那樣）勤讀丹書，仍有許多其他修心養性功課要做。

鎮元大仙稱行者為散仙，不視行者為妖仙，足以顯示大仙自己的高度。觀音菩薩曾說：「鎮元子乃地仙之祖，我也讓他三分」，鎮元大仙地位崇隆。這位鎮元大仙比玉皇大帝更為親和溫暖。

四

與「妖仙」相對的是「金仙」。《西遊記》小說最早受用這個稱謂的是（美猴王的師父）菩提祖師：「大覺金仙沒垢姿，西方妙相祖菩提。」地位崇高。後來金鼻白毛老鼠精想和三藏交配，以便晉升為「太乙金仙」。仙名的尊貴也相當明顯。但其手段是陰陽交配，而非個人心性修練。這是《西遊記》的神秘訊息之一。

悟空的「金仙」屬性較需解讀。故事最早兩次稱行者為「太乙金仙」，可以闡釋為發言者（各別為西海的摩昂太子和通天河的鱖婆）因敬畏而恭維，難免吹噓：

五百年前大鬧天宮上方太乙金仙齊天大聖（第四十三回）

五百年前大鬧天宮混元一氣上方太乙金仙美猴王齊天大聖（第四十九回）

兩者都連帶講「五百年前」，意指「金仙」為舊時位格。這是浮誇，不是實情。故事第三次（最後一次）稱行者「金仙」，第七十六回，明確指認那是行者參加取經團隊之後具有的屬性，因為當時行者做事透露出「忠正之性」：「孫大聖又是太乙金仙，忠正之性」。至此行者的「金仙」內涵正式受到肯定。

五

三個仙格（散仙、妖仙、金仙）參差錯落，經常反映出那些名稱使用者（角色或敘事者）強烈而且主觀的評判語氣。最重要的發言人是敘事者，因為它最能反映作者的意見。幸好在這三種情況下，敘事者的聲音相當清楚。

悟空參團之後扛起保護三藏西行的重責大任。並非失業。但自道教角度視之，他不再擁有天庭認可的一官半職。那個情況並不因為他修成正果而有所改變。如來佛祖頒賜佛號給悟空，措詞是：「加陞大職正果，汝為鬥戰勝佛」。那個「大職」，鬥戰勝佛，乃佛教職稱。此時悟空處於道教體制外，缺乏道教官銜，仍是「散仙」。

六

思考悟空仙格，可進一步體會《西遊記》小說的兩種「不徹底」。

第一種不澈底存在於妖仙和金仙的定義之間。悟空自己說的「改邪歸正」，是種過程。那時「妖仙」的妖減少，「金仙」的金增加。按照東海龍王的提醒，悟空修成正果之後不再僅僅是妖仙。《西遊記》從來沒說「金仙」完全取代「妖仙」。吳承恩肯定「改邪歸正」的程序，但無法斷言「正」可以百分之百取代「邪」。吳承恩接受那種不澈底。

第二種不澈底存在於道教徒和佛教徒的身份之間。如前所述，鎮元大仙視悟空為同道中人，稱悟空為「太乙散仙」。那麼悟空受封為鬥戰勝佛之後是否還能是金仙？作者沒有明確答案。至少他沒說佛號「鬥戰勝佛」與金仙相互排斥。佛格與仙格可以共存。悟空最後受封佛位，但他的神仙身份並未撤銷。兩教併存，並不相互衝突，反映出明朝知識份子普遍同時接受佛教和道教的情形。吳承恩認為同一個人可以攜帶兩種宗教信徒身份。就這位虛擬世界的佛（鬥戰勝佛）而言，不澈底已是種完成。

七

我們現在比較《西遊記》和《封神演義》的仙格和佛格。兩者的差異可以凸顯《西遊記》的長處。

《封神演義》沒有採用名詞「妖仙」，其稱謂「散仙」與「金仙」和《西遊記》小說的定義千差萬別。

《封神演義》的「散仙」指道行尚淺的神仙，而且只有截教（戴有負面評價的道教派別）才有。截教戰敗之際，通天教主仍然領著二三百名散仙。他的師尊（道教最高領袖）鴻鈞道人調停闡教和截教紛爭，直接吩咐那些散仙：「你等各歸洞府，自養天真，以俟超脫。」散仙們接受鴻鈞道人越級指揮，完全沒有異議：「眾仙叩首而散」。

《封神演義》的「金仙」指道行極高、而且在組織裡位居高位的神仙。只有四位。鴻鈞道人教訓三位屬下（老子，元始天尊，通天教主）：「你三人乃是混元大羅金仙，歷萬劫不磨之體，為三教元首。」另位金仙是西方教下的準提道人：「大覺金仙不二時，西方妙法祖菩提」。

《封神演義》也有神仙入釋門，轉型升級成佛的情況，但意義和《西遊記》迥然不同。《封神演義》刻意強調中國本土宗教由來已久，遠自商周時期已出現成熟的道教派別，它們非但與西方佛教同起同坐，互通有無，而且在中原活躍的多位神仙在千年之後變成著名的佛教神祇。例如文殊、普賢、觀音菩薩等等。那是本土意識強烈的宗教論述。

悟空是《西遊記》神仙轉型為佛的典範。但《西遊記》小說誕生前後，「鬥戰勝佛」一直不是中國佛教眾所周知的稱號。牛魔王的妻子羅剎女也是如此：「隱姓修行，後來也得了正果，經藏中萬古流名」。那是個相當莊嚴的下場。但吳承恩沒有攀附任何已知的佛教神明名號以張顯羅剎女的崇高地位。

《西遊記》故事背景是佛教東傳之後的唐朝。那是佛教與道教和平共處的時代。吳承恩關切神格遞變的歷練，沒有站在本土宗教（道教）抵抗外來宗教（佛教）的心理糾結。吳承恩沒有揚道抑佛。

吳承恩的興趣在於超越特定人間宗教（如道教、佛教）的宗教經驗，即個人和神明之間的基本關係。那項關切是宇宙性的，不受限於涉及道教和佛教所屬的個別民族或文化。所以《西遊記》的格局遠遠大於《封神演義》。

禮下於人

——三藏的實務能力

《西遊記》小說有兩個不同的「馬面」定義。我們在〈再度從零開始——孫悟空服飾簡史〉討論涉及中國傳統服飾學的專有名詞「馬面」。本文將思考這個故事的另一個「馬面」定義。我利用這個機會試答二〇一九年二月廿六日香港文匯報，黃仲鳴先生〈豬八戒〉評介拙著《重探西遊記》，提出的一個問題：

> 第五十六回，楊老兒初見唐僧三徒弟時，嚇壞了，認為他們非人而是妖精：「一個夜叉，一個馬面，一個雷公。」三藏趕緊介紹：「像雷公的，是我大徒孫悟空。像馬面的，是我二徒豬悟能。像夜叉的，是我三徒沙悟淨。」在這裡，我有點不明，豬八戒為何是「馬面」了？高全之沒註釋。有詩曰：「捲簾蓮蓬吊搭嘴，耳如蒲扇顯金睛。獠牙鋒利如鋼剉，長嘴張開似火盆」，這哪裡是馬面？簡直比馬面還醜。

這個出人意表的八戒相貌描述，「馬面」，全書只出現於第五十六回，在兩個時空緊密聯結的簡短對話裡。兩個對話都是楊老兒率先發言，然後才由悟空（第一次）或三藏（第二次）接話。兩次都在先發和接話裡重覆了那個「馬面」的稱謂。所以全書一共講了四次。前文引述黃先生提到的是第二個對話。顯然我們得先回溯第一個對話，瞭解楊老兒違反視覺常理、言過其實的理由。

當時「天色將晚」，師徒需要借宿過夜。三藏下馬，隻身向前。楊老兒正巧走出村舍。兩人交談的描述非常傳神。值得細讀。

> 那老者問道：「僧家從那裡來？」三藏道：「貧僧乃東土大唐欽差往西天求經者。適路過寶方，天色將晚，特來檀府告宿一宵。」老者笑道：「你貴處到我這裡，程途迢遞，怎麼涉水登山，獨自到此？」三藏道：「貧僧還有三個徒弟同來。」老者問：「高徒何在？」三藏用手指道：「那大路傍立的便是。」

原先楊老兒以為只有三藏一人求宿，並無拒絕之意。「笑道」，還笑著講話。但是猛然抬頭看見三徒長相，態度和情緒大變。

> 老者猛擡頭，看見他們面貌醜陋，急回身往裡就走；被三藏扯住道：「老施主，千萬慈悲，告借一宿！」老者戰兢兢，箝口難言，搖著頭，擺著手道：「不像，不像人模樣！是幾、是幾個妖精。」三藏陪笑道：「施主切休恐懼。我徒弟生得是這等相貌，不是妖精。」老者道：「爺爺呀！一個夜叉，一個馬面，一個雷公。」行者聞言，厲聲高叫道：「雷公是我孫子，夜叉是我重孫，馬面是我玄孫哩。」

楊老兒「急回身往裡就走」，態度從（可能）接納轉變為拒絕。他的情緒頗為複雜。第一種情緒可以深藏不露：「看見他們面貌醜陋」，心裡嫌棄或厭惡或害怕。身為莊院主人，楊老兒面對求宿的陌生人，當然可以根據自己的好惡來決定是否借住。如果面對弱勢者，轉身回莊院，置之不理，不會是問題。恐懼的情緒卻不由自主形之於外：三徒未發一語，僅僅長相就足以嚇壞楊老兒，「戰兢兢，箝口難言」。三藏看出對方驚嚇，所以立即說：「施主切休恐懼」。注意楊老兒「急回身」。原本看三徒的時間已經短暫，此刻背對著三徒講「幾個妖精」、「夜叉」、「馬面」、「雷公」，都依賴匆促的第一眼印象，絕非面對面，端詳細述。那麼為何誤差裡蹦出個「馬面」呢？可能的原因有二。

其一，當時三藏下馬站著，無論是否有人牽著白龍馬，我們可以合理假設白龍馬與三徒距離不遠。楊老兒驚恐中記性錯亂，誤把馬臉放在八戒頭上。豬臉可能看似馬臉嗎？多年前，悟空曾經教過八戒收起醜相：「把那個耙子嘴揣在懷裡，莫拿出來；把那蒲扇耳貼在後面，不要搖動：這就是收拾了。」而且八戒真的聽過話，「把嘴揣了，把耳貼了，拱著頭，立於左右」。吳承恩沒說楊老兒當時看到的是張收斂的八戒面容，但很早就設下伏筆，提供那個可能性：不像豬，可能像近傍白龍馬提示的馬臉。當然還有八戒和白馬身高的問題。

我曾提議八戒具有前生（天蓬元帥）的身高，不是俗世豬的長短。[1]白龍馬原來身份有不同提法，「敖閏龍王玉龍三太子」或「西洋大海廣晉龍王之子」。總歸是一條青少年的龍。作者稱其為小龍，但從未稱其為小馬。三藏的第一眼白龍馬印象：「這馬怎麼比前更肥盛了些？」沒說白龍馬特別高大。但我們沒有理由認為白龍馬格外矮小。八戒經常負責牽馬。八戒站在白龍馬旁邊，八戒的臉和白龍馬的臉，高度可以相仿。

其二，由於極度驚恐，這個提詞可以與《西遊記》另外一個定義聯繫起來：即與「牛頭」併用的「馬面」，指地獄裡的鬼卒。鬼卒宗全不是悟空的對手。美猴王在幽冥界打進森羅殿，「諕得那牛頭鬼東躲西藏，馬面鬼南奔北跑」。但唐太宗在森羅殿見到的牛頭馬面就相當可怕：「左邊猛烈擺牛頭，右下崢嶸羅馬面」。幽冥背陰山的景象令太宗「悚懼」，「戰戰兢兢」：「山前山後，牛頭馬面亂喧呼；半掩半藏，餓鬼窮魂時對泣」。陰山背後十八層地獄裡也有「牛頭鬼、馬面鬼」。太宗「心中驚慘」。還有奈河橋下的場景：鬼哭神號，血波萬丈，「無數牛頭並馬面，猙獰把守奈河橋」。

故事裡另外兩次在陽間提到「馬面」，仍指幽冥界的鬼卒。黃風怪口出狂風，讚詩有

1 高全之〈身體美學——三藏師徒的造型藝術〉，《重探西遊記》，台北聯經出版社，二〇一八年十一月，頁二五七—二五九。

句：「十代閻王覓判官，地府牛頭追馬面」。金鼻白毛老鼠精變的美貌佳人出場色誘悟空變的小和尚，周圍環境秩序大亂，讚詩有句：「地府閻羅尋馬面」。

在楊老兒家講馬面，不講馬臉，刻意引起幽冥界鬼卒的聯想。悟空不怕，但凡人如唐太宗、楊老兒肯定驚恐。牛頭馬面於楊老兒和唐太宗都是猙獰恐佈的威脅。三徒長相嚇了楊老兒，令他（由白龍馬的臉）想到（也許曾經在民間廟堂之上看過的）幽冥界的馬面。

悟空聽得清楚，知道夜叉（沙僧）、馬面（八戒），雷公（悟空）的指涉對象。但三藏的乞求也如雷貫耳：「老施主，千萬慈悲，告借一宿！」取經團隊有求於人，必需禮下於人。悟空深諳世態炎涼，不立即當面糾正，原想順著楊老兒的提詞接著說下去。為何悟空光火，「厲聲高叫」，要與楊老兒所謂的妖精們切割，「雷公是我孫子，夜叉是我重孫，馬面是我玄孫哩」，自表身份優越呢？我們得把故事情境再向前推。進入楊老兒莊院之前，悟空因為殺死搶匪而與師父發生爭執。八戒乘機挑撥離間，沙僧竟也支持八戒。所以悟空惱怒他們聯手對抗自己，覺得本人各方各面都遠遠超過八戒和沙僧。團隊關係急劇緊綳，出現裂痕：「孫大聖有不睦之心，八戒、沙僧亦有嫉妒之意，師徒都面是背非。」悟空正在氣頭上，此時一聽楊老兒胡說八道，更怒，順著楊老兒的措辭講馬面（指八戒）是他玄孫，並非同意楊老兒的錯誤視覺印象。那句「雷公是我孫子」，格外有趣。自已原非願意西行，委屈求全參團之後的處境完全不如預期。在他心中，齊天大聖應該自由自在，不受拘束的。

楊老兒聽到悟空的氣話，「唬得魂飛魄散，面容失色」。三藏扶著楊老兒進門，喝完婆婆捧出的茶水，開始前文提到的、那第一個涉及「馬面」的對話。

茶罷，三藏卻轉下來，對婆婆作禮道：「貧僧是東土大唐差往西天取經的。才到貴處，拜求尊府借宿，因是我三個徒弟貌醜，老家長見了虛驚也。」婆婆道：「見貌醜的就這等虛驚，若見了老虎豺狼，卻怎麼好？」老者道：「媽媽呀，人面醜陋還可，只是言語一發嚇人。我說他像夜叉、馬面、雷公，他吆喝道，雷公是他孫子，夜叉是他重孫，馬面是他玄孫。我聽此言，故然悚懼。」唐僧道：「不是，不是。像雷公的，是我大徒孫悟空；像馬面的，是我二徒豬悟能；像夜叉的，是我三徒沙悟淨。他們雖是醜陋，卻也秉教沙門，皈依善果，不是甚麼惡魔毒怪，怕他怎麼？」

三藏知道自己應該格外客氣，「轉下來，對婆婆作禮」。效果立竿見影。婆婆為三徒容貌辯護。楊老兒原先見到三徒就已震驚，但現在謊言：「人面醜陋還可，只是言語一發嚇人」。此時楊老兒還沒有發現自己視覺印象謬誤，所以重述三徒形象，仍以馬面指涉八戒。三藏繼續公關工作，將錯就錯，介紹：「像馬面的，是我二徒豬悟能」。果不其然，經由一番低聲下氣的解釋，尤其是提出佛門弟子身份之後，楊老兒終於允許取經團隊入住過夜。

三徒知道師父一向認為自已應該代表全體團員單獨出面求宿。當年取經隊伍到達寶林寺前，悟空問師父誰進寺借宿。三藏理直氣壯回答：「我進去。你們的嘴臉醜陋，言語粗疏，性剛氣傲，倘或衝撞了本處僧人，不容借宿，反為不美。」昔日經驗可以解釋三徒以及白龍馬始終在楊老兒屋外耐心等待。三藏出門請他們進來，特別吩咐：「適才這老者甚惡你等。今進去相見，切勿抗禮，各要尊重些。」所謂「甚惡你等」，理由就是楊老兒那些印象錯亂的稱呼。這些叮嚀並非白費。不久之前，師徒還在為旅途中殺賊事件爭吵，但面對食宿需要，榮辱與共的團結意識立即凸顯。三徒進去吃素齋，規規矩矩，沒生事端。比起多年前在八百里黃風嶺投宿王老兒家，八戒狼吞虎咽，總吃不飽的情形，真算是個改進。當晚楊老兒知道搶匪企圖不軌，暗自通報並放行三藏師徒。凡此種種，都是三藏與在地主人建立良好關係之後的結果。

接口稱八戒為馬面，是悟空和三藏公關工作的關鍵部分。三藏求宿未必每次都成功。那晚似乎功德圓滿，師徒沒有抱怨，按照楊老兒的建議悄悄離開。然而那是暴風雨之前的寧靜而已。在去途上，悟空殺了前來追趕的強盜（包含楊家兒子），與師父再度發生衝突，離隊出走。但無論動盪多大，我們難以忘懷三藏曾經獨自進入莊院，謙卑低調，擺平了楊老兒和婆婆。在中國神話傳說裡三藏素以膽小懦弱出名。在這案例裡他的公關自信與實務能力值得佩服。

再度從零開始

——孫悟空服飾簡史

一

有人認為《西遊記》小說可以拆開變成個別獨立的小故事，而且這些小故事的秩序並不重要。也就是說，小說沒有整體的線性結構。這種「專家」意見正好提醒我們從頭到尾閱讀的時候，注意是否可以串聯某些情節，以便顯示特殊意義。這樣撿拾出來的情節未必是緊鄰相連的章節（「回」），所以整串情節有時是跨步（「回」）跳躍前進的。情節成串以後，秩序不得顛倒。

本文討論幾個情節串子之一：孫悟空服飾簡史。

悟空服飾發展絕非令人眼花撩亂的戲服變換而已。改裝易服配合悟空自我認知和宗教認同的演進，意味生命意義的轉變。就小說藝術的角度來看，這種閱讀方式印證故事的線型結構，以及文學成就的高度。

二

石猴改名美猴王的時候沒穿衣服。當時「『美』猴王」的「美」與衣裳無關。後來美猴王遇見凡人才產生著裝念頭。其初衷在於學人禮、學人話。既然有心學習人類文化，外型訴求難免受到俗世美感的影響。

美猴王最早著裝的描述非常簡單。美猴王在南贍部洲海邊初遇凡人，故意嚇跑他們。抓住一個跑不動的，「剝了他衣裳，也學人穿在身上」。只說「衣裳」。八九年後，飄過西海，在西牛賀洲地界拜訪菩提祖師。美猴王自動在斜月三星洞外「整衣端肅」。六七年後，悟空半夜悄悄起身，「穿了衣服」，才去菩提祖師睡房學習長生妙道。從開始穿衣之後，到這個時候，大概除了晚上睡覺，白天起床總穿著衣服。

「衣裳」或「衣服」的具體內容有兩個描述。悟空去打混世魔王，在混世魔王的小妖眼中，悟空衣履色彩鮮豔：「他也沒甚麼器械，光著個頭，穿一領紅色衣，勒一條黃條，足下踏一對烏靴，不僧不俗，又不像道士、神仙，赤手空拳」。當時大概就是紅衣、黃條（大概是腰帶）、烏靴。稍後悟空告訴水簾洞眾猴：他學成人樣之後的裝扮：「學成人像，著此衣，穿此履」。此時還沒有如意金箍棒，也沒有緊箍兒。

悟空剿了混世魔王，不再滿意自己的兵器，向東海龍王求得如意金箍棒。服飾美感隨著戰鬥能力改變，還要強索作戰用的「披掛」。結果從頭到腳升級換新：金冠（「一頂鳳翅紫金冠」）、金甲（「一副鎖子黃金甲」）、雲履（「一雙藕絲步雲履」）。如意金箍棒增強戰力。披掛威風凜凜，至少可以嚇唬敵人。

悟空還有件重要的赭黃袍。赭黃指皇帝袍服的土黃色。赭黃袍加身，悟空洋洋得意，開始自稱齊天大聖。

第一次迎戰天兵天將，齊天大聖全副武裝：「戴上紫金冠，貫上黃金甲，登上步雲鞋，手執如意金箍棒」。這首讚詩從巨靈神的眼裡稱頌齊天大聖著裝之美：

身穿金甲亮堂堂，頭戴金冠光映映。
手舉金箍棒一根，足踏雲鞋皆相稱。

悟空打退天兵天將之後，太白金星前來安撫。齊天大聖在戰服之外披著赭黃袍出迎，那是他盛裝的極至：「頂冠貫甲，甲上罩了赭黃袍，足踏雲履」。齊天大聖隨即和太白金星去天宮，應該就是那個盛裝打扮。赭黃袍並非戎裝的一部分。齊天大聖第二次迎戰天兵天將，穿著和第一次出戰天兵天將時相同：「掣金箍棒，整黃金甲，登步雲履，按一按紫金冠」。

孫行者加入取經團隊，念念難忘五百年前齊天大聖的威風，兩次想到昔日的一身打扮。第二十七回：「頭戴的是紫金冠，身穿的是赭黃袍，腰繫的是藍田帶，足踏的是步雲履，手執的是如意金箍棒」。第八十回：「頭戴著三額金冠，身穿著黃金鎧甲，手執著金箍棒，足踏著步雲履」。

齊天大聖在道家天庭出仕期間的外貌描述相當間接。前文提到齊天大聖準備迎戰天兵天將之時，從頭到腳加上遮蓋裝備。可見戰服和常服不同，而且衣裝可以多於一層。悟空三個天庭職位：弼馬溫，無所事事的齊天大聖，蟠桃園的「代管」，都與軍事無關，沒有每天穿戴戎裝（尤其是黃金甲）的必要。因此，齊天大聖應酬頻繁，「閑時節會友遊宮，交朋結義」，應該是文官裝扮，有冠有服。齊天大聖在蟠桃園偷桃，爬樹之前，先「脫了冠服」。吃飽下樹，得「簪冠著服」。

齊天大聖在蟠桃樹上睡覺時，沒有穿著外層的衣冠，因為土地和七衣仙女進園，在花亭看到衣冠：「只有衣冠在亭」。吳承恩沒說是什麼樣的衣冠，因此戎裝之外的服飾有其彈性，允許想像。上樹前脫下的衣冠應該是不方便爬樹的官服，衣服有內外之別，在樹上仍穿著內層衣服。這是合理的猜測。大聖睡中驚醒，現出本相會面七衣仙女，並無穿載衣冠的肢體動作：「大聖即現本相，耳朵內掣出金箍棒，幌一幌，碗來粗細。」我們不知道那本相是什麼。稍後大聖出蟠桃園，仍無穿載衣冠的肢體動作。但他進兜率天宮之前：「整衣撞進去」。顯然他在蟠桃園樹上可能曾穿著內層衣服。這個「本相」是否有帽子不清楚。《西遊記》小說的神明不限於單一法相。我曾討論過這部小說的不同觀音菩薩法相。[1]

齊天大聖的官邸原本就有專職官吏：「府內設個二司：一名安靜司，一名寧神司。司俱有仙吏，左右扶持。」蟠桃園編制也有部屬（監丞、監副、典簿、力士、大小官員）。齊天

1 高全之〈觀音菩薩——救苦救難的訴求〉，《重探西遊記》，台北聯經出版社，二〇一八年十一月，頁二〇一—二一四。

大聖官模官樣，穿著道家天庭文官的服裝。如是，此時服飾美學開始參雜文官體制觀念，煥然一新，美猴王的美感全盤官僚化了。

吳承恩當過級別低下的文官。齊天大聖文官服飾描述缺席，顯然不是因為作者缺乏相關知識。對吳承恩來說，文官衣飾大概乏善可陳，或者就小說藝術而言，齊天大聖這份工作極其不重要，無需浪費筆墨來形容他在天庭鬼混的裝扮。

三

齊天大聖敗於二郎神和太上老君，押至斬妖臺，推入八卦爐，逃脫，再戰眾聖，最終敗給如來佛祖，壓在五行山下。這段過程不提悟空的帽子、衣裳、或鞋子。從服飾歷史的角度來看，燃燎四十九天八卦爐是個關鍵的轉折點，因為大聖一身穿戴全毀。有四個間接證據。現在先講前三個，稍後再說第四個。其一，大聖入爐之前，那「解去繩索，放了穿琵琶骨之器」的過程，可能被迫脫卸衣飾。其二，太上老君向玉帝誇口，八卦爐文武火燒大聖，「煉出我的丹來，他身自為灰燼矣。」大聖身體險些燒成灰燼，全身衣飾當然難存。其三，大聖逃出煉丹爐，在與如來佛祖交談之前，一共有五首嵌詩形容大聖，都在講體質和靈性，完全無視衣飾。其中之一，講猴王和王靈官打殺的場景，有句：「那箇是齊天大聖猿猴怪」。很可能沒有衣服裝飾可以描寫。

何其幸運，五百餘年後，大聖自五行山脫身，出現了一個直接證據。師父騎馬，行者背著行李，在前頭「赤條條拐步而行」。這話要緊。「赤條條」指一絲不掛。在此之前的，或武或文的裝扮從此一筆勾消。全裸視效確切交代之後，（自己送上虎皮的）猛虎才突然出現。事件發生，秩序井然。在八卦爐裡和五行山下，只有如意金箍棒不離不棄，一直藏在耳朵裡。

這下子我們了解：如來佛祖受邀前來，眼前所見，是隻原形畢露的猿猴。這個視覺印象解釋了第七回的五首嵌詩之後，齊天大聖初見如來佛祖，自介詩的首句：「天地生成靈混仙，花果山中一老猿。」那是悟空主動自稱「老猿」的僅例。別人用「老猿」來指涉美猴王只出現兩次：五百多年後，劉伯欽和眾家僮接連稱那個壓在五行山下的「神猴」為「老猿」。所以這個「老猿」稱謂，自我聲明或他人指稱，跨越五百多年，有個明顯的共通性質：美猴王在學得神通之後，回歸自然的，不著衣飾的狀態。

齊天人聖不可能首晤如來佛祖自覺渺小而故作謙詞。在那瞬間齊天大聖目空一切，自以為可以戰勝如來佛祖。同一首自介詩仍在宣揚大志：

因在凡間嫌地窄，立心端要住瑤天。
靈霄寶殿非他久，歷代人王有分傳。

強者為尊該讓我，英雄只此敢爭先。

現在我們可以思考悟空盡棄天界或地域服飾的第四個間接證據：齊天大聖在如來佛祖手掌心撒尿，沒有掀開衣服的動作：「又不莊尊，卻在第一根柱子根下撒了一泡猴尿。」可予對比的例子在第四十五回，稍後我們會討論，悟空和八戒都先掀裙或揭衣才小便。

四

我們比較兩幅悟空壓在五行山下，初會唐三藏的圖片。圖一，五行山下壓著穿衣戴帽的齊天大聖。錯誤。這幅畫取自「中國十大古典文學名著畫集」第七冊《西遊記》，繪者吳大成，北京：中國展望出版社，台北：漢光文化事業股份有限公司，一九九〇年六月，頁二一二。此為這本彩色畫冊有關悟空服飾的許多錯誤之一。

有幅詮釋正確的圖像可做為對比。圖二，齊天大聖露出赤裸上身。十六冊本《西遊記》連環畫冊的第二冊《兩界山》，繪畫者郁芷芳，上海人民美術出版社，一九八二年，頁六。以下簡稱《兩界山》。正確無誤。小說稱五行山像個「石匣」關壓著大聖。三藏初晤悟空：「只見那石匣之間果有一猴，露著頭，伸著手」。可惜原書內頁紙張太薄，有時反面的油墨滲透紙本，隱隱可見不屬本頁的文字和繪跡。我用灰色塗料盡量掩蓋了那些黑影，沒有觸及屬於本頁的筆墨。

五

悟空裝扮轉型，在在配合生命規劃。皈依釋門，美感開始宗教化，衣著從無到有，重新打點。除了如意金箍棒之外，再度從零開始。最動人的是自己親手製作衣服。行者拜過師父，殺死老虎，「把一幅虎皮圍在腰間。路傍揪了一條葛籐，緊緊束定，遮了下體」。隨即

圖一　五行山下壓著穿衣戴帽的齊天大聖

圖二　五行山下壓著齊天大聖

告訴師父，到了民宿，「借些針線，再縫不遲。」可見如意金箍棒雖然可以變成繡花針兒模樣，畢竟不是真正的縫紉工具。當晚向陳老者借取針線，重新打造行頭：

> 行者又有眼色，見師父洗浴，脫下一件白布短小直裰未穿，他即扯過來披在身上。卻將那虎皮脫下，聯接一處。打一個馬面樣的摺子，圍在腰間，勒了籐條，走到師父面前道：「老孫今日這等打扮，比昨日如何？」三藏道：「好，好，好。這等樣，才像

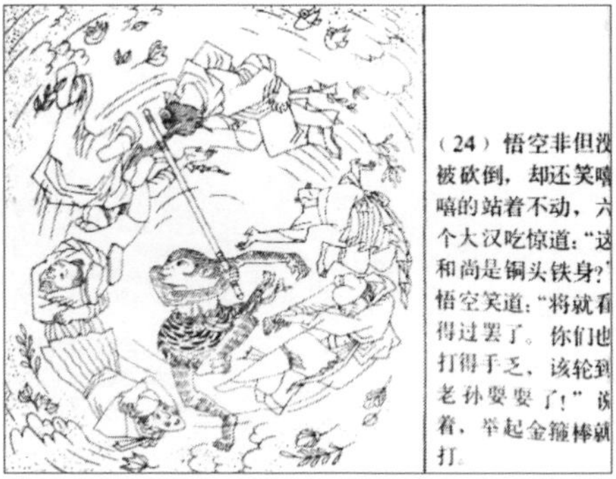

（24）悟空非但没被砍倒，却还笑嘻嘻的站着不动，六个大汉吃惊道："这和尚是铜头铁身?"悟空笑道："将就看得过罢了。你们也打得手乏，该轮到老孙耍耍了！"说着，举起金箍棒就打。

圖三　悟空沒穿直裰戰殺六賊

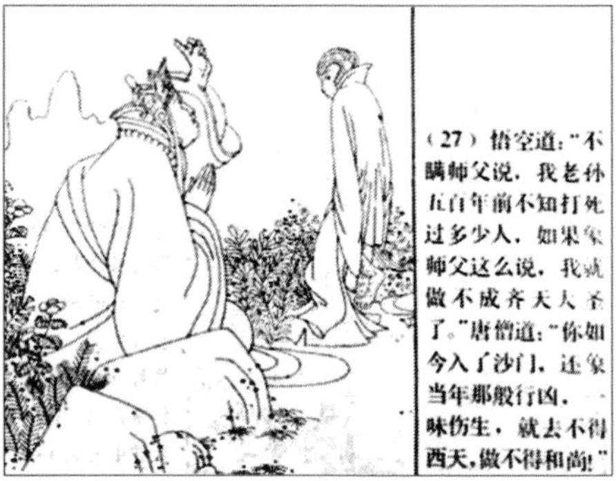

圖四　悟空穿上六賊一件長袍與師父談話

個行者。」

直裰（僧袍）通常長及膝蓋上下。這件白布直裰短小，正好配合悟空身矮。師父的讚許頗為重要。次日悟空殺死六賊，剝下但沒穿他們的衣服，因為沒有需要，當時身上穿著師父認可的白布直裰。畫冊《兩界山》跳過了師徒在民宿洗澡的情節，不提師父的白布直裰。稍後幾景，頁二十二至二十四，悟空殺六賊，裸露身體，只有腰部（稍後我們將討論）的虎皮裙，沒有直裰。圖三以頁二十四為例。

《兩界山》，頁二十五至二十七，悟空殺死六賊之後，不但拿著六賊身上剝下的衣服到師父面前，而且穿上其中一件長袍與師父談話。頁二十八，悟空生氣出走，顯然已脫下賊人衣服，身上再度只穿虎皮裙。圖四以頁二十七為例。

《兩界山》這些詮釋謬誤。白布直裰象徵悟空出家的承諾。怎麼能刪除？讓悟空穿上搶來的六賊袍子尤其離譜，因為悟空原先說「我們」，指取經團隊，並非專指個人私心。當然個人私慾包括在內，但凸顯私心之後，那個為團隊著想的可能性就隨之消逝。還有連接下個情節的問題。稍後行者換穿觀音菩薩留下的綿布直裰，先得脫下舊白布直裰：「行者遂脫下舊白布直裰，將綿布直裰穿上」。悟空注重衣服和身份的搭配。如前所述，在天界出仕，打扮官模官樣，現在進入釋門，衣服講求僧人規格。師父的直裰正合所需，不可或缺。

悟空想到賊人的衣服和盤纏，暗示（六賊姓名所影射的）六根六識及其清除與否，與師徒兩人都有關聯。原先悟空安慰師父，說不必擔心六賊，他們送衣服和盤纏給「我們」。悟空心裡想到取經團隊，並非只為私己。取經團隊是否樂意留用賊人衣服，並不明確。但如果留用，無論加件外套或做為未來補衣添服的布料，取經團隊不可能將身上本有的僧衣替換成為在家人的衣服。

吳承恩沒說清楚「聯接一處」和「打一個馬面樣的摺子」如何和針線縫製相關。大概白布直裰沒有和虎皮縫合，因為稍後悟空換穿觀音菩薩留下的綿布直裰，動作敏捷，無需拆線：「行者遂脫下舊白布直裰，將綿布直裰穿上，也就是比量著身體裁的一般」。所以針線功夫用在「打一個馬面樣的摺子」的可能性較高。悟空可能在僧袍之外，加上自腰而下的馬面摺子。

明朝男女都可以穿（在明代定調的）馬面裙。祁姿妤研究歷代裙子實物與各大博物館收藏的馬面裙，認為「在明清之間，馬面裙存在巨大的轉變，這種轉變是宋元明六百年間所沒有的」，而轉變之一是：「添加了裝飾元素之後，馬面裙由男女通用的裙子變成了只有女人才穿的裙子。」[2]吳承恩顯然在那巨大轉變之前，承襲著男女都穿馬面裙的舊傳統時裝風格。

2 祁姿妤〈史更幾興廢，物華常流傳—馬面裙的始末、解構與重組〉，《藝術設計研究》，二〇一五年二月，夏，頁八十四—九十三。特別感謝加州大學洛杉磯分校圖書館程洪博士幫助尋找參考資料。

吳承恩以「虎皮裙」做為「虎皮馬面摺子」的簡稱。可見在明代，「裙」這個字意思是腰部以下的服裝。

這和祁姿好的研究並無矛盾。祁姿好說：「中國古代服裝大致分為兩類：一類為一件製，即深衣、袍服。一類為二件製，即上衣下裳。『裙』則相當於上衣下裳中的『下裳』。漢代劉熙著《釋名》中有『裙下裳也，裙，群也，聯接群幅也。』」如果衣飾有上下兩部份，下半部可以稱為裙。但悟空衣著並非由上下兩部份拼湊而成。悟空的（二件製的下裳）馬面摺子加在（一件製的）長袍外面，自腰而下，重疊掩蓋下體，也可稱為裙。

既然悟空的虎皮摺子合乎明朝時代的馬面設計，類似馬面裙，那個款式大概會是什麼樣子呢？這是讀者的另個想像空間。馬面裙具有腰頭、裙門襟（即前後馬面）、裙兩脅、闌干邊、馬面圖案等幾個部分。馬面指前後兩個長方形的外裙門。祁姿好歸納出清代馬面裙的五種基本圖特徵，其中四種設計方法在元代、明代已經基本定型，形成固定的馬面摺。

直裰和虎皮裙重要，因為它們成為悟空出家後整體扮相的固定部分。悟空首次出走，直到回來，身上肯定一直穿著白布直裰。然後上當戴緊箍兒的時候，如前文所述，「行者遂脫下舊白布直裰，將綿布直裰穿上」，從師父脫下的，改為觀音留下的，都是直裰。自從穿上觀音菩薩留下的綿布直裰和自製的虎皮馬面摺子，就只有暫時的脫褪：第四十六回，悟空縱身跳入油鍋之前，「脫了布直裰，褪了虎皮裙」；稍後，「跳出鍋來，揩了油膩，穿上衣服」。綿布直裰和虎皮裙的持久性甚至可能勝過緊箍兒。第一百回，悟空晉昇為佛的剎那，頭頂上的嵌金花帽（緊箍兒）神奇消失。稍早，第九十七回，在距離靈山只有八百里路的銅臺府地靈縣，悟空仍然一身綿布直裰和虎皮裙：「好大聖，束一束虎皮裙，抖一抖錦布直裰」。

悟空不忘綿布直裰來自觀音菩薩。第四十二回，悟空還提醒觀音菩薩：「我身上這件綿布直裰，還是你老人家賜的。」虎皮裙尤其重要。悟空加入取經團隊之後，小說裡正經八百描述悟空「本像」或「法相」，都提及虎皮裙，但不一定得講綿布直裰。第七十四回，悟空現出本像：「咨牙倈嘴，兩股通紅，腰間繫一條虎皮裙，手裡執一根金箍棒，立在石崖之下，就像個活雷公。」第八十三回，悟空法相讚詩裡有句：「虎皮裙繫明花響」。繫的意思大概來自其他諸句（「腰間繫一條虎皮裙」、「腰繫虎皮裙」）裡的同字。用什麼繫綁虎皮裙？最初用葛籐，以後改用虎筋條。第五十回有句：「這大聖卻才束一束虎筋條，拽起虎皮裙」。

基於兩個理由，虎皮裙比綿布直裰更為重要。其一，彰顯悟空取得虎皮的勇猛。那是淺顯可見的意義。其二，悟空親手縫製虎皮馬面摺子，所以虎皮裙象徵悟空自發的、強烈的、完成使命的意志。前文提到三藏說他們「東家化布，西家化針」，足見明朝時代縫紉技巧乃行腳僧生存之必須。在台灣上過成功嶺軍訓的大專男生也許記得縫補扣子的新兵訓練。悟空厲害，縫製的是款當時流行的馬面摺子。我們只要想到美猴王曾經赭黃袍加身，號稱齊天大聖，就知此時悟空自自然然，甘之若飴於苦行僧的生命價值。那是多麼巨大的變化。

六

悟空扮相的其他部分可能有所變更嗎？三藏師徒一路上曾經收集布料和針線，製衣或換穿在地人送的衣服。第五十六回，搶匪告訴三藏，如無財帛，就脫衣留馬。三藏回應說：「貧僧這件衣服，是東家化布，西家化針，零零碎碎化來的」。稍後行者與那群笨賊對答，有句話：「我等出家人，自有化處：若遇著齋僧的長者，襯錢也有，衣服也有，能用幾何。」取經十四年，服飾可能損壞破爛，只要不違反出家人的衣裳規格，師徒可能添換服飾。

悟空扮相裡的鞋、褲，多年來引起很多想像。前文提到的畫冊《兩界山》，頁四三，悟空穿上觀音留下的衣帽，師父唸緊箍咒，悟空身上首次出現長褲和鞋子。暗示的意思似乎是：褲子和鞋子都是觀音賜物的一部分。但他們不可能來自觀音菩薩。故事一再強調觀音菩薩留下衣帽的件數。注意以下這些描述裡的「　」和「兩」。觀音化身老母，「捧一件綿衣，綿衣上有一頂花帽」，告訴三藏：「我有這一領綿布直裰、一頂嵌金花帽」，「這兩件衣、帽」。行者上當，在包裹看見「那光豔豔的一領綿布直裰、一頂嵌金花帽。」計數的意思是沒有遺漏未提的其他東西。

我們確知悟空後來穿著鞋，一雙麂皮靴。第五十八回描寫假悟空外貌幾可亂真：「模樣與大聖無異：也是黃髮金箍，金睛火眼；身穿也是綿布直裰，腰繫虎皮裙；手中也拿一條兒金箍鐵棒；足下也踏一雙麂皮靴」。尾句裡有個「也」字。我們不知悟空什麼時候開始穿這雙鞋。至少在五行山剛脫身的時候是赤腳的。吳承恩也許認為那雙鞋添增勇武的形象。鎮山太保劉伯欽和牛魔王都個別穿著一雙麂皮靴。

我們知道八戒身著僧服（直裰、袈裟、褊衫），腳上穿鞋。離開高老莊之前，請丈人購置衣鞋：「『丈人啊，我的直裰，昨晚被師兄扯破了，與我一件青錦袈裟；鞋子綻了，與我一雙好新鞋子。』高老聞言，不敢不與，隨買一雙新鞋，將一領褊衫，換下舊時衣物。」我們確定八戒不穿褲子。第七十六回，八戒被獅駝山獅駝洞獅駝城的二魔（象王）擒獲。悟空前往救援，趁機偵搜八戒私藏的銀子，暗笑道：「這獃子褲子也沒得穿，卻藏在何處？」悟空如此警覺於八戒有無褲子，自己是否穿著褲子呢？

這個問題的答案是開放性的。也就是說，作者模棱兩可，允許正反兩種看法。兩種答案都說的通。

我們首先考慮悟空有穿褲子的兩個理由。其一，悟空自認聰明，所以嘲笑八戒愚蠢。按照這個逆向邏輯去推演，悟空取笑八戒不穿褲子，悟空自己一定穿著褲子。其二，在西遊故事悠長的發展歷程裡，其來有至，可以找到穿著褲子的悟空。比如說，蔡鐵鷹描述一幅敦煌壁畫：「榆林窟第二窟：壁畫為『水月觀音變』，主像為水月觀音，取經圖位於這幅壁畫的右下角，自左而右，畫的是唐僧隔水向觀音合十禮拜，猴行者牽馬隨後，馬僅露出頭部，猴行者右手搭在前額作遠望狀。」[3]同書的兩張像片（壁畫全圖，以及取經圖）並不很明晰。所幸唐僧取經圖的臨摹非常清楚。根據那幅唐僧取經的臨摹圖，悟空在僧袍之下穿著長過膝蓋的褲子，僧袍外繫腰帶，沒有裙子。榆林窟大多開鑿於西夏時期（一〇三二—一二二七），早於吳承恩的時代。

在《西遊記》小說之後的西遊故事視覺藝術家，大多延續前生故事服飾傳統。那些後續的視覺藝術，如繪畫、舞台劇、電影、電視、電玩等等，多在悟空僧袍之下加條長褲，避免暴露腰下前後肉體和兩條腿，腰繫裝飾用的短裙，短裙下擺有時滿天飛，難以遮掩下體，不合馬面裙的規格。例子舉目皆是。二〇一六年八月上海外語教育出版社四冊本漢英對照《西遊記》用了很多素描繪畫。我們暫且就只談封面：四本封面都有悟空，其中三本悟空衣飾的下半身清晰可見，都著長褲以及馬靴，褲腳塞在馬靴裡。和前引的敦煌壁畫臨摹圖類似。前文提到的《西遊記》連環畫冊每冊都有不同的繪畫者。六本有悟空在內的書封，都顯示悟空穿著長褲。男人穿馬面裙的習俗至明末清初已式微。近代視覺藝術家難以想像悟空穿虎皮馬

3 蔡鐵鷹《「西遊記」的誕生》，北京中華書局，二〇〇七年十月，頁七十一。

面裙，不穿長褲的可能性。

我們現在考慮悟空沒有穿褲子的五個理由。

其一，吳承恩接受馬面裙的美學概念，吳承恩喜歡形像古雅的馬面摺子。明朝定型的服裝設計，在唐朝的故事語境裡展現風采。悟空石猴出生，神通廣大，體質超人，畢竟是個猴子，無需那些俗世服飾。

其二，吳承恩高度肯定馬面裙的功能。《西遊記》小說悟空穿衣的目的之一，在於適應人類社會禮節。就這點而言，馬面裙具有足夠覆蓋效果。無論激戰、騰雲駕霧、平常行走，虎皮裙遮蓋下體情況都良好，無需另加長褲。

其三，悟空講話，時而意在言外。悟空說八戒沒穿褲子，聲東擊西，要我們注意悟空自己可能沒穿褲子。

其四，《西遊記》小說避免描述悟空的褲子。吳承恩很清楚某些前生故事（如前文展示的敦煌壁畫臨摹）將僧衣描繪成僧袍之下加條長褲，但不想在這個問題上引起爭議。小說敘事不事招搖，比較妥當。第四十五回，悟空撒溺，沒有解開褲子的動作：「那行者立將起來，掀著虎皮裙，撒了一花瓶臊溺。」八戒立即效仿：「那獃子揭衣服，忽喇喇，就似呂梁洪倒下板來，沙沙的溺了一砂盆。」注意那些小便動作，「掀著虎皮裙」，「揭衣服」，都沒講褲子。前文提到，第四十六回，悟空縱身跳入油鍋之前曾脫下布直裰和虎皮裙，沒說脫褲。

其五，悟空有多種個性缺點，但肯定沒有肢體暴露狂。

上面提到的兩種解釋都可接受。沒有一定的對錯。它們的共存提示了以下兩個要點。其一，眾所周知，悟空具有挑戰權威的個性，未必臣服於世俗常規的思維方式。那些特性來自吳承恩。吳承恩偏偏要好奇於悟空沒穿褲子的可能性。其二，馬面裙設計是否如吳承恩所暗示的那樣好，無關緊要。從文學閱讀的角度來看，多年來，許多西遊故事的視覺藝術家沒有領悟吳承恩的時尚興趣。

理智和熱情

——旃檀佛像的中國行

一

旃檀佛像對《西遊記》小說的影響相當有限。第一百回，如來佛祖和六十三位佛或菩薩薈集。莊嚴隆重。其中兩個佛號與旃檀有關：旃檀光佛，旃檀功德佛。三藏受封為「旃檀功德佛」。所以「旃檀光佛」是另外一位佛。我們的討論將專注於旃檀功德佛。（第一百回也簡稱「旃檀功德佛」為「旃檀佛」。）容我們做基本的字詞分析。「旃檀功德」是「旃檀」的外延。修飾詞「旃檀」用來規範「功德」。「旃檀功德」用來形容「佛」。

本文第二節將討論吳承恩誕生之前已經存在的旃檀佛像宗教神話。那個宗教神話界定旃檀佛為釋迦牟尼。所以「旃檀功德佛」可解為具有（或散佈）釋迦牟尼功德的佛。《西遊記》第七回，如來佛祖說：「我是西方極樂世界釋迦牟尼尊者。」釋迦牟尼是如來佛祖的原型人物。如來佛祖想要使用佛經來照顧唐朝君民。所以「旃檀功德佛」指傳播如來佛祖功德的佛，適用於完成取經大業的三藏。

基於以下兩個理由，我們討論這個與小說聯繫薄弱的議題。其一，這是個可串連前生和後續故事的獨特案例。所謂串連，即前生故事進入小說，在小說問世之後出現後續發展。本文第三到第五節將討論《西遊記》小說問世之後出現後續發展。最終形成前生，中間（《西遊記》小說），和後續的鏈條。其二，這是我們反躬自省的機會。我們整理前人文獻的時候，是否應該用（學術）理智來克服（鄉土）情感呢？如本文第四第五兩節所示，佛像飛行神話以及路駐淮安傳聞到了清朝已經兩度遭到否定。本文第六節提到近人再度散佈假資訊。我們建議一種理解那些（以訛傳訛）熱情的方法。

中華文化的文獻資料卷帙浩繁，當然可能有本文尚未提及，與旃檀佛像相關的其他資料。我只就手上的數據提供意見。希望未來可以看到更多歷史數據來豐富我們的思辨。引文的古體字形盡量照舊。如文獻年代不詳，我將提供估計的年份及其理由。

二

旃檀佛像宗教神話的兩筆記錄都來自元朝程鉅夫：〈旃檀瑞像〉以及〈旃檀佛像記〉。程鉅夫是受到元朝皇帝信任的漢人。孫克寬〈程鉅夫與其雪樓集〉提到程鉅夫在三位元朝皇帝（元世祖，元成宗，元仁宗）期間有所表現。

〈旃檀瑞像〉源於漢文大藏經本，《釋氏稽古略》卷四。那篇文章記年延祐三年（延祐丙辰，公元一三一六年），是瑞像殿的殿記碑刻。碑刻完成的兩年之後（一三一八年），程鉅夫過世。〈旃檀瑞像〉是本文引用的最早文獻。以下是〈旃檀瑞像〉的文字：

庚午　嘉定三年旃檀佛像至是庚午計二千二百二年矣　大安二年　西夏

〈旃檀瑞像〉

是歲止金國十二年矣。十月迎赴上京禁庭供養。按翰林程鉅夫瑞像殿記曰：釋迦如來初為太子生七日，母摩耶棄世生忉利天。佛既成道，思念母恩，遂昇忉利天為母說法。優填國王自以久失瞻仰於如來，欲見無從，乃刻旃檀為像。目犍連尊者慮有闕陋，躬以神力攝三十二匠昇忉利天，諦觀相好，三返乃得其真，既成，國王臣民奉之猶真佛焉。及佛自忉利天復至人間，王率臣庶同往迎佛。此像騰步空中向佛稽首。佛為摩頂授記曰：我滅度千年之後，汝從震旦(東土也)廣利人天。由是西土一千二百八十五年，龜茲六十八年，涼州十四年，長安一十七年，江南一百七十三年，淮南三百六十七年，復至江南二十一年，汴涼一百七十七年，北至燕京居聖安寺，十二年，北至上京大儲慶寺二十年，南還燕宮內殿居五十四年。丁丑歲三月燕宮火，迎還聖安寺居，今五十九年，乙亥歲當今大元世祖皇帝至元十二年也。帝遣大臣孛羅等四眾，備法駕使衛音伎，迎奉萬壽山仁智殿。丁丑建大聖萬安寺。己丑歲自仁智殿迎安寺之後殿，大作佛事。瑞像計自優填王造始之歲至今延祐丙辰凡二千三百有七年。（殿記碑刻）[1]

1 http://tripitaka.cbeta.org/T49n2037_004，釋氏稽古略，第四卷。

〈旃檀佛像記〉收入程鉅夫《雪樓集》。根據孫克寬〈程鉅夫與其雪樓集〉，明朝洪武二十四年（公元一三九一年）程鉅夫的曾孫（潛）出版《雪樓集》。[2]〈旃檀佛像記〉解釋該文曾經集思廣義，得到朝臣以及佛教領導支持。可見程鉅夫晚年聲望高，仍然慎重，諮詢專家。以下是程鉅夫《雪樓集》卷九「玉堂類稿」（四庫全書本）所錄〈旃檀佛像記〉，與旃檀佛像有關的部分。

（按：前略）爰命集賢大學士李衎與昭文館大學士頭陀太宗師溥光，大海雲寺住持長老某，大慶壽寺住持長老智延，大原教寺住持講主某，大崇恩福元寺住持講主德謙，大聖壽萬安寺住持都壇主德嚴，大普慶寺住持講主某，繙究毗尼經典，討論瑞像源流，乃有阿闍鵷鸞法筵龍象，五千四十八卷，歷劫藏心，十方三世，諸尊宿主摩頂，莫不恪承淵旨，同述勝因曰：

釋迦如來淨飯王之太子，生於甲寅四月八日，是為成周昭王二十四年。既生七日，佛

2 孫克寬〈程鉅夫與其雪樓集〉，收入《元代漢文化之活動》，臺北中華書局，二〇一五年，頁三六八。

> 母摩耶夫人往生忉利。至昭王四十二年壬申，太子十九棄位出家修道。至周穆王三年癸未，道成。八年辛卯，思報母恩，遂升忉利天為母說法。優填王欲見無徒，乃刻旃檀為像，目犍連慮有缺謬，躬攝三十二匠升天審諦，三返乃得其真。既成，國王臣民奉之猶佛。是年，佛自忉利復下人間，此像躬迎低頭問訊，佛為摩頂授記，我滅度千年之後，女往震旦，廣利人天。由是像居西土一千二百八十五年，龜茲六十八年，涼州一十四年，長安一十七年，江南一百七十三年，淮南三百六十七年，復至江南二十一年，汴京一百七十六年，北至燕京。居今聖安寺十二年，又北至上京大儲慶寺二十年，南還燕宮內殿，居五十四年。大元丁丑歲三月燕宮火，尚書省舒穆嚕公迎還聖安，居五十九年。而當世祖皇帝至元十二年乙亥，遣大臣博囉等備法仗羽駕音伎，四眾奉迎，居於萬壽山仁智殿。丁丑建大聖壽萬安寺，二十六年己丑自仁智奉迎居於寺之後殿焉。元貞元年乙未成宗皇帝親臨奉供，大作佛事。計自優填造像至今奉詔纂述之歲是為延祐三年丙辰，二千三百有七年噫。（下略）[3]

〈旃檀瑞像〉和〈旃檀佛像記〉的旃檀佛像旅行記錄幾乎全同。唯一變更是時段：「汴

3 https://zh.wikisource.org/wiki/雪樓集_(四庫全書本)/卷09。

涼一百七十七年」改為「汴京一百七十六年」。《雪樓集》出版在刻碑的年代之後。〈旃檀佛像記〉有更多細節，應該是〈旃檀瑞像〉的更新版本。例如：「迎還聖安寺居」改為「尚書省舒穆嚕公迎還聖安」。重要的澄清是改「由是西土」為「由是像居西土」，意在講清楚：旃檀佛像在西土停留了一千二百八十五年。

三

晚於吳承恩（一五〇六—一五八〇）的相關文獻都屬《西遊記》小說的後續發展。就此案例而言，我見到的最早的後續發展是八卷本《帝京景物略》，明崇禎八年（一六三五年），作者是劉侗和於奕正。我用的是古籍字畫分享網站的照相書頁（原版古籍在線閱讀↓舊書籍↓文史社科↓帝京景物略）。引文見卷四，「鷲峰寺」節，頁三五一—三五三。抄錄如下：

> 〈鷲峰寺〉
>
> 城隍廟之南，齊簷小構者，鷲峰寺。以旃檀像應化集此，緇素瞻禮無虛日，寺遂以名。像高五尺許，寒暑晨昏不一色，大抵近沉碧。萬曆中，慈聖太后始傅以金。相傳為旃檀香木，似木耳，扣之磬然者石。濡者石，堅者金，輕者髹漆，柔可受爪者

乃木。鵠立上視，後瞻若仰，前瞻若俯，衣紋水波，骨法見其表，左手舒而植，右手舒而垂，肘掌皆微弓，指微張而膚合，三十二相中鵝王掌也。勇猛、慈悲、精進、自在，各以意求之，皆備，調御丈夫哉。按瑞像記云：釋迦如來初為太子，誕七日，母摩耶棄世，生忉利天。佛既成道，思念母恩，遂升忉利，為母設法。優填國工欲見無從，乃刻旃檀為像，目揵連尊者，以神力攝三十二匠升忉利天，諦觀相好，三返乃成。及佛返人間，王率臣庶自往迎佛，此像騰步空中，向佛稽首。佛為摩頂受記曰：我滅度千年，汝從震旦，利人天。像繇是飛歷西土一千二百八十五年，龜茲六十八年，涼州一十四年，長安一十七年，江左一百七十三年，淮安三百一十七年，復至江南二十一年，北至汴京一百七十七年，北至燕京十二年，北至上京二十年，南還燕京內殿五十四年。燕宮火，迎還聖安寺一十九年，元世祖迎入仁智殿十五年，遷於萬安寺一百四十餘年。以上元學士程鉅夫記。復居慶壽寺一百二十餘年。嘉靖戊戌慶壽寺災，奉迎鷲峰寺，迄天啟丁卯，共居八十八年。計優闐造像，當周穆王辛卯，至我熹宗丁卯，凡二千六百一十餘年。以上蜀僧紹乾續記。萬歷己未，寺僧濟舟在殿誦經次，一士人禮拜墀下，僧睹儀觀有異，乃迎上殿，士固不可，僧固迎不已。士自通口：城隍也，殿有戒神呵護，我小神敢輕入？語罷不見。[4]

萬曆（一五七三—一六二〇）是明神宗年號。慈聖太后是神宗母親。這筆資料提供了旃檀佛像外貌描述，是旃檀佛像飛行和暫駐（吳承恩故鄉）淮安的始作俑者。開啟旃檀佛像飛行神話：改程鉅夫原版「由是西土一千二百八十五年」（或者「由是像居西土一千二百八十五年」）成「飛歷西土一千二百八十五年」，引進淮安：改程鉅夫原版「江南—淮南—江南」為「江左—淮安—江南」。

雖有如此要緊的更動，仍然誣稱作者是程鉅夫：「以上元學士程鉅夫記」。

四

孫承澤（一五九二年—一六七六年）《天府廣記》記載旃檀佛像行程，只提程鉅夫名字，「元學士程鉅夫記云」，諱言原始憑證。作者重複《帝京景物略》旃檀佛像飛行神話，「像由是飛歷西土一千二百八十五年」，再次提到暫駐淮安，但更改「江左—淮安—江南」為「江南—淮安—江南」。

4

孫承澤曾是明朝的官，在清朝再度出仕。孫承澤可能沒有看過我們稍後將討論的〈御製旃檀佛西來歷代傳祀記〉（一六六六年）。未受新朝重用的二朝臣子在任上或退休後，如果讀過康熙版本，不可能敢於反駁，被外人誤解為抵觸聖上。所以我猜想孫承澤在一六六六年之前撰寫這段關於旃檀佛像的意見。

以下是《天府廣記》有關旃檀佛像神話的全文。

《天府廣記》第三十八卷寺廟

唐淤泥寺，在城內西隅，即今鷲峰寺，內有唐人石刻心經，供旃檀佛像。元學士程鉅夫記云：釋迦如來初為太子，誕七曰，母摩耶棄世，生忉利天。佛既成道，思念母恩，遂升忉利，為母說法。優瑱國王欲見無從，乃刻旃檀為像。目犍連尊者以神力攝三十二匠升忉利天，諦觀相好，三返乃成。乃佛返人間，王率臣庶同往迎佛。此像騰步空中，向佛稽首。為佛摩頂受記曰：「我滅度千年之後，汝從震旦，廣利人天。」像由是飛歷西土一千二百八十五年，龜茲六十八年，涼州一十四年，長安一十七年，江南一百七十三年，淮安三百一十七年，復至江南二十一年，北京（應是「至」）汴京一百十七年，北至燕京居聖安寺一十二年，北至上京大儲慶寺二十年，南還燕京內殿五十四年。丁丒三月燕京火，迎還聖安寺五十九年。元世祖迎入仁智殿十五年，遷

> 于萬安寺一百四十餘年。蜀僧紹乾《續記》云：復居慶壽寺一百二十餘年。嘉靖戊戌慶壽寺災，奉迎於鷲峰寺。迄天啟丁夘，凡二千六百一十餘年。其說荒唐不足信，然佛之體制衣紋，踽踽欲動，非近人所能辦。[5]

這點值得注意：孫承澤對自已所記的資料嗤之以鼻，「其說荒唐不足信」。我們不知道孫承澤的異議是針對程鉅夫原始記述，還是後人的篡改。他根本質疑這個以訛傳訛的神話版本。我們不要小看孫承澤的強烈反應。

五

清代高士奇《金鰲退食筆記》熱衷於資料學，收集了兩組關於旃檀佛像的數據。[6]他意在糾正錯誤，所以保留相互矛盾的說辭。

第一組數據包括因襲《帝京景物略》但句子秩序重組的旃檀佛像形像描述。我不知道高士奇為何不註明引文出處。但那對我們的研究並不重要。

---

5 https://ctext.org/library.pl?if=gb&file=24992&page=5#box(43,362,569,212)，天府廣記影印本第三十八卷。原書來源：北京大學圖書館。

6 https://zh.wikisource.org/wiki/金鼇退食筆記_(四庫全書本)/卷下：高士奇《金鰲退食筆記》。

旃檀佛像高五尺，鵠立上視，後瞻若仰，前瞻若俯。衣紋水波，骨法見其表。左手舒而直，右手舒而垂，肘掌皆微弓，指微張而膚合，三十二相中鵝王掌也。勇猛慈悲，精進自在，以意求之皆備。相傳為旃檀香木，扣之聲鏗鍧若金石，入水不濡，輕如髹漆，晨昏寒暑，其色不一，大抵近於沈碧。

《金鰲退食筆記》第一組數據裡的旃檀佛像記錄和《帝京景物略》略異。舉幾個例子。「母摩耶棄世」改成「摩耶棄世」。「元世祖迎入仁智殿十五年」改成「元世祖迎入萬壽山仁智殿十五年」。累積年數區別非常醒目，「凡二千六百一十餘年」改成「凡一千六百一十餘年」。稍後我們將討論累積年數。

萬歷中慈聖太后始傅以金。元翰林學士程鉅夫瑞像殿碑雲：釋迦如來初為太子，生七日，摩耶棄世，生忉利天。佛既成道，思念母恩，遂昇忉利天，為母說法。優填國王自以久失瞻仰於如來，欲見無從，乃刻旃檀為像。目犍連尊者慮有闕繆，躬以神力攝三十二匠昇忉利天，諦觀相好，三返乃得其真。既成，國王臣民奉猶真佛焉。及佛返人間，王率臣庶，自往迎佛。此像騰步空中，向佛稽首，佛為摩頂授記曰：「我滅度千年之後，汝從震旦，廣利人天。」由是飛歷西土一千二百八十五年，龜茲六十八年，涼州十四年，長安一十七年，江左一百七十三年，淮安三百六十七年，復至江南二十一年，汴梁一百七十七年，北至燕京居聖安寺十二年，北至上京大儲慶寺二十年，南還燕京內殿五十四年，燕宮火，迎還聖安寺一十九年，元世祖迎入萬壽山仁智殿十五年，遷於萬安寺一百四十餘年。明蜀僧紹乾續記雲，自萬安寺復居慶壽寺一百二十餘年，嘉靖戊戌慶壽寺災奉迎鷲峰寺。迄天啟丁夘，共居八十八年。計優塡造像，當周穆王辛夘，至明熹宗丁夘，凡一千六百一十餘年。

由今計之，自丁夘至康熙甲子，又五十七年。

這筆資料重複旃檀佛像飛行的想像，「飛歷西土一千二百八十五年」，仍然提到暫駐淮安，「江左—淮安—江南」，以及誣稱程鉅夫是其作者，「元翰林學士程鉅夫瑞像殿碑雲」。

內文註明年份丁夘，和《天府廣記》一樣。「丁夘」同「丁卯」（《帝京景物略》）。所以三筆飛歷西土，暫駐淮安的資料（《帝京景物略》，《天府廣記》，《金鰲退食筆記》的第一組旃檀佛像數據），都利用同個原始憑證。

重要的是：這組數據在上面摘錄的旃檀佛像神話之後，很技巧的否定旃檀佛像自西方飛來東土的提法。高士奇引用《釋氏感通錄》，講郝騫奉梁武帝命令去天竺國迎旃檀佛像回來。既有專使陸路往返，當然沒有佛像自己飛行的必要。高士奇甚至懷疑來到中國的旃檀佛像不是本尊，「摹刻一像」，是個分身。

然攷《釋氏感通錄》雲梁武帝遣郝騫等往天竺國迎佛旃檀像。其王摹刻一像付騫。天監十年至，建康帝迎奉太極，建齋度僧，大赦斷殺，自是蔬食絕慾。據此說又與程鉅夫碑文不同。則此像為優填之所刻歟，抑天竺之所摹歟。

此事也見於《釋氏稽古略》，記在梁高祖武帝一節。抄錄如下，以便理解高士奇加上的評論：

辛卯　天監十年　永平四年

梁帝遣郝騫等。往天竺國迎佛旃檀像。其王模刻一像付騫。是年至建康。帝迎奉太極殿建齋度僧。大赦斷殺。帝從是蔬食斷慾（感通錄）

高士奇非僅懷疑旃檀佛像自西飛東的提法，第二組旃檀佛像數據提供了相當權威的另一修訂，徹底否定那個謠言。第二組旃檀佛像數據包括康熙五年同時撰刻立碑於宏仁寺的兩份碑文：〈御製宏仁寺碑文〉和〈御製旃檀佛西來歷代傳祀記〉。前文引用了高士奇注記的「康熙甲子」，那是康熙二十三年（公元一六八四年）。所以高士奇有機會參觀宏仁寺的兩份康熙碑文。

前文提到程鉅夫〈旃檀佛像記〉曾諮詢（元朝）官員和佛教組織。我們現在知道程鉅夫那篇文章還經過清朝康熙皇帝親自驗證（「御製」，「朕聞」）。〈御製宏仁寺碑文〉講明旃檀佛像「於康熙四年十月二十七日自鷲峰寺遷移」至宏仁寺供奉。《金鰲退食筆記》交代了宏仁寺內景觀。高士奇曾經親訪該寺，提到「瑞像殿碑」。所以鷲峰寺裡的〈瑞像記〉可能是這塊「瑞像殿碑」的刻文。石碑「瑞像殿碑」可能跟隨旃檀佛像，從鷲峰寺搬到了宏仁寺。可惜根據維基百科，宏仁寺於一九〇〇年焚毀於八國聯軍，旃檀佛像下落不明。如果瑞像殿碑無處可尋，那我們就沒辦法驗證碑文。

為便於閱讀以下的引文，這裡先交代〈御製旃檀佛西來歷代傳祀記〉幾個梵文名詞的最粗淺定義：忉利天意譯為三十三天，是佛教世界觀中一個大域；優填王為釋迦牟尼在世時的信奉與支持者；目犍連是釋迦牟尼的十大弟子之一；震旦國指中國。四庫全書本《金鰲退食筆記》的〈御製旃檀佛西來歷代傳祀記〉全文如下：

朕聞佛教遷善去惡，有裨治世化民，故歷代尊崇，流傳靈異，厥蹟甚著。誠以出世入世，似屬分途，而化俗淑民，初無二理。粵稽記錄，佛以周昭王二十四年甲寅誕生西域，穆王五十二年壬申入滅。佛成道後，嘗升忉利天，為母氏說法，數月未還。時優填王以久闊瞻依，迺刻旃檀像佛聖表，以竚翘想之懷。目犍連慮有缺謬，以神力攝三十二匠升天，諦觀相好，三返乃得其真。既成，王及國人，若與神對。及佛復降人間，王率臣庶往迎佛。其像升空謁佛，佛為摩頂授記曰：「我滅度千年後，爾往震旦國，大興佛化」。佛滅千二百八十餘年，始自西域傳至龜茲。六十八年至涼州，一十四年至長安，一十七年至江左，百七十三年至淮南，三百一十七年復至江南，二十一年北至汴京。百七十七年，金太宗於辛亥歲迎至燕京，建水陸會，安奉於憫忠寺十二年。是年，金熙宗於上京建大儲慶寺成，奉迎於積慶閣中。二十年，金國海陵王復南迎還燕京內殿，居五十四年。元朝丁丑歲三月，會內殿火，尚書舒穆嚕公迎往聖安寺。一十九年，至元世祖至元十二年乙亥，遣大臣博囉等備法駕音伎，奉迎入萬壽山仁智殿，居十五年。丁丑，建大聖萬安寺，二十六年己丑，自仁智殿奉迎於寺之後殿。百四十餘年，自爾迎於慶壽寺。至嘉靖十七年，居百二十餘年，因寺回祿，奉迎於鷲峰寺。至康熙四年乙巳，居一百二十七年。計自優填王造像之歲，當穆王十二年

> 辛卯，至我朝康熙五年丙午，凡二千六百五十餘年矣。甚哉，巍巍瑞像，金姿玉容，光明相好，瞻仰供奉，如與神對。朕覽歷代之往蹟，昭新創之宏模。迺考來儀，舊記所載，自西域傳至中國，上下共二千六百五十餘年之久，勒諸貞珉，以紀盛事，垂之永久，用誌不朽雲。
>
> 康熙五年四月二十九日立。

此記有不同抄本。張羽新《清政府與喇嘛教》收集清代喇嘛教碑刻文字，從《金鰲退食筆記》移錄了這兩份碑文。[7]四庫全書版本那句「尚書舒穆嚕公迎往聖安寺」，在張羽新書中是「尚書石抹公迎往聖安寺」。好在這些細微差別不影響本文的查考。

〈御製旃檀佛西來歷代傳祀記〉開頭有句「粵稽記錄」，結尾有句「迺考來儀，舊記所載」，指考察古代記錄。為康熙皇帝撰稿的人曾經做了些研究工作，顯然趁便修訂。舉個例子：「南還燕宮內殿」改成「金國海陵王復南迎還燕京內殿」。兩個訂正值得注意。其一，消除飛行神話，「佛滅千二百八十餘年，始自西域傳至龜茲」，回歸程鉅夫原版。其二，擺

7 張羽新《清政府與喇嘛教》，西藏人民出版社，一九八八年，頁二二九—二三一。

脫淮安，改程鉅夫原始的「江南—淮南—江南」成「江左—淮南—江南」。

六

我們如何理解上述引文的矛盾呢？簡便的方法之一是識別文學的類別。文類決定了前引幾篇文獻的書寫風格。前引幾篇文獻的類別大致有三。第一類屬官方（皇帝）認可的考證，重於考核，嚴謹的態度接近現代學術論文。例子是程鉅夫〈旃檀佛像記〉和康熙皇帝〈御製旃檀佛西來歷代傳祀記〉。兩文都明言集思廣義。程鉅夫曾就教於佛門高僧，尊重遠地古老宗教神話。旃檀佛像行止第一部分的時長（一千二百八十五年）兩千多年來沒有改變，歸功於程鉅夫研究的權威性。第二類屬地方文物誌，性質接近旅遊導覽，盡其稀奇誇張之能事。比如《帝京景物略》。旃檀佛像飛行神話於是生焉，吳承恩的故鄉淮安硬塞進來，和《西遊記》小說攀上關係。第三類屬地方文物誌的收集及評估，引用古籍，但勇於質疑。例子是《天府廣記》和《金鰲退食筆記》第一組旃檀佛像數據。兩例都表示難以盡信《帝京景物略》。如前文所述，《金鰲退食筆記》的第一組旃檀佛像數據甚至提供了足以糾正《帝京景物略》謬誤的資料。

然而《天府廣記》和《金鰲退食筆記》的第一組旃檀佛像數據前仆後繼抄錯了《帝京景物略》的累積年數。最初《帝京景物略》那句話，「當周穆王辛卯，至我熹宗丁卯，凡二千六百一十餘年」，由《天府廣記》改成「迄大啟丁卯，凡三千六百一十餘年」，被《金鰲退食筆記》的第一組旃檀佛像數據改為「當周穆王辛卯，至明熹宗丁卯，凡一千六百一十餘年」。

從文類角度去讀劉懷玉〈《西遊記》與淮安地方掌故〉，視其為現代版的導遊指南，而非學術論文，問題就很簡單。此文從小說三藏來解釋旃檀佛像飛行神話：「旃檀佛像得釋迦摩頂受偈，飛歷西土，進入中國，很有點唐僧的樣子。」除此之外，劉文熱切主張旃檀佛像曾在淮安停留。[8]

劉懷玉〈《西遊記》與淮安地方掌故〉有新舊兩版。新版修訂了舊版的旃檀佛像論述。目的似在增加可讀性：刪除一些腳註並且轉變文言引文為白話段落等等。但是另外一個重要的企圖，在於鞏固那座佛像曾經駐足淮安的看法。兩版都提到〈御製旃檀佛西來歷代傳祀記〉，可見知道該文重要，但文題以外，完全不引用該文內容。

> 據《宸垣識略》卷四記載，清康熙五年，於明清馥殿舊址建弘仁殿，旃檀佛像即被供養到這裡。寺內有清聖祖的《旃檀佛西來歷代傳祀記》御制石碑及乾隆的御書碑。弘

8 劉懷玉〈《西遊記》與淮安地方掌故〉，《吳承恩與「西遊記」》，上海東方出版中心，二〇〇八年一月，頁一三六—一三七。該文舊版收入《吳承恩論稿》，南京大學出版社，一九九一年，頁一一八—一二〇。

仁殿因此被稱為旃檀寺。

〈《西遊記》與淮安地方掌故〉兩版都引用程鉅夫〈旃檀佛像記〉內容來說明旃檀佛像研究的背景資料，但都不提該文列出的佛像行止。只讀劉懷玉的讀者無從得知：程鉅夫的〈旃檀佛像記〉完全沒提淮安。

劉懷玉的主要證據是孫承澤《天府廣記》的一段記載，措辭是：《天府廣記》「對此事記載亦頗詳細」。予人《天府廣記》提供獨立研究結果的印象。我們知道這是誤導。前文提到：《天府廣記》對《帝京景物略》的歷史敘事提出了強烈的懷疑。

劉懷玉一定知道《天府廣記》問題重重。所以〈《西遊記》與淮安地方掌故〉舊版就已移除《天府廣記》那句「迄天啟丁夘，凡三千六百一十餘年」。怎麼算到三千六百多年那麼長的時間呢？〈《西遊記》與淮安地方掌故〉新版再刪《天府廣記》一句：「其說荒唐不足信」。我們怎麼可以信任荒唐不足信的數據呢？

劉懷玉的次要證據是清代乾隆年間，淮安人阮葵生《茶餘客話》的後續想像。以下劉懷玉的引文：

旃檀佛像在淮安最久。唐太宗貞觀以後，自江左至淮，宋太祖乾德間復往江南，蓋終將唐之世皆在淮矣。……（以下文字記載佛像來由及轉遷，與前引文同）淮安城西北隅龍興寺建於晉大興二年，而盛於唐，西南有浮屠名敦煌塔，一云「尊聖」，蓋即奉供像之地。

「蓋」是大概的意思，屬猜測。《天府廣記》說旃檀佛像的淮安年代在元世祖之前。清代乾隆年間的阮葵生不可能是旃檀佛像在淮安蹲點的目擊證人。阮葵生《茶餘客話》僅是為故鄉誇耀的附會，毫無說服力。

我們並無反對特定地區（如淮安）觀光發展的理由。我們可以想像劉懷玉和淮安老鄉們以吳承恩為傲的熱情。可以理解。鄉親們有很多為《西遊記》小說感到驕傲的理由。

他鄉遇故知

——洛杉磯的美猴王

美國加州洛杉磯市立動物園有個猴區，入口掛著一張圖畫，見圖一。畫面上的英文題詩引自亞瑟・偉利（Arthur Waley, 1889-1966）的《西遊記》小說英文節譯本（*Monkey*，一九四三年，Grove Press, New York，頁七十四）。圖畫裡的英文下款署名The Monkey King，指發言者「我」為「美猴王」。英譯詩句放大圖，見圖二。引用的詩句原文和英譯如下：

（《西遊記》第七回原文）

我本：
天地生成靈混仙，
花果山中一老猿。

（美國加州洛杉磯動物園花果山圖畫上的英譯）

Born of the Sky and Earth,
Immortal magically fused,
From the Mountain of
Flowers and Fruit
an old Monkey am I.

——The Monkey King

根據引用的詩句來看，此圖意指花果山。此圖出處不明。我的偉利譯本僅書名頁有圖片，是個模糊不清的悟空畫像。

原文自「我本」始，譯文至「am I」終，可謂妥切。偉利英譯文字傳神，朗朗上口。原文兩行譯成四行，或許可以再議。

圖一　洛杉磯動物園花果山全圖

圖二　亞瑟・偉利譯詩放大圖

李提摩太（Timothy Richard，1845-1919）節譯本《西遊記》（*The Monkey King's Amazing Adventures*，二〇〇八年，Tuttle Publishing，頁七五），以兩行英文譯原文的兩行中文，好處在對稱，缺點在疏漏，重要地名「花果山」不見了：

Born I am a natural genie,
As monkey lived in mountain grove,

余國藩（1938-2015）英譯《西遊記》，講明了曾參考偉利英譯。此時余國藩維持了原文兩行的規格：（*The Journey to the West*，上海外語教育出版社，漢英對照，二〇一六年八月，頁一六五）

I was
Born of Earth and Heaven, immortal divinely fused,
An old monkey hailing from the Flower-Fruit Mount.

原文是悟空初遇如來佛祖，自我介紹詩中的開頭兩行。悟空在太上老君八卦爐中燒了四十九日，不久之前才逃出來，再度大鬧天宮。如來佛祖應玉帝邀請來至靈霄門外，下令圍攻悟空的三十六員雷將停息干戈，以便對話。悟空遂收了三頭六臂法象，現出原身近前來見如來佛祖。悟空自持神通強大，不知如來佛祖的厲害，所以並非因為恐懼而降級自稱「老猿」。悟空一向注重穿著配合身份。八卦爐火燒盡悟空原先所有的衣飾。此刻除了（拿在手上或藏在耳裡）如意棒之外，應該是猿猴赤身原形。這大概是悟空自稱「老猿」的原因。洛杉磯動物園在故事裡找到了悟空的原身剎那，選用這首詩，相當高明。這個原身形象比石猴剛剛出世的原身形象更為有趣，因為悟空此時面臨自己生涯經歷的重大轉折。

猴區裡有各種不同的猴子。在此區或別處考證悟空的猴種是不可能也不必要的事。悟空原型猴種的各種猜測，外來的或本土的，距吳承恩撰寫《西遊記》之時已很遙遠。他沒有追蹤，我們也毫無理由去探查，原型猴種。

取經團隊長途拔涉十四年。三徒雖然本能高強，平常也只能步行。八戒和沙僧原來都是正常凡人，兩腳走路是自然本能。故事假設悟空可以像人類一樣長期步行。洛杉磯動物園偶而會看到猴子直立行走。二〇二〇年美國國家地理雜誌記錄片「中國的隱秘王國」（The Hidden Kingdoms of China）拍攝到中國金絲猴在雪地直立行走，以便讓雙手保暖，而且行動快速。該影片認為中國金絲猴是全世界唯一能在雪地行走的猴子。吳承恩（或他之前的作者）可能有些基本的生物知識，才能想像猴子在艱難的氣候和地理環境之中，長期直立行走。

洛杉磯動物園這張圖畫完全沒有中文。圖畫製作顯然有個假設：遊園觀圖者或許讀過偉利的英譯小說，或許熟悉「美猴王」的綽號。然而《西遊記》在美國的讀者大部分是修讀中國文學課程的大學生，絕非盡人皆知的故事。

無論《西遊記》在美國紮根深淺，在洛杉磯看到美猴王自我介紹的英文詩句，令人覺得他鄉遇故知。

千里眼和順風耳

——神話裡的科學

北歐神話有幾個聽力不錯的角色。海姆達爾獨佔鰲頭，集敏銳聽覺與視覺於一身。他可以聽到草原和羊毛生長的聲音。他不分晝夜，可以看清一百英里之外的東西。由於感官功能超強，海姆達爾住在彩虹橋最高點的城堡裡，擔當起守衛和預警神仙國度（阿斯加德）的重責大任。

《北歐神話——眾神故事，傳說，與英雄》的英語版本完全沒講風如何增強或妨礙海姆達爾（或其他角色）的聽覺。[1]也就是說，找不到類似《封神演義》或《西遊記》「順風耳」暗示的物理知識：風向影響聲音傳播。風於聲波傳播的實際影響一言難盡。但在氣溫、濕度、地物、障礙等等因素之外，近代物理知識支持以下這個簡化的描述：在風尾聆聽，順風而至的聲音比較響亮；反之，在風頭聆聽，逆風而至的聲音則較微弱。所以「『順』風耳」的一種解釋或許是：聽覺敏銳，所有聲音都如順風而來那般清楚。這兩部中國經典小說證明：明朝時代就已經注意到環境與聽覺的關係。

北歐神話有其長遠的、從口述歷史轉變成文字記錄的過程。所以僅只一個英語版本的遺漏未必能完全證明古老北歐民族忽視了人類共通的聽覺經驗。但這個孤立的案例導引我們注意《封神演義》和《西遊記》的科技知識。小說作者用生活語言記錄並編造（比他們生存環

---

1 *Norse Mythology - Tales of the Gods, Sagas and Heroes*, Arcturus Publishing Limited, 2019, p68.

境還更遠古的）傳奇，非僅為後代留下當代生活經驗的痕跡，也展現自己物理知識的理解。科技知識一方面規範、合理化想像，以使喚起讀者的熟悉感，另一方面權充伸展平台，幫助讀者舉一反三，拓展理解。

比較《封神演義》和《西遊記》兩部小說，千里眼和順風耳在前者的戲份較多，但格局較小。篇幅多寡無需絮叨。但格局高下值得一提。《封神演義》的千里眼（高明）、和順風耳（高覺）原為是棋盤山的桃精和柳鬼，托軒轅廟泥塑鬼使（名叫千里眼、順風耳）的靈氣，所以「目能觀看千里，耳能詳聽千里」。格局有限的理由有二：始終不離妖怪出身；在興周滅商的歷史洪流裡站錯了邊。《西遊記》景觀不同。千里眼和順風耳稱為「二將」，當是將軍級別。他們奉旨開南天門觀看金光來源，回報玉帝時自稱「臣」。稍後玉帝收到東海龍王和地藏王菩薩的告狀，問滿朝文武有關闖禍妖猴的資訊。千里眼和順風耳報告那是三百年前目射金光的天產石猴。注意他們現身發言的姿態：「班中閃出千里眼、順風耳」。可見他們官位不低，已是在天庭站班的高度。他們從來沒有阻礙唐三藏的取經大業。雖然我們不知他們的原始出身，但肯定他們格局較《封神演義》的同名角色高。

兩個故事「千里眼」的千里都意指遠距，但不是無限的遠距。現代人類目力所及，無論是否藉助工具（普通的或最先進的望遠鏡），仍然是個有限的概念。近代的天文望遠鏡，無論靜立於地球表面、或航行於太空航行器裡，仍舊無法看到宇宙的盡頭。天文學家所印證的，是個正在向四面八方擴張的宇宙。[2]所以「千里眼」的有限概念符合近代天文物理知識。

兩個故事都在那個稱號「千里眼」的角色之外，另添個視力遠達千里的厲害角色：《封神演義》楊任和《西遊記》小說孫悟空。兩位作者各自在楊任和悟空身上補充與視覺相關的意見。

楊任也有千里眼力，視覺器官格外神奇：眼眶裡長出兩隻手，手心裡有「兩雙眼」。兩雙當是四隻：「此眼上看天庭，下觀地底，中看人間千里」。三個視向，以「下觀地底」最為重要，因其正巧成為地行術的剋星，要不然地行術沒完沒了，故事難以收尾，興周滅商就更費周章。兩位地行專家速度不同：土行孫「一日止行千里」，澠池縣總兵官張奎「一日行一千五百里」。所以從高明到張奎，幾個與體能相關的科幻想像串聯起來，有以下的順序：千里眼，「中看人間千里」，「下觀地底」，地行千里，最後地行一千五百里。土行孫和張奎在地下行動自如，視聽無礙，收集敵營情資。甚至曾在地表下層開打。端賴楊任「下觀地底」的視力，楊戩才能在地面上追蹤地下遊走的張奎，火燒（懼留孫的）指地成鋼符篆，困住張奎。韋護適時配合擊出降魔杵，解決了張奎。這些科幻動作序列違反讀者日常生活經驗，迄今仍然嚴峻挑戰現代物理科學。作者毫無忌憚，繪影繪聲，結果倒是十分生動。文學

---

2 Walter Isaacson, *Einstein, His Life and Universe*, Simon & Schuster, New York, 2007, Pp353-356.

不必受限於科技。

《西遊記》小說有其個別的科幻想像成就。但視聽想像比較貼近日常生活經驗。除了前文提到，稱號「順風耳」所涉及的物理常識之外，《西遊記》小說也強調周遭環境影響視覺。環境影響視聽的論述相當周到。在通天河傍，悟空說自己：「老孫火眼金睛，白日裡常看千里，凶吉曉得是；夜裡也還看三五百里。」早晚視力不同，講得非常清楚。當時「天色已晚」，河面景觀是：「洋洋光浸月，浩浩影浮天」。所以悟空「跳在空中，定睛觀看」，看不到河寬盡頭：「茫然渾似海，一望更無邊」。如果是大白天，憑悟空常看千里的視力，看見八百里外的通天河彼岸，當然大有可能。

這個神話故事注重人類生存環境與視覺的關係。觀音菩薩地位崇高，也要注意視察距離的問題。如來佛祖叮嚀觀音菩薩，在前往東土尋找取經人的途中，要低空飛行（「半雲半霧」），以便看清並記得取經路程長短：「這一去，要踏看路道，不許在霄漢中行。須是要半雲半霧，目過山水，謹記程途遠近之數，叮嚀那取經人。」如在高空飛行（「在霄漢中行」），恐怕太遠了。雲霧繚繞低空，干擾詳觀細察（「踏看路道」）。觀音菩薩視力會受到塵世大氣的影響，更何況是悟空？

兩部小說地下觀念最重要的差異在於人類的參與。《封神演義》眾多道士或神仙之中，只有兩人（張奎和土行孫）懂得地行，只有楊任能夠透視地下，只有懼留孫可以發放指地為鋼的符篆。特異功能意指接觸地下世界的特權。其他人都無從參與。《西遊記》幽冥界有其出入口。那些出入口沒有可予辨識的陽世地標，所以相當神秘。

《西遊記》諱言地行術，卻比《封神演義》觸及更大的關切。佛教影響《西遊記》，幽冥界是世間一切生靈輪迴轉世的必經之所。地獄的想像包括了道教的參與。死亡之後的審判由佛教和道教共同進行。幽冥界審判，人人平等。十八層地獄展示公平正義。幽冥界位居故事語境宇宙結構的底層。其重要性就像地獄是佛教思想不可或缺的部分那樣。

美猴王原本不知幽冥界的存在。由於陽壽終結，兩個手持批文的鬼使（叫做「勾死人」）來強制帶領，美猴王這下才知道進出幽冥界的途徑。幽冥界入口靠近神秘的陰山。真假悟空打打嚷嚷，在陰山附近進入幽冥界森羅寶殿。還陽路線不同。陰司判官崔珏帶領唐太宗經過「幽冥地府鬼門關」進入幽司。後來還陽，要經陰山背後，目睹十八層地獄，過金橋、銀橋、奈河橋，離開枉死城，唐太宗被推入渭水河，回轉陽世。凡此種種，有兩個重點與本文討論相關。其一，地底世界僅是幽冥界。其二，由於有特殊的陰陽交界進出地點，神佛魔在地面上並無穿透地層表面、向地層下方視聽的需要；一旦處身於幽冥界，也無穿透地層表面向地層上方視聽的需要；既無需要，就沒有相關的（如透視地表或地下行走）神通想像。

《封神演義》和《西遊記》小說都知道介質密度。密度太高就不能穿透走動。《封神演義》指地成鋼就可阻擋地行。其物理意義即鋼的密度大於土壤。《西遊記》小說幽冥界的生存介質似乎類似地上人間世界的空氣，從概念上講幽冥界幾乎就像一個空心洞穴。悟空進入地下世界沒有在水裡那樣的束縛。三徒之中，悟空水性最差：「原來八戒本是天蓬元帥臨凡，他當年掌管天河八萬水兵大眾；沙和尚是流沙河內出身；白馬本是西海龍孫：故此能知水性。」悟空神通廣大，這個水性弱點卻與人類類似：人類在空氣裡可以，但在水中無法呼吸。悟空如果以本尊入水，必須「捻訣，又念念避水咒，方才走得」；不然就得變化做水禽（魚蝦蟹鱉之類），才能下水遊走。水的密度比空氣高。悟空的自然體能無法呼吸比空氣更稠密的生存介質。

在神話故事裡印證簡單物理知識，只是閱讀小說的一種角度，目的在於揣測幻想與實際生活經驗之間的牽扯和差距。瞭解古人，順便檢驗我們自己。前文提到的三個神話故事都渴望耳清目明，都嘗試超越視聽局限。

古今不遠。中外互聯。就人類視聽想像而言，神話匹配、或牴觸、或領先現代科技。

戰詩和讚詩

——兩種「當局者迷」

一

我注意到一首嵌詩在《封神演義》和《西遊記》個別現身。雖非一字未改，但大致雷同。大有可能前人已經發現這項重疊，但相關的詳細討論仍屬闕如。詩文兩版跨越鈎連，是否有助於小說閱讀？

我們先講清楚：類似的嵌詩不足以決定兩書刊行的先後次序。《封神演義》和《西遊記》總共有幾十首部分重疊的嵌詩。學者曾企圖根據這些嵌詩來判斷兩書刊行先後，卻產生各個不同的結論。[1]事實上，目前沒有證據可用來確定兩部小說的順序。這個議題目前的公認學術意見是：在漫長的版本演變歷史中，兩部小說曾經產生相互影響，盤根錯節，是筆糊塗賬。本文不假設這首詩兩個版本的順序。

我們還得接受這個事實：《封神演義》現存最早版本（舒載陽版本）之前，確有已經失傳的更早版本。限於現存文獻資料的局限，我們僅能使用舒載陽版本《封神演義》。我們不知道本文討論的《封神演義》嵌詩是否曾經出現於其早本之中。

《封神演義》第七十八回，兩位西方教主（接引、準提道人）前來幫助老子與元始天尊

---

1 李亦輝《封神演義考論》，北京人民文學出版社，二〇一八年四月，頁二八三—二八四。

破誅仙陣。開打之前，準提道人發言，先吟詩一首：「身出蓮花清淨臺，三乘妙典法門開。玲瓏舍利超凡俗，瓔珞明珠絕世埃。八德池中生紫焰，七珍妙樹長金苔。只因東土多英俊，來遇前緣結聖胎。」毫無疑問，該詩語言涉及佛教。《封神演義》的「西方教」明指佛教。

《封神演義》兩軍對壘，常常口水戰先行。擺設誅仙陣的截教掌門通天教主不甘示弱，在口頭回應裡吟詩對抗：

混元正體合先天，萬劫千番只自然。
渺渺無為傳大法，如如不動號初玄。
爐中久煉全非汞，物外長生盡屬乾。
變化無窮還變化，西方佛事屬逃禪。

《西遊記》小說第七回，齊天大聖逃脫太上老君八卦爐。作者這樣稱讚：

混元體正合先天，萬劫千番只自然。
渺渺無為渾太乙，如如不動號初玄。
爐中久煉非鉛汞，物外長生是本仙。

變化無窮還變化，三皈五戒總休言。

《封神演義》和《西遊記》的兩詩毫無疑問是同一首詩的兩個版本。兩個版本配合個別的故事語境，用途各異：在《封神演義》裡是首戰詩，在《西遊記》裡是首讚詩。有些措詞酌情更改。但即使是未變的字詞，其含義必須依照個別的故事語境來理解。

這個閱讀值得一試，因為我們得以再度認識故事語境於小說詮釋的重要。容我們逐句品味這首詩的兩個版本。

二

同詩兩版開門見山，都以「混元」兩字啟端。根據台灣教育部重編《國語辭典》修訂本，「混元」有以下二義。其一，宇宙尚未形成時，形質不分、蒙昧一體的狀態。其二，天地初開的遠古時期。

兩書都涉及第一個「混元」定義。舉個例子。兩書都講「混元一氣」。《封神演義》第八十三回，文殊廣法天尊接旛的偈詞：「混元一氣此為先，萬劫修持合太玄。莫道此中多變化，汞鉛消盡福無邊。」《西遊記》不只一次出現「混元一氣」，例如「五百年前大鬧天宮混元一氣上方太乙金仙美猴王齊天大聖」。

為何「混元」要銜接「一氣」呢？本書〈聚散和清濁——《西遊記》的「氣」〉討論宇宙氣化論，即宇宙由「氣」組成的概念。「混元」是宇宙初成的狀況，與氣態相關。「一氣」可指凝聚度與純淨度。

《西遊記》也用「混元」形容最高級別的、修道成果的情況。第廿四回，上清天彌羅宮元始天尊帖邀萬壽山五莊觀鎮元大仙去聽講「混元道果」。混元道果是道教領導高層在職培訓的學習科目。混元一氣可能高於道教丹功完成剎那的體內反應。八戒在那一刻身體內部產生特殊氣流：「五氣朝元通透徹」，指與五臟（肝、肺、心、腎、脾）有關的氣流神奇狀況。三藏、八戒、沙僧、白龍馬，都有前生。取經團隊只有悟空沒有前生可言。天生石猴直接出生於大自然。悟空與生俱來的體質可視為一種特殊的、與宇宙初成相通的氣，優於後天煉成的丹氣。

兩書沒有忘記前引《國語辭典》的第二個「混元」定義。舉個例子。「混元教主」四字出現在道教神明的名號裡：《封神演義》第九十九回有位「太上無極混元教主元始天尊」，《西遊記》第六十六回有位「武當山太和宮混元教主蕩魔天尊」。在這兩個名號中，「混元」都接近第二個定義，指兩位神明與宇宙一樣長壽。

道家與宇宙本源相聯繫的觀念，也添加美猴王天生異稟的神秘色彩。文學渲染比歷史事實（道教真的比佛教更為古老？）更為重要。

同詩首句劈頭「混元」兩字之後，兩版分道揚鑣，調換接續的兩字，「混元正體合先天」和「混元體正合先天」，搭配同句尾字「天」的不同意義。

三

《封神演義》的「混元」意指通天教主以及許多截教從人具有某種強大、神秘戰鬥能量。「正體」，重點在「正」，正反或正邪的正。「體」指事物的格局，或立場。正體即正當的格局或立場。本詩出自截教掌門通天教主之口。正體意謂截教的正當格局或立場。「合」即「合乎」。先天指老天爺早就決定的歷史發展。先天或「天」，直搗黃龍，提示這部小說的核心價值：天命。

通天教主老王賣瓜，自賣自誇。在故事語境裡，道教兩派的對（闡教）錯（截教）非常清楚。天命指興周滅商的歷史大業。支持那個改朝換代就是順應，抗拒就是違反，天命。截教從眾的問題在於自以為合乎天命，前赴後繼，奮不顧身。第七十七回開場詩有句：「須知順逆皆天定，截教門人枉自癡」。自以為是，飛蛾撲火，結果在大歷史裡站錯邊。盲目枉費生命，所以他們的努力具有悲劇性質。

由於文脈不同，這首詩兩版貌合神離，格局迥異。其共通處在於「當局者迷」的認定。兩者各有來龍去脈，解讀的方式不同。《封神演義》截教黨人的執迷只是第一種「當局者迷」：意識形態的偏執。「混元」是被誤導的能量。稍後我們將會討論《西遊記》的「混元」詞義，第二種「當局者迷」：可以（但不一定）是天生的人性弱點。

《西遊記》顛倒「正體」兩字。景觀大變。「體正」強調「體」。身體或體質的體。此時本詩用來稱頌悟空逃脫太上老君八卦爐文武火的本領，「體」指悟空的體質。

《西遊記》此詩事關太上老君煉丹，於是提示了「混元」和丹術的特殊關係。整首詩與悟空從來沒有擺脫的道家神仙身份有關。「混元體正合先天」講明「混元」是悟空與生俱來的體質。「正」可以做「正當」或「正好」解。合仍作「合乎」解。「先天」上溯天生石猴的天，宇宙洪荒的開端。事關重大：悟空並不需要煉丹爐的過程來獲得「混元」潛能，因為他的體質「合先天」。第十五回，山神和土地提醒悟空：「大聖自來不曾有師父，原來是個不伏天不伏地『混元』上真」。「原來是個」就是天賦異稟的意思。這與前文提到的概念一致：混元一氣可能高於道教丹術成果。

行者棄道就釋，取經途中許多事件追本溯源，重提那個始終沒有消逝的、悟空的體質。第四十一回有句「混元真大聖」。第四十九回通天河鱖婆說詞，「五百年前大鬧天宮混元一氣上方太乙金仙美猴王齊天大聖」，隱射齊天大聖大鬧天宮的舊事，在五百年後已經成為神仙世界的傳奇。第五十八回，真假行者大戰，夾詩稱真行者為「混元一氣齊天聖」。第九十一回，夾詩先講「認得齊天大聖名」，稍後才讚「好一個混元有法真空像」。

「混元」一詞還牽涉到兩書不同的武器概念。《封神演義》用「混元」來形容多種武器：混元旛、混元寶珠、混元傘、混元珍珠傘、混元金斗等等。「混元」隱射神秘能量，但作者沒有描述武器的操作。《西遊記》從未沒有用「混元」去命名法寶，但講求武器的實際操作。

這項差異似乎說明《西遊記》的武器概念（法寶或法器）比較成熟，不再僅只訴諸抽象的、與眼前剋敵戰鬥動作沒有直接和明顯關係的神秘能量。舉個例子。平頂山蓮花洞金角大王銀角大王擁有五件各具獨特用法和效果的寶貝：紫金紅葫蘆，羊脂玉淨瓶，七星劍、芭蕉扇，幌金繩。其中芭蕉扇雖是「自開闢混沌以來產成的真寶之物」，但作者不以描述古老神力為足，刻意安排金角大王搧扇，以便讚美它所產生、讀者可以想像的、神火殺傷效果：「原來這般寶貝，平白地搧出火來」。另個例子是鐵扇公主羅剎女那把芭蕉扇。也是神奇法物：「本是崑崙山後，自混沌開闢以來，天地產成的一個靈寶，乃太陰之精葉，故能滅火氣。」但故事不以敘述其神奇為足，一定得用一下。悟空搧扇大概最精采：「望山頭連搧四十九扇，那山上大雨淙淙。果然是寶貝：有火處下雨，無火處天晴。他師徒們立在這無火處，不遭雨濕。」作者樂道工具的實用價值。搧扇推動氣流，畢竟是普通讀者熟悉的生活經驗。

四

同詩兩版第二句相同：「萬劫千番只自然」。現在我們看下面的兩句：《封神演義》「渺渺無為傳大法，如如不動號初玄」對應於《西遊記》「渺渺無為渾太乙，如如不動號初玄」。

截教掌門通天教主在戰場上宣稱自己站在正義的一方，所以講截教代表道教（「渺渺無為」，「如如不動」）出來宏大法旨（「傳大法」）。通天教主忘了師父鴻鈞道人的教訓，誤起門戶之間爭強好勝的私心，以至于罔顧紂工倒行逆施，毫無值得稱道的法治、法理、或法統可言。所以「傳大法」是種偏執，高度煽動性的誤導。

《西遊記》兩個詩句再次稱道齊天人聖的身體本質。根據台灣教育部重編國語辭典修訂本，「太乙」如解作星名，通「太一」，「太一」可指宇宙萬物的本源。第三、第四句，「渺渺無為渾太乙，如如不動號初玄」，似指像天地萬物誕生、那麼古老的混元狀況。

五

第五、第六句一起讀。

《封神演義》版本：「爐中久煉全非汞，物外長生盡屬乾」。「乾」通「天」。意思似乎是：丹爐久燃，其作用完全不依賴汞元素，「長生」屬天命，是超越物質的。這裡沒提鉛元素，絕非缺乏技術知識所致，因為《封神演義》已經在別處併提汞鉛煉丹。前文引用的《封神演義》詩句即一個例子：「汞鉛消盡福無邊」。外丹術原本是個謎。現在說化學元素汞其實不重要，意在強調天命。

《西遊記》版本：「爐中久煉非鉛汞，物外長生是本仙」。值得注意兩點。第一點涉及丹術知識的淺嚐則止。此處併提鉛汞，表示略通丹術。但此非《西遊記》對外丹術細節表示興趣的僅例。《西遊記》小說第七十回有個詩句較為詳細：「退爐進火最依時，抽鉛添汞相交顧。」吳承恩知道丹爐火候、材料添加秩序和份量都要緊，但沒有進一步推測或記錄其他煉丹術的技術性細節。相關問題不少。鉛汞元素如何相互作用產生金丹？為什麼這個過程需要四十九天？「不覺七七四十九日，老君的火候俱全」。所需的溫度分佈是什麼？金丹如何延長人的壽命？吳承恩避重就輕，僅只使用八卦卦名來解釋悟空如何躲過爐中的火，傷了眼睛。相當抽象：

> 原來那爐是乾、坎、艮、震、巽、離、坤、兑八卦。他即將身鑽在巽宮位下。巽乃風也，有風則無火。只是風攪得煙來，把一雙眼火熻紅了，弄做個老害病眼，故喚作「火眼金睛」。

吳承恩明明是煉丹術粉絲，但絕口不提太上老君的專業機密。語焉不詳，予人不真懂丹術，也不視丹術為可靠科技的印象。理由很簡單：吳承恩（就像大部分其他人一樣）其實不懂煉丹術。但文學反映人生，當然可以記錄那些對神秘事物的好奇。舉個例子。第五十三回，悟空與沙僧取得落胎泉水。落胎泉水在故事語境裡也稱為「真水」：「大聖縱著祥光，趕上沙僧。得了真水，喜喜歡歡，回於本處。」該回詩句「真鉛若鍊須真水，真水調和真汞乾」把真水、真鉛、真汞，講在一起，好像需要真水才可產生特殊效應。可是落胎泉水只產於解陽山聚仙庵，那麼全書其他地方的丹術怎麼可能成功呢？若要其他地方的丹術成功，「真水」的含義必須大於解陽山聚仙庵的落胎泉水。用現代語言來說，大概就是水的特殊品質。但全書疏於交代那個較大的「真水」含義。

第二點關乎悟空的「長生」問題。這句「物外長生是本仙」直截了當說當事人（「本仙」）已具有丹術成功以後的實質效應：長生。長生可解釋為「長生不老」或「長生不死」。悟空的基本關切是後者。美猴王明言：「今日雖不歸人王法律，不懼禽獸威嚴，將來年老血衰，暗中有閻王老子管著，一旦身亡，可不枉生世界之中，不得久注天人之內？」

這首讚詩出現之前，悟空已經徹底解決了死亡問題。他在森羅殿一筆勾消文簿上自己的名字，原本只該三百四十二歲的塵世壽長再無約束力。悟空大鬧天宮，吃了蟠桃園「後面」

那批樹的「紫紋緗核」蟠桃，於是：「與天地齊壽，日月同庚」。悟空刻意不理「前面」和「中間」兩批樹，因其效益有限，各別是「成仙了道，體健身輕」和「霞舉飛昇，長生不老」。其意甚明：悟空志在不死。吃下後樹的蟠桃，悟空的生命永存。

如果《西遊記》版本的「物」意謂外丹術用材或操作，「物外」可指外丹術之外的行徑，例如塗改森羅殿文簿和偷吃蟠桃等等。如前文所述，兩者都和生命的終結有關：避免死亡或延長陽壽。悟空始終蒙在鼓裡的是自己與生俱來的混元一氣。《西遊記》雖有混元教主蕩魔天尊的稱號，但在神佛世界裡公認的混元一氣，就只有悟空。他自視甚高，愛吹牛，偏偏從來沒提過自己混元或混元一氣。大概悟空自已並不察覺這份優勢。

混元一氣運作合宜的時候，產生正能量——一種與眾不同的鬥志——驅動前文提到的那些「物外」行為。在這種正能量的觀照之下，「物外長生是本仙」回應第一句「混元體正合先天」，提示當事人適當使用混元體質的行為。

偏偏混元一氣也有狂暴狀態，產生副能量，招致失控的行為。舉兩個例子。第一例即蟠桃園暴食後樹蟠桃的舉動。明知吃食一顆就「與天地齊壽，日月同庚」，多吃不能再延長壽期，卻吃遍了後樹所有的熟果。混元一氣沛然莫之能禦，轉化為無法自我約束的暴食症候。第二個例子是發脾氣摧毀萬壽山五莊觀的人參果園。原先悟空偷人參果給八戒、沙僧。三人各吃一個，意在人參果稀奇，機會難得，並未貪圖「吃一個，就活四萬七千年」的食效。尤其是悟空，此時此刻已與天地日月齊壽同庚，不可能在乎四萬七千年。偷吃了，挨兩個仙童（清風，明月）痛罵，也就罷了，何必動怒，「不知止足」，斷絕一萬年才結得可以食用的人參果來源呢？

相對之下，《封神演義》神仙的混元自覺性超高。石磯娘娘自誇修道程度高：「道德森森出混元，修成乾建得長存」。道貌岸然，擺明就是長壽的混元神仙。

石磯娘娘和悟空好有一比，因為他們是中國小說傳統裡兩個重要的石頭精靈。石磯娘娘原來是塊頑石：「石磯乃一頑石成精，採天地靈氣，受日月精華，得道數千年，尚未成正果」，「此石生於天地玄黃之外，經過地水火風，煉成精靈」。（哪吒的師父）太乙真人用九龍神火罩罩住石磯：「石磯在罩內不知東西南北。真人用兩手一拍，那罩內騰騰焰起，烈烈光生，九條火龍盤繞——此乃三昧神火燒煉石磯。一聲雷響，把娘娘真形煉出，乃是一塊頑石。」九龍神火罩固然神奇，石磯難逃大劫的真正原因是天數：「天數已定，怎能避躲」，「今日天數已定，合於此地而死，故現其真形。」《封神演義》哪吒鬧事，級別最高的犧牲者即石磯娘娘。

石磯娘娘肯定是兩部小說互文影響的證據之一。第十九回八戒自述長詩裡這句：「三花聚頂得歸根，五氣朝元通透徹」遙指《封神演義》第十三回石磯娘娘那句：「三花聚頂非閑說，五氣朝元豈浪言」。無論美猴王憂慮自己生命期限是否受到石磯娘娘未能永生的影響，我們比較石磯娘娘無從預見自己命喪，和悟空「狀況外」於自己失控的暴烈個性，就知《西遊記》小說相信外力管制（緊箍兒和緊箍兒咒）的必要。畢竟在外力管制之下，悟空才努力去尋求拯救人參果樹的方法。

六

現在注意尾句。《封神演義》「西方佛事屬逃禪」。「逃禪」意含譏責。通天教主意在羞辱強敵（佛教）。

《西遊記》「三皈五戒總休言」對佛教的攻擊較為緩和。休言即諱言。意思是：不去明確表述三皈五戒。這個詩句的現代詮釋可以相當有趣。近代學者指出：《西遊記》小說借用道教文獻內文，以便宣揚道教主張，但在抄錄過程裡略作修正，暗中去道就佛。[2]文字移植者企圖瞞天過海，避免公然侮辱道教，以期維護宗教信仰相互尊重、和平共處的故事情境。

七

同一首詩的兩個版本都牽涉到「當局者迷」的觀念。然而兩者內涵迥異。《封神演義》

[2] 高全之《重探西遊記》，台北聯經出版社，二〇一八年十一月，頁卅二。

講的是改朝換代期間，意識形態的偏執。那份執著可以是受到誤導的結果，《西遊記》注意到強勁生命力，如果沒有外在管束，可以演變成於己無益的瘋狂。

嵌詩品嘗當然是細讀小說的方法之一。慢慢讀。有時候也滿有意思。

先到後至和境外影響

——宗教歷史裡的民族尊嚴

學者蘇格費拉加（R.S. Sugirtharajah, ? -）新著《亞洲耶穌》（*Jesus in Asia*, 2018，Harvard University Press）概述幾個亞洲國家篩除帝國主義強銷宗教的惡質，理解並容納基督教的種種努力。學者張彥（Ian Johnson, 1962 -）評論該書，特別提到作者引述印度哲學家薩弗帕利．拉達克里希南（Sarvepalli Radhakrishnan,1885-1975）的意見，認為耶穌受東方思想——尤其佛教——影響很大。例如耶穌和佛陀之間有許多相似之處，包括奇蹟般的出生，挑選門徒外出傳教，與婦女關係親密，凱旋歸還故鄉，以及他們死後發生大地震等等。拉達克里希南寫道：「佛陀和耶穌像血緣相連的兄弟」。張彥認為拉達克里希南的主張並非不合理，因為佛陀的著作早於基督教，並且可能在耶穌時代已流傳於中東地區。[1]

宗教歷史相當繁複。外來宗教與本土宗教的互動與磨合通常難以三言兩語道盡。所幸歷史研究並非本文的目的。我們僅圖利用拉達克里希南的思維模式來檢視小說，希望發現新的文學體會。拉達克里希南的辯證邏輯可以歸納如下：外來宗教（基督教）發源時間晚於本土宗教（佛教），而且外來宗教入境之前早已受到本土宗教影響。

拉達克里希南的比較宗教學評論並不完整，但提供了兩個有趣的觀察點。我們可以看看《封神演義》和《西遊記》小說是否採用了外來與本土宗教評估的思維模式去看待佛教與道

---

[1] Ian Johnson:*The Eastern Jesus*,The New York Review of Books,October 24, 2019.

教併存的生態。兩書的相關筆墨或能豐富文學閱讀經驗，不必是中國宗教研究的整體論述。

就《封神演義》和《西遊記》而言，外來宗教是佛教，本土宗教是道教。兩者的原型故事各有所本，武王伐紂以及玄奘取經，大可互不相干。兩部作品居然都表現出對宗教多元共存的興趣。很有意思。這是《西遊記》義不容辭的議題，因為歷史玄奘是佛教華化過程裡的重要人物。《封神演義》的情形不同。商周年代與佛教東傳時期之間的距離頗大，故事情節卻硬要與佛教搭上關係，可見作者如鯁在喉，有不吐不快的意見。作者顯然知道印度佛教歷史悠久，所以發明佛教二度來華的觀念。第七十八回這樣描述兩位西方教主：「佛光出在周王世，興在明章釋教開」。為佛教誕生日期設定時間點（周王世）。在商周時期佛教神明（準提道人和接引道人）首度與道教神明（鴻鈞道人及其門人）互動，協助興周滅商。兩種宗教再次交流，「興在明章釋教開」，則是千年之後佛教東傳，第八十三回有句：「千年之後有沙門」。不過姜子牙封神，周朝啟步，《封神演義》故事鞭長莫及佛道二度攪和的細節了。

我們現在回顧兩部小說如何處理前文提到的兩個議題。

第一個議題涉及宗教發源先後順序。在小說的虛擬實境裡，有些神明永生不死，所以神明壽長有時僅以生日年代來想像。只要最高神祇生日年份較早，那個宗教起源就較遠。《封神演義》和《西遊記》都以宗教最高神祇的壽長來隱射宗教發萌的時間點。《封神演義》道教發源時間由鴻鈞道人生日定錨。他的出場詩上追中國神話傳說中、開天闢地的神祇盤古：「盤古生太極，兩儀四象循」。

如前所述，《封神演義》有個佛教二度來華說法。雖然準提道人與天同壽，「與天同壽莊嚴體，歷劫明心大法師」，但就訪問中國本土而言，「佛光出在周王世」，佛教落後道教。本土宗教（道教）比外來宗教（佛教）落地生根更早。該項歷史陳述可理解為：中國本土意識因應外來思潮沖擊，產生強烈反彈。

《西遊記》比《封神演義》更為激進，藉由如來佛祖口中說玉帝比宇宙還老。[2]但歷史學家推測道教誕生年代相當晚。柳存仁認為宗教有三個要件：其一，禮拜的對象；其二，教義和戒律；其三，經常聚會。根據這個定義，柳存仁認為中國道教自東漢靈帝中平元年黃巾起兵開始，至今有一千八百多年的歷史。[3]

歷史觀點和這兩部經典小說認可的道教起源日期落差極大。小說作者另有圖謀，絕非無心犯錯。長久以來，兩書叫座叫好，可見這樁偏離史實或史見的文學誇張多少反映或滿足了

2 高全之〈玉帝和如來——天高和地面延伸的極限〉，《重探西遊記》，台北聯經出版社，二〇一八年十一月，頁二一八。

3 柳存仁〈一千八百年來的道教〉，《和風堂文集》中冊，上海古籍出版社，一九九一年十月，頁六四九—六七一。

讀者的想像或需求。

吳承恩沒有清楚交代如來佛祖出生年代。我們確知如來佛祖的原型人物是釋迦牟尼，如來佛祖初會齊天大聖時候，自我介紹說：「我是西方極樂世界釋迦牟尼尊者」。釋迦牟尼有其誕生年份，大約公元前六二三年[4]，比周朝元年（公元前一一〇〇年）晚，並且遠遠落後於玉帝的出生年代。這個佛教領袖（如來佛祖）有原型人物做為參考的情況與《封神演義》大為不同。

吳承恩刻意創造玉帝和如來生日年代的巨大落差，以便滿足許多中國讀者的希求：本土宗教（道教）發源早於外來宗教（佛教）。

我們現在可以回顧《封神演義》和《西遊記》如何處理第二個議題：外來宗教（佛教）入境之前早已受到本土宗教（道教）影響。

《封神演義》振振有詞。第四十四回講述四位道教神仙後來修成佛或菩薩：狹龍山飛雲洞懼留孫修成懼留孫佛，五龍山雲霄洞文殊廣法天尊修成文殊菩薩，九功山白鶴洞普賢真人修成普賢菩薩，普陀山落伽洞慈航道人修成觀世音大士。那個成佛或菩薩的時間遠在興周滅商的故事之後。第八十三回提及四位道教神仙成佛或菩薩的大約時段。其中懼留孫較

---

4 Narada Maha Thera: *The Buddha and His Teachings*, Singapore Buddhist Meditation Centre, Singapore, reprint by The Corporate Body of the Buddha Educational Foundation, Taipei, Taiwan, July 1998, page 1.

需解釋：「乃是西方有緣之客，久後入于釋教，大闡佛法，興于西漢。」第八十四回，四位教主破了萬仙陣，毘盧仙歸依西方教主，後來成為毘盧佛，「此是千年後纔見佛光」。從周朝元年到西漢初年，約九百年。「千年之後有沙門」，「此是千年後纔見佛光」，湊個千數不難，西漢本身壽長約兩百一十年，所以作者的意思或是：懼留孫佛於西漢中後期興起。第八十三回講三位菩薩：「後興釋門，成于佛教，為文殊、普賢、觀音，是三位大士；此是後話，表過不提。」

其他幾位佛教小神也有一致的時間安排。第四十七回，趙公明有定海珠：「珠有二十四顆。此珠後來興於釋門，化為二十四諸天。」第七十九回，法戒皈依佛教，隨著準提道人回西方：「後來法戒舍衛國化祁它太子，得成正果，歸于佛教；至漢明、章二帝時，興教中國，大闡沙門。」這幾句話裡面的「興」，配合上述的「千年」，都指佛教二度來華，即佛教開始在中國興衰起伏的萌芽。

《封神演義》故意忽略印度原始佛教的悠久歷史，以及四位佛或菩薩在中國佛教發生之前就已在印度原始佛教存在很久的可能性。作者只專注於佛教在中國落地生根之前，已先受到道教影響。那種影響不在於西方教主「大展沙門」，收降敵人的殘兵敗將，帶走幾個未來的門徒，如骷髏山白骨洞一氣仙馬元等人。這個故事從未說明收降事件對佛教重訪中華產生了任何重大意義。

道教於佛教的影響來自四位道教神仙轉變成佛或菩薩。三位菩薩在中國佛教地位崇隆：觀音菩薩代表慈悲，文殊菩薩代表智慧，普賢菩薩代表實踐。[5]他們四位棄道入釋，隱射道家神仙的修為也符合佛教菩薩的正面能量。道教因此豐富了佛教的內容。這四位道教神仙落實了柳存仁所言，這部小說：「道家（指道教）之虛靜恬淡為超然塵外」，比儒佛「更高一境者」。[6]

《西遊記》只有一次佛道最高神明（如來和玉帝）會面，時間或許不早於佛教東傳。我們首先推算齊天大聖大鬧天宮，如來佛祖親征，制服齊天大聖，與玉帝正式會面的年份。小說三藏於貞觀十三年（公元六四〇年）出發，西行取經。途中遇到已壓在五行山下五百多年的齊天大聖。所以如來和玉帝見面，至少在公元一四〇年之前。根據淨空法師的研究，我們確定佛教東傳的年份：「東漢明帝永平十年（公元六十七年），佛教才正式傳入中國」。[7]可見佛道最高神明會面，大概在佛教東傳之後。

當然如來佛祖與玉帝早就熟識。道家天庭武裝部隊打不過齊天大聖，玉帝主動傳旨派兩個代表（遊奕靈官和翊聖真君）去西方求救於如來佛祖。如來佛祖拜訪道家天庭，雙方神明

5 淨空法師《認識佛教》，台北華藏佛教圖書館，一九九六年六月，頁三十六。

6 柳存仁〈陸西星吳承恩事跡補考〉，《和風堂文集》，上海古籍出版社，一九九一年十月，頁一四〇〇。

7 見註4，頁一。

沒有表示首次相遇的興奮或客套。所以兩位宗教領袖並非首度會晤。我們不知道兩位宗教領袖首晤的年代。那與《封神演義》不同。《封神演義》佛道最高神明毫無疑問是第一次見面。

《西遊記》諱言佛教東傳之前道教是否影響佛教。但是作者清楚說明，在兩個宗教之中，道教一直處於弱勢地位。證據很多。前文已提到道教請求佛教（如來）幫助制服內亂（齊天大聖）。我曾指出，佛教為道教子弟（李天王的幾個孩子）提供就業機會。沒有佛家弟子去道教組織上班的例子。[8]本書所收〈井然有序——《西遊記》的三教排行〉提到儒釋兩教都有堪稱「聖經」的典籍，唯獨道教沒有。我曾大膽建議牛魔王的原型人物是吳承恩父親吳銳。[9]牛魔王被佛道聯軍收服之際，可以在佛道之間選擇去處，結果他決定皈依佛門。他的妻（羅剎女）兒（紅孩兒）都進佛門。如果我的建議可以接受的話，這一家三口的生路即可顯示吳承恩自己重佛輕道的宗教傾向。本書所收〈價值取向——吳承恩詩文的身份認同〉建議：一般而言，佛寺較可能使吳承恩嚴肅，道觀多半令他輕鬆。道教煉丹功成昇天那一套說法，吳承恩覺得好玩，但是並不當真。

話雖如此，在故事語境裡，佛教神明（如來和觀音）非常尊重道教。《西遊記》佛道論述的重點之一，即外來宗教態度謹慎，絕不喧賓奪主。雖然大乘佛經切合唐朝君民的需要，

8 高全之〈哪吒三兄弟——吳承恩宗教態度裡的嚴肅和虔誠〉，見註2，頁一六二。

9 高全之〈從〈先府賓墓誌銘〉到《西遊記》小說〉，見註2，頁八三—一〇四。

如來佛祖完全沒用強勢推銷，只要取經人到此就給。如來佛祖完全沒有齊天大聖的野心，「皇帝輪流做，明年到我家」。觀音菩薩在長安顯出法相，宣傳大乘佛法，只與小乘佛法比較高下，絕口不藉機貶低道教。外來宗教不講自己優於本土宗教，避免引起反彈，用心良苦。

吳承恩肯定中國佛教低姿態的生存之道。

結伴同行

——《水滸傳》前生故事的聯合影響

《水滸傳》小說的前生故事影響不一而足。有些結伴同行，相得益彰或相互制衡。迄今易見的討論大多是單一牽扯，很少涉及多重聯合效應。我們回顧近代《水滸傳》研究鼻祖胡適提到的一種，以及與其相關的三種，前生故事影響。

一

一九二〇年七月胡適〈《水滸傳》考證〉這樣解釋水滸人物總數的發展：《宋史》提到「（宋）江以三十六人橫行齊、魏」，元朝水滸雜劇《雙獻功》出現「三十六大夥，七十二小夥」，膨脹到一百零八人。換句話說，《宋史》首先波及元朝水滸雜劇，元朝水滸雜劇生變，然後影響《水滸傳》小說。胡適認為這是個負面影響。〈《水滸傳》考證〉批判《水滸傳》小說某些人物的描寫（「潦草」、「雜湊」、「敷衍」、「笨拙」、「淺陋可笑」、「幼稚」），而且進一步追究其因：《水滸傳》小說承繼元朝水滸雜劇的總人數（一百零八），無法仔細塑造每一個角色：「可惜他（按：指《水滸傳》小說作者）終不能完全衝破那歷史遺傳的水滸輪廓，可惜他總捨不得那一百零八人。但是一個人的文學技能是有限的，決不能在一部書裡創造一百零八個活人物。因此，他不能不東湊一段，西補一塊，勉強把一百零八人『擠』上梁山去！」[1]換句話說，錯不在於元朝水滸雜劇，必須責怪《水滸傳》小說作者未能擺脫前人設定的規劃。

前赴後繼的《水滸傳》小說編撰者始終扛著那個強徒總人數的前設框架。在《水滸傳》小說版本演進裡，這個情形與小說回數多寡無關。

二

《水滸傳》版本研究翹楚馬幼恒延伸胡適的思路，認為金聖歎〈《金聖歎批評水滸傳》序三〉過度稱頌水滸人物塑造：《水滸》「敘一百八人，人有其性情，人有其氣質，人有其形狀，人有其聲口」。[2]其實金聖歎另篇文章，〈讀《水滸》之法〉，講得更為露骨：「《水滸傳》寫一百八個人性格，真是一百八樣。」[3]

馬幼恒的推理簡單扼要：只要提出一個例外就足以否決「整體都如何如何」的命題。馬幼恒提出兩個例證（解珍、解寶，大刀關勝）：

1 《胡適古典文學研究論集》，上海古籍出版社，一九八八年八月，頁七四四—七九一。

2 馬幼恒《水滸論衡》，北京三聯書店，二〇〇七年八月，頁一九六。

3 金聖嘆批評本水滸傳：金聖嘆批評本水滸傳——中國哲學書電子化計劃 (ctext.org)

> 不是每個梁山人物都如金聖歎誇大其辭地說的活現紙上。事實是面目模糊的梁山人物多至難以點算（情形的嚴重程度，舉一例就夠。誰說得出解珍、解寶這對高高列席天星的兄弟究竟有何分別？）[4]
>
> 梁山頭目當中不乏就性情、氣質、形狀、聲口都找不到獨特創意的人。在梁山高列總名次之五，且貴為馬軍五虎將之首的大刀關勝正是這種敗筆的最嚴重代表。[5]

馬幼恒直言金聖歎那些讚辭「不經大腦」。[6]一九三八年十二月賽珍珠在領取諾貝爾文學獎的演講裡盛讚《水滸傳》的成就：一百零八好漢的描繪完美，任何一位張口說話，我們無須事先知道其人是誰，只聞其聲，就知其名。賽珍珠同樣犯了以偏概全的毛病。[7]所謂的「偏」，指少數幾個刻畫出色的人物。

---

4 馬幼恒《水滸人物之最》，台北聯經出版社，二〇〇三年十月，頁八四。
5 見註４，頁一六四。
6 見註４，頁一六三。
7 https://www.nobelprize.org/prizes/literature/1938/buck/lecture/

三

我們無法一窺元朝水滸雜劇的全貌。根據劉靖之的研究，目前傳世的水滸雜劇只有十種，存劇目、實際失佚的有廿六種之多。[8]現存元朝水滸雜劇雖然不到已知劇種的一半，卻已交代清楚水滸人物總數（一百零八）。我們知道「七十二」這個小夥人數，但無從得知小夥在水滸雜劇裡是否全都出現。在現存元朝水滸雜劇裡：「地煞星七十二人只出現了十二人。」[9]

《水滸傳》小說的景觀不同。《水滸傳》小說的百回本或百廿回本都有各自表述的「完整」。舉三個例子。一九七五年十月人民文學出版社百回本《水滸傳》的底本是容與堂本。馬幼垣認為「容與堂本是現存本子中最能代表今本《水滸》的原貌的。」[10]百廿回本有兩個本子可資參考。第一種是二〇〇九年五月河北教育出版社王利器《水滸全傳校注》，其底本是一九五四年北京人民文學出版社《水滸全傳》。《水滸全傳》收錄一九五三年十一月九日鄭振鐸〈序〉，坦言其底本是天都外臣序刻本。第二種是台北里仁書局《彩畫本水滸全傳校

8 劉靖之《元人水滸雜劇研究》，香港三聯書店，一九九〇年十一月，頁四十四—五十二。
9 見註8，頁廿六。
10 馬幼恒《水滸二論》，北京三聯書店，二〇〇七年八月，頁四〇七。

注》，其底本是楊定見序、袁無涯刊的《忠義水滸全傳》。一九二九年楊袁本排印成新式標點本出版，有胡適序文〈百二十回本《忠義水滸傳》序〉。同年六月二十三日胡適日記稱該序文為〈水滸傳新考〉。

由於《水滸傳》小說個別版本的完整性質已被廣泛「接受」，水滸人物描繪不均的情況格外突出。不過我們可以合理推測，在散失之前，元朝水滸雜劇很可能也有類似的問題。目前看到的元朝水滸雜劇「人物雖多，但真正有血有肉的只有幾個」。[11]換句話說，問題可能早已存在於前生故事（元朝水滸雜劇）之中，並非從《水滸傳》小說才開始。

這個假設允許我們體會元朝水滸雜劇作者（們）如何平衡水滸人物戲分落差的問題，而且那些嘗試已為《水滸傳》小說認可。最終結果雖非完美，但平衡效果仍然存在。這是本文將討論的三種前生故事影響中的前兩種：星辰、人性。

劉靖之注意到三十六水滸人物與星辰、道德的聯繫：

在元初的水滸雜劇裡，宋江上場時都有「聚三十六大夥、七十二小夥」的賓白；《黑旋風負荊》謂「一百八個頭領」；《燕青博魚》說「則三十六踴躍罡星」；《還牢

11　見註8，頁三二六五。

末》亦謂「一個個上應罡星」，表明當時已有天罡、地煞星的區別。除了《三虎下山》謂「聚義的三十六個英雄漢，那一個不應天上惡魔星」。[12]

水滸雜劇人物和天星之間的聯繫可能受到《宣和遺事》啟發。《宣和遺事》描繪世事與天星的關係，並且有個綽號智多星的吳加亮。馬幼恒認為：「地星的觀念及七十二這數字都是後起的。」[13]我們不知道水滸雜劇七十二地煞星的道德取向（是否對應於惡魔星？）。我們目前只能藉由三十六天罡星來猜測元朝水滸雜劇予《水滸傳》小說七十二地煞星的影響。或許他們也是惡魔星。

至少我們可以推測元朝人和現代人一樣，仰頭觀星，想到宇宙之間的神秘。在晴朗的夜晚抬頭看星星，很自然產生總數數不清的觀念。從「三十六大夥」引起「七十二小夥」的可能原因之一，在於強調眾多，總數（一百零八）多於所知的有限數量（三十六）兩倍（七十二）還不止。「七十二小夥」的意思是：人多勢眾。

數字擴展的另種可能邏輯是：夜觀星辰，很容易產生個人知識有限的認知。眾多星辰代表人類一無所知，或所知有限的領域。承認我們自己智慧的局限性，星辰命名以及排次就都

12 見註8，頁廿六。
13 見註2，頁一四四，一五一。

不可能完美。水滸人物命名和排位的瑕疵正反映著那個不可能。聯結水滸人物和天上星辰，就像在他們身上披上神秘面紗，假道他們反映著人類知識的窮盡。

為何元朝水滸雜劇為這些星辰加上道德標籤：「天上惡魔星」？一種可能的解釋是古人承認基本人性（尤其是暴力）的難以理解和控制。《水滸傳》小說令人驚恐的梁山泊強人行徑，先在元朝水滸雜劇裡定調。《水滸傳》小說第一回開門見山強調水滸人物的魔性：洪太尉在江西信州龍虎山「伏『魔』之殿」放走「三十六員天罡星，七十二座地煞星，共是一百單八個『魔』君」。

四

與《水滸傳》小說人物刻畫相關的第三種前生故事養分是道教神話。劉靖之引用了華山在歷史文獻裡找到的幾個《水滸傳》的前生故事。其中之一是神行太保：

《金史・突合速傳》謂：「孛菫烏谷攻石州，屢敗亡，……突合速謂烏谷曰：『敵皆步兵，吾不可騎戰。』烏谷曰：『聞賊挾妖術，畫馬以縶其足，疾甚奔馬，步戰豈可及之？』」這可能是神行太保傳說的來源。[14]

《水滸傳》小說斷言神行法是道教法術。第三十五回：「為他有道術，一日能行八百里，人都喚他做神行太保。」《金史》裡的「妖術」變成《水滸傳》的「道術」，儼然成為正當化了的本事。在《水滸傳》小說語境裏，「妖」指持有特異本事的邪惡之人。第五十三回，李逵被羅真人送到薊州府受罰。由於李逵被黃巾力士押著，從半空吊將下來，府尹馬士弘立即認定李逵是個「妖人」。李逵挨打之後，只得招做「妖人李二」。這個概念當然和九宮縣二仙山羅真人（或公孫勝或戴宗）所代表的正統道人，有邪與正之分別。

《水滸傳》第三十八回所說的甲馬，大概就是《金史》的「畫馬」：「離了客店，又拴上四個甲馬，挑起信籠，放開腳步便行。端的是耳邊風雨之聲，腳不點地。……次日，起個五更，趕早涼行；拴上甲馬，挑上信籠又走。約行過了三二百里，已是已牌時分」。這些「拴上甲馬」大概就是「畫馬以繫其足」的意思。

把水滸故事變成道教神話的具體證據是兩位道士：除了能夠指揮一千餘員黃巾力士的羅真人之外，還有第一回江西信州龍虎山那位貌似道童、駕霧興雲的虛靖天師。這兩位法術超

14 見註8，頁十八。

強的道士不屬於一百零八水滸人物之內，所以道教神話的強調或許發展於故事成型的後期。馬幼恒認為：「今本《水滸》各部分，以排座次以後至招安為止這一段最古，最接近成書之初的狀況。前七十回代表為期較後的改寫。」[15]

五

星辰、人性、神話，都取材於前生故事。小說作者受益於前生故事的滋養，展示宇宙玄虛、人性複雜、宗教奧秘的多重好奇。更重要的是，小說作者確認人類理解能力有其窮盡。小說作者在長期成書過程裡堅持一種坦然——坦然面對生命的種種未知——允許讀者接受欠缺完整的角色描述。這些前生故事影響或許平衡水滸人物總數的負面影響。

這種理解可能有助於回答一個顯而易見的問題：水滸人物著墨不均，為何《水滸傳》小說仍然長期吸引讀者呢？胡適認為這部小說的編撰者「畫出十來個永不會磨滅的英雄人物，造成一部永不會磨滅的奇書。」[16]換句話說，一小部分人物的成功描繪帶給小說整體的偉大文學地位。現在我們可以添加另個原因。沿襲前生故事的神秘屬性，幾百年來前赴後繼的水

15 見註2，頁一三六。
16 見註1，頁七八五。

滸小說編校者難於同意情節取捨以及其他文字差別，卻異口同聲說：人類智慧不可能探究水滸人物的全部底細，俗世邏輯無法闡釋水滸人物座次的順序規則。

武松佛緣

——互不相讓的禪宗辯論

一

武松佛緣是《水滸傳》小說演進歷史裡可予印證的諸多爭執之一。後續的校注者和出版商善加保存雙方說詞，允許我們聆聽那個可能源於明朝的辯論。版本差異絕非文字校訂的結果而已。這是佛教華化過程在思辨層面遺留的歷史痕跡。中國禪宗思想並非毫無爭議的僵化教條。

本文第二節識別甲乙兩組《水滸傳》版本，以及想像曾經困擾明朝人的一種禪宗理解。第三節到第五節回顧甲組版本如何貫穿小說：其中第三節討論武松「行者」綽號如何界定佛緣；第四節酌量武松換裝變成行者的影響；第五節探究武松卸除行者身份的意義。第六節到第七節聽取乙組版本的反駁：其中第六節比較武松文字的兩組版本；第七節回顧乙組版本引起的後起的擁護者迴響。第八節簡單總結禪宗與這部小說的關係。

二

本文引用的《水滸傳》小說版本和簡稱如下：

1. 三民版：七十回《水滸傳》，繆天華校訂，台北三民書局，一九七二年十一月。

2.人文版：百回《水滸傳》，北京人民文學出版社，一九七五年十月。北京人民文學出版社有個不同的版本：一九五四年鄭振鐸、王利器、吳曉玲合校的百廿回《水滸全傳》。本文僅使用一九七五年版本。

3.聯經版：百廿回《水滸傳》，台北聯經出版社，一九七六年五月。

4.四文版：百廿回《水滸全傳》，李泉、張永鑫校注，四川文藝出版社，一九九〇年。

5.里仁版：百廿回《水滸全傳校注》，李泉、張永鑫校注，台北里仁書局，一九九四年十月。

6.河教版：百廿回《水滸全傳校注》，王利器校注，石家莊河北教育出版社，二〇〇八年十二月。

我們首先澄清《水滸傳》百回和百廿回與我們的討論有何關聯。《水滸傳》回數的佈局如下：百回和百廿回的差別在於插入的廿回，變成百廿回裡的第九一至第一百回；百回原有的第九一至第一百回，一共十回，被推到後面，變成百廿回的第一百十一至一百廿回。新添的廿回沒有關於武松的重要情節。就武松佛緣研究而言，我們可以平等對待百回和百廿回。

本文第七節將討論三民版的特殊屬性。其餘的小說版本可以分為甲乙兩組。甲組包括人文版、聯經版、河教版。乙組包括四文版和里仁版。

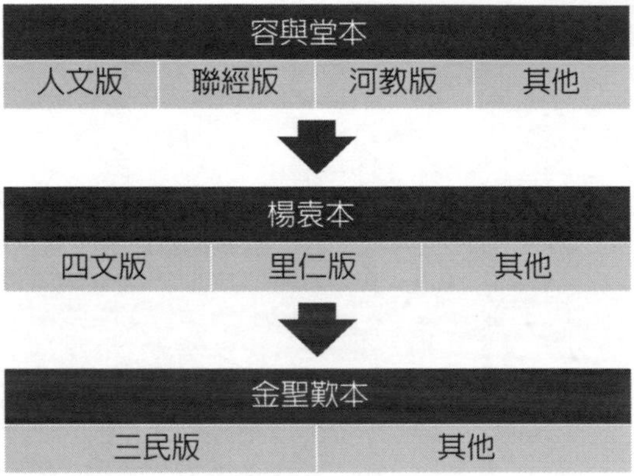

容與堂本			
人文版	聯經版	河教版	其他

↓

楊袁本		
四文版	里仁版	其他

↓

金聖歎本	
三民版	其他

圖一　由武松筆墨來分組的水滸版本

人文版的弱點是沒有任何腳註，但其底本是容與堂本。我沒見過容與堂本，假設人文版的武松文字與容與堂本相同。人文版、聯經版、河教版武松筆墨全同。因此他們屬於同一組。（聯經版沒有標記校注者或底本資料。但根據注文差別，我們知道聯經版和河教版的校注者不同。）

四文版的底本是楊定見序、袁無涯刊、百廿回《忠義水滸全書》。我沒見過楊袁本。四文版出現關於武行者的異文。假設四文版的武松文字與楊袁本相同，則異文出自明代的楊袁本。里仁版的底本是四文版。四文版和里仁版屬於同一組。

甲乙兩組的差異在於兩種佛教禪宗解讀：接納或否決武松佛緣。評比版本差異，正是檢視我們自己禪宗理解的大好機會。如果我的假設——這兩組武松文字源頭是容與堂本和楊袁本——成立，我們就可以說文字差異早在明朝就已經存在。那麼誰先誰後呢？根據馬幼垣，「現存最早，且最完整的繁本的殊榮就該由容與堂本來享有。」[1]所以甲組有目前已知的最古武松文字。圖一歸納本文討論的版本，按每組領頭羊（容與堂本，楊袁本，金聖歎本）時間排序。因為枋間仍有我沒看到的水滸版本，所以每組之後都列有「其他」。

三

武松的佛教淵源環繞著綽號「行者」。前生故事《大宋宣和遺事》九天玄女廟的天書提及「『行者』武松」，可見這個佛緣由來甚久。我所見到的整本《水滸傳》，無論回數多寡，都填補了《遺事》沒有舖陳綽號來由的空檔，清楚交代武松在十字坡裝扮行者的細節，而且藉著菜園子張青講的「雲遊（游）僧道」，間接解釋「頭陀」即雲遊僧。稱其為僧，著

1 馬幼垣〈問題重重的所謂天都外臣序本《水滸傳》〉，《水滸二論》，北京市三聯書店，二〇〇七年八月，頁一一二。

重於持有度牒的出家人身份。

在《水滸傳》小說語境裡，「行者」兩字緊咬著武松。忠義堂石碣名單上的全名是「天傷星行者武松」。在宋江點將號令裡，以及在方臘戰後的殘剩三十六員正偏將佐名單上，則用略短的「行者武松」稱呼。然而這點也很清楚：綽號「行者」沒有覆天蓋地。行者身份自變裝逃亡開始，至宋江大軍屯兵杭州六和塔為止。武松逃亡之前，以及向宋江報告要寄住於六和寺之後，名字之前沒有冠上「行者」兩字。「行者」是個暫時的綽號。這個明顯的屬性相當重要。

行者頭銜的過渡性質反映個人與佛教關係的演變。「行者」的定義原來就是個人歸屬佛教過程中的一個階段性身份，是可以更改的。河教版引用《釋氏要覽》，強調「行者」代表有意出家，但還未住進佛寺之前的情況：「《善見律》云：『有善男子，欲求出家，未得衣鉢，欲依寺中住者，名畔頭波羅沙。（一作「曰行者」。）』」[2]聯經版這樣提示「行者」的暫時性：「佛家稱男子有志出家但帶髮修行的，叫做『行者』」。[3]

張青夫婦看了變裝完成，辭行出門的武松，喝采道：「果然好個行者！」甲組版本認為當時武松非僅外觀改變，他的生命開始與佛徒融為一體。證據即此刻出現的讚詩：

2　王利器校注《水滸全傳校注》，石家莊河北教育出版社，二〇〇八年十二月，頁一四四三—一四四四。

3　《水滸傳》，台北聯經出版社，一九七六年五月，頁四一五。

前面髮掩映齊眉，後面髮參差際頸，皂直裰好似烏雲遮體，雜色絛如同花蟒纏身。額上界箍兒燦爛，依稀火眼金睛；身間布衲襖斑斕，彷彿銅筋鐵骨。戒刀兩口，擎來殺氣橫秋；頂骨百顆，念處悲風滿路。神通廣大，遠過回生起死佛圖澄；相貌威嚴，好似伏虎降龍盧六祖。直饒揭帝也歸心，便是金剛須拱手。

讚詩高度肯定武松佛緣。河教版以及聯經版都重視讚詩裡的兩位佛教領袖（佛圖澄，盧六祖），值得併閱註釋。

河教版：

佛圖澄，西晉、後趙時僧人，本姓帛，善玄術，《晉書》卷九十五《高僧傳》卷七有傳。

盧六祖，禪宗第六祖慧能禪師，俗姓盧氏，其先范陽人，父行瑫武德中左宦於南海之新州，遂占籍焉。唐貞觀戊戌生，三歲聞誦《金剛經》，即能尋師，二十四歲傳五祖衣鉢，三十九歲祝髮，七十六而終。傳見《景德傳燈錄》卷五及《七修類稿》卷四十三《事物類》。[4]

聯經版：

二人都是高僧。佛圖澄是天竺人，晉朝永嘉年間到洛陽，現種種神異以弘大佛法。盧六祖即唐代高僧慧能，俗姓「盧」，是禪宗東土第六祖，他有首著名的偈語：「菩提本非樹，明鏡亦非臺；本來無一物，何處惹塵埃。」[5]

武松沒有佛圖澄的神異，尤其是預見未來的能力。兩人有所關聯，或許在於佛圖澄關於嚴刑治國如何符合佛家殺戒的論述。行者武松加入宋江軍團，奉命殺敵，確有是否合乎僧人身份的問題。佛圖澄論述的衍生邏輯似提供了解答：如果宋江軍團出征即報國救民，「殺可殺」，戰場殺戮就不違反佛家戒律。以下《高僧傳》引文裡的「虎」指後趙武帝石虎（295年-349年），「澄」即佛圖澄。

虎常問澄：「佛法云何。」澄曰：「佛法不殺。朕為天下之主，非刑殺無以肅清海

4 見註2，頁一四四四。
5 見註3，頁四二五。

內。既違戒殺生。雖復事佛詎獲福耶？」澄曰：「帝王之事佛，當在心，體恭心順，顯暢三寶，不為暴虐，不害無辜。至于凶愚無賴非化所遷，有罪不得不殺，有惡不得不刑。但當殺可殺，刑可刑耳。若暴虐恣意殺害非罪，雖復傾財事法，無解殃禍。願陛下省欲興慈，廣及一切，則佛教永隆福祚方遠。」虎雖不能盡從，而為益不少。[6]

甲組版本讚詩以六祖比擬武松，跳過前生故事《大宋宣和遺事》，直搗黃龍，一下子就把老祖宗給請了出來。武松的度牒來自頭陀。在故事情境裡，「行者」和「頭陀」同義。第卅二回，同一段話裡就接連用「賊行者」和「賊頭陀」來指稱武松。為何不叫「武頭陀」呢？小說情節當然蕭規曹隨，延續前生故事《大宋宣和遺事》的「行者」叫法。那麼《大宋宣和遺事》武松綽號為何不是頭陀呢？可能的解釋是《大宋宣和遺事》上追《六祖壇經》的行者稱謂。六祖慧能（亦作惠能）得五祖秘傳衣鉢，為了躲避他人奪取衣鉢而逃亡十五年。逃亡期間至少兩度被稱為「行者」。惠明追上慧能，喚曰：「行者！行者！我為法來，不為衣來。」慧能後來到了廣州法性寺，聽印宗法師講《涅槃經》，在僧眾辯論中發言，引起印宗注意。印宗問話即以行者稱呼慧能：「行者定非常人！久聞黃梅衣法南來，莫是行者

---

6 網站「中國電子書計劃」，梁會稽嘉祥寺沙門釋慧皎《高僧傳》第九卷。https://ctext.org/wiki.pl?if=gb&chapter=767395

否？」眾僧敬服慧能的佛經講解，於是印宗為慧能「剃髮，願事為師」。六祖正式開東山法門之前的身份是行者。在《六祖壇經》的逃亡期間內，別人只稱他為「行者」，不是頭陀。[7]所以武松佛緣的起源就是禪宗六祖。

《水滸傳》以行者取代頭陀，作為武松的綽號，一石二鳥，同時達成承續（《六祖壇經》）和區分（武松和孫二娘誤殺的那個頭陀是兩個不同的人）的目的。我們稍後會討論：讚詩相提並論殺人犯武松和六祖，也許在於遵守《六祖壇經》眾生皆佛的指示。

「揭帝」亦作「揭諦」。揭諦和金剛都是佛教神明。兩者對稱，聯結前後兩句：「直饒揭帝也歸心，便是金剛須拱手」。「直饒」的「饒」可作「儘管」解。「直饒揭帝也歸心」譯成白話或是：「就是揭諦也同心一致」。《水滸傳》後來再次用了這種句型。燕青初見任原的印象是：「真乃有揭諦儀容，金剛貌相。」由於同一句型出現兩次，應是可靠的詮釋。[8]

四

張青忠告武松小心謹慎，行事要像個出家人：「也做些出家人行逕」，「省得被人看破

7 慧能《六祖壇經》，張火慶導讀，台北金楓出版社，一九九一年元月，頁卅一。

8 「揭諦」的另外一個定義是《心經》般若波羅蜜多咒用詞。《心經》最後一句：「揭諦！揭諦！波羅揭諦！波羅僧揭諦！菩提娑婆訶！」這裡「直饒」的「饒」作「重複誦唸」解。「直饒揭帝也歸心」的白話語譯可以是：「重複誦唸揭諦，領悟《心經》。」

了」。假行者身份大可成為佛緣的起點，至少武松舉止要開始像個雲遊僧人。行者武松是否聽從張青建議，行為有所改變？

答案是肯定的。最顯著的是私有錢財觀念的轉化。武松向來注重人際關係之間的金錢運作。變裝之前，在被壓送途中，武松「包裹內有的是金銀」，不忘賞銀給善待自己的兩個公人。初到安平寨牢房和差撥官員頂嘴，直言自己有些金銀。變裝之前，武松曾經兩度收集財富。其一，在張都監家裡買個柳箱子，收藏外人送的金銀、財帛、段匹。箱內藏物後來被誣陷為偷竊贓物的證據。其二，武松在鴛鴦樓殺完眾人，順便帶走值錢的酒器：「把懷裡踏扁的銀酒器都裝在裏面，拴在腰里」。然而變裝之後，武松在蜈蚣嶺殺了飛天蜈蚣王道人和道童，救出張太公女兒，不取分文。當然，張青為了武行者沿路安全和方便，特意把武松那些取自鴛鴦樓的酒器換成零碎銀兩。所以在蜈蚣嶺，武松身上已有盤纏。話雖如此，貪得無厭者仍可拿些張太公女兒的銀兩。但武松拒受回報，表示金錢夠用就好。後來自願終老於六和寺，前提是捐出自己所有財富，明確突顯錢財乃身外之物，不圖白吃白住的態度：「盡將身邊金銀賞賜，都納此六和寺中，陪堂公用」。武松了解個人對宗教機構的貢獻是個重要的寄身條件，所以雖然斷臂殘障，卻能善盡勞務，照顧患病癱瘓的林冲，直到六個月後林冲病故為止。稍後朝廷封武松為「清忠祖師」的同時，也「賜錢十萬貫」，幫助他「以終天年」。先前「盡將身邊金銀賞賜」，所以後加的十萬貫賞錢大概也都進入了該寺的帳戶。

度牒的重要性凌駕於金銀之上。孔明孔亮率眾把醉倒在溪裡的武松捉回孔太公莊上，「剝了衣裳，奪了戒刀、包裹」，綁在大柳樹上，用藤條打，顯然也拿走了內藏度牒的貼胸錦袋。作者在孔莊兩次細數武松一身行當，度牒都居首位。第一次是宋江出面救下武松之後，武松親口索還項目，依次為：度牒、書信、行李衣服、戒刀、和數珠。武松特別要求先行烘焙濕了的度牒和書信。第二次是武松離開孔莊之前，穿上新的「一套行者衣服，皂布直裰」，其餘東西物歸原主，仍然先提度牒：「度牒、書信、戒箍、數珠、戒刀、金銀」。此時金銀敬陪末座。在故事情境裡，那本度牒為特殊任務帶來方便。魯智深和武松赴少華山：「魯智深只做禪和子打扮，武松裝做隨侍行者。」度牒為魯智深和武松壯膽，敢在皇帝面前炫耀僧人身份。百零八好漢只有四人不穿官服（戰袍金鎧或錦袍金帶）。吳學究綸巾羽服代表儒家，公孫勝鶴氅道袍代表道家，魯智深烈火僧衣和武行者香皂直裰代表佛家。百廿回本三度強調這些「本身服色」的突出性（第八十二回、九十回、一百一十回）。

武松變裝，先前令他鶴立雞群的兩個特徵逐漸沖淡：神力、豪飲。我們簡要回顧兩者。這部經典小說毫不猶豫稱武松的戰鬥能力為「神力」（第二十五回、三十回、三十一回）。宋江初見武松，讚詩提到「萬夫難敵」，「人間太歲神」的印象：

身軀凜凜，相貌堂堂。一雙眼光射寒星，兩彎眉渾如刷漆。胸脯橫闊，有萬夫難敵之威風。語話軒昂，吐千丈凌雲之志氣。心雄膽大，似撼天獅子下雲端；骨健筋強，如搖地貔貅臨座上。如同天上降魔主，真是人間太歲神。

最後一次發動神力是斷臂那一刀。武松毅然決然用戒刀割除嚴重傷裂，「伶仃將斷」的左臂，不叫苦喊痛。宋江一向嚴格考核武松的戰鬥適用性。在宋江眼裡，此刻武松「雖然不死，已成廢人」。武松肯定不再能打虎，沒有玩弄天王堂三五百斤重的石墩的雙手，展現「面上不紅，心頭不跳，口裡不喘」的威風。

豪飲曾是施展神威的先決條件：在「三碗不過岡」的酒店，喝了十八碗酒才過景陽岡；出門打蔣門神，「無三不過望」，每遇酒店必喝三碗酒。第卅二回，宋江兩度吩咐武松：「少戒酒性」。第一次這麼說的場所是個酒店。兩人喝酒相別，可見告戒的意思是少喝，不是完全戒酒。變裝之後，比如在飛天蜈蚣王道人衝突或宋江兵團的衝鋒陷陣裡，武松再也無需豪飲才能戰鬥。

佛門戒殺，武松（和魯智深）在戰場上勇猛殺敵，似乎沒有違反佛門規章。這是《水滸傳》希望讀者接受的，佛門弟子的一種矛盾。

五

武松入駐六和寺，意味行者身份的卸除。這個轉折重要。武松向宋江陳述自己的未來規劃，只求做個清閑道人：「已作清閑道人，十分好了」。為了體會這個關鍵陳述，我們必須了解這句話裡「道人」的意思。

《水滸傳》「道人」可僧可道，相當彈性。

道人作道士解，有兩種案例。其一，擁有法術的專業道士。公孫勝出場之前，李逵稱他為「乞丐道人」，敘述者稱他為「清道人」。出場之後，敘述者稱他為「雲遊道人」。這些都是道士的意思。第六十六回，「再調公孫勝先生扮做雲遊道人」，有些版本是「再調公孫勝先生扮做雲遊道士」。其二，綽號裡含「飛天」兩字的兩位道人。這裡「飛天」指道士修行成功，昇天成仙。飛天兩字直指道士。第一位是飛天夜叉。破敗的瓦官寺裡和尚和道人各一，前者法號道成（生鐵佛崔道成），後者排行小乙（飛天夜叉丘小乙）。「道人」應用「道士」去理解。第二位是飛天蜈蚣王道人。此人「善曉陰陽，能識風水」，也是個道士。

其次要辨識「道人」在佛道兩教的共通意義：級別較低的專職或雜務工作人員。這些人可以（但不一定）是不受宗教戒律規範的在家人。這個定義可以根據寺廟的大小分別來理解。小道觀人事架構簡單，道人不多，道人大概是修行粗淺的道士，或維修打掃的在家人。

有兩個例子。石秀在薊州城一刀割頭而死的土地神祠道人。喬道清與屬下在僅有「三個道人」的神農廟遇到的「本廟道人」。

以下是編制較大的道觀例子：江西信州龍虎山上清宮被住持真人喚來揭封開鎖的幾個「火工道人」。

編制較大的佛寺例子較需解釋。報恩寺在楊雄家做功德，事先擔經到來、鋪設壇場、挑兩盒京棗送禮的都是「道人」。魯智深投奔的兩個佛寺，五臺山文殊院和東京大相國寺，編制分工都細密。魯智深在五臺山酒醉鬧事，群起圍攻或受到騷擾的寺眾裡就有火工道人和直廳道人。不同版本標點符號各異，有些「火工道人」亦作「火工、道人」。「火工道人」指專職道人。「火工、道人」是兩種人，其中「火工」指專職道人，「道人」是個泛稱或雜務員。魯智深在大相國寺退居廨宇的部屬即幾個「種地道人」。但兩寺都有不加專職指涉的「道人」，即泛稱的雜務員。

道人職位較低。趙員外陪同魯智深拜訪智真長老，東西兩班依次排立著首座、維那、侍者、監寺、知客、書記等等，都是職事僧。道人（和行童）沒有依次站班的資格，稍後才在需要他們服務的時候出現。魯智深在六和寺圓寂之前，為他燒熱水洗浴的，是僧人叫來的「道人」。

注意那挑酒來五臺山，不肯賣酒給魯智深的漢子。挑酒漢子清楚解釋了和尚與工作人員

（火工道人、直廳轎夫、老郎）的區分：

那漢子道：「我這酒，挑上去只賣與寺內火工道人、直廳轎夫、老郎們，做生活的吃。本寺長老已有法旨：但賣與和尚們吃了，我們都被長老責罰，追了本錢，趕出屋去。我們見關著本寺的本錢，見住著本寺的屋宇，如何敢賣與你吃？」

佛門大寺管理架構層級分明。智真禪師的推薦信有句「萬望作職事人員收錄」，為魯智深在東京大相國寺討個職事僧的工作。大相國寺的知客僧為了說服魯智深從菜園住持管領的工作做起，詳細介紹寺職結構，這樣收尾：「假如師兄你管了一年菜園，好，便陞你做個塔頭。又管了一年，好，陞你做個浴主。又一年，好，纔做監寺。」

道人也指沒有度牒的頭陀。迎兒和潘巧雲首次見到報曉頭陀胡道，各別都說：「你這道人」。這裡「道人」即沒有度牒、仍是在家人、勸人念佛的報曉頭陀胡道。裴如海以度牒為誘餌，要胡道幫助：「買道度牒剃你為僧。」可見胡道沒有度牒，蓄頭髮，並非正式僧人。《水滸傳》的頭陀不一定就是道人。如前文所述，孫二娘誤殺的那個頭陀是持有度牒的雲遊僧，地位較高，在小說語境中，沒有被稱為道人。度牒有無，決定頭陀地位的高低。圖二解釋頭陀和道人稱呼的關係。

武松持有（假）度牒，行者或頭陀的身份高於道人。武松懂得六和寺有和尚與道人的高低分際，所以明確告知宋江，只求做個「清閑道人」。「清閑」或許指自己斷臂傷殘，未能和其他道人一樣從事勞役工作。他完全清楚寄身寺廟會導致身份變遷，所以沒有要求未來身

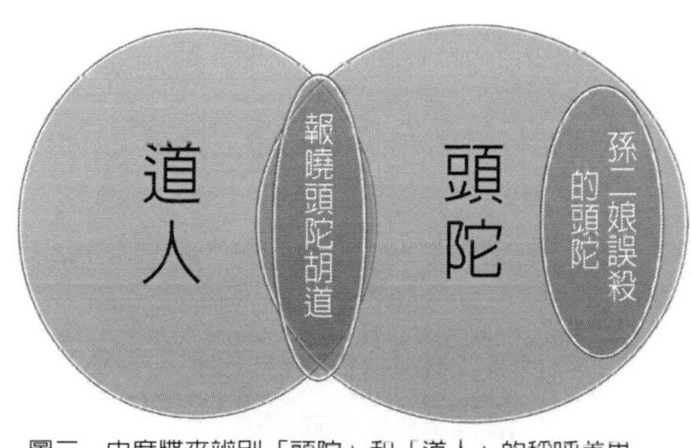

圖二　由度牒來辨別「頭陀」和「道人」的稱呼差異

份仍為現在的「行者」。武松自薦「道人」，至少有兩種意含。其一，誠實。武松攜帶別人的度牒，即便只是頂替，社會地位總是高於六和寺的道人身份。此時打算放棄假度牒，願意誠實降格為道人。其二，世故。六和寺和尚們伶牙俐齒。魯智深不懂圓寂即死亡，受到六和寺和尚們恥笑。武松知道六和寺職場凶險，因此不願以和尚資格進駐，只要做個級別比和尚低下的道人就夠了。識時務者為俊傑。

武松（和魯智深）是這部道教神話小說兼顧佛教的重要印記。作者用武松來接地氣。武松沒像防送公人那樣誤食人肉包子，也沒像黑旋風李逵那樣刻意吃食人肉。武松不成仙不成佛，不自盡不被殺。武松「善終」，缺乏（如魯智深）奇幻的死亡過程，死後也未（如戴宗）晉升為神格。相對於魯智深和戴宗，武松的生命終結方式更為貼近大多數庶民的經驗。

六

《水滸傳》兩組版本武松文字有什麼區別？

就武松情節而言，從第廿三回至卅三回，《水滸傳》版本甲乙兩組的夾詩各有增減，但總的來說乙組篇輻縮短。乙組切除全書的回首詩，刪掉或縮短夾詩。當然乙組有加入的夾詩，間或用典，但大體而言乙組夾詩都短，減少典故援引。比如第廿九回夾詩（首句「古道村坊」）就刪去「村童量酒，想非昔日相如。少婦當壚，不是他年卓氏。」。

最重要的是：乙組減免爭議。舉兩個例子。甲組第卅回夾詩（首句「都監貪污重可嗟」）有句「卻把忠良做賊拿」，忠良指武松。就孟州守禦兵馬張都監設計陷害武松的案例而言，武松確實無辜。但武松此時臉上刺有金印，從死囚牢出來醉打蔣門神，忠良兩字可能難以服人。乙組改忠良為「平人」。平人大概是平常百姓的意思。甲組第卅一回夾詩（首句「都監貪婪甚可羞」）只有四句，但其中有句「豈知天道能昭鑑」，為武松在鴛鴦樓盛怒濫殺而說情。乙組切割全詩，以便迴避「天道」的定義問題。

順著這個思考邏輯，即可瞭解可能引發爭議的武松佛教淵源，也一併切除。武松的行者身份在故事情境裡被質疑。第卅二回，孔明孔亮向宋江報告捕獲武松的經過，就明言武行者不是出家人：「看起這賊頭陀來，也不是出家人。臉上見刺著兩個金印。這賊卻把頭髮披下來遮了，必是個避罪在外的囚徒。」甲乙兩組同。

乙組絕非排斥佛教。第廿五回，夾詩（首句「油煎肺腑」）講武大「三魂赴枉死城中」。甲乙兩組同。乙組保持著佛教的地獄觀念。乙組執意撇清的是武松和佛教的關係。因為所有回首詩都刪，乙組刪掉第卅回的回首詩，尚不足以證明這個用意。甲組那首詩有句：「佛語戒無論」。（河教版引述出處《明心寶鑑》卷，認為「無論」當作「無諍」。）但我們比較第卅一回武行者形象詩，即可見其居心。乙組把甲組武松形象詩下列數句：

神通廣大，遠過回生起死佛圖澄；相貌威嚴，好似伏虎降龍盧六祖。直饒揭帝也歸心，便是金剛須拱手。

壓縮變成兩句：

啖人羅剎須拱手，護法金剛也皺眉。

武松冒充出家人，宗教態度始終模糊，所以佛緣招引質疑。可以理解。但乙組的指控與小說脫節。根據以下兩個理由，我認為乙組矯枉過正，反而挑戰讀者的禪宗理解。

第一個理由：幾個夾詩出現「夜叉」，都指母夜叉孫二娘。如第廿七回「紅衫照映夜叉精」（首句「眉橫殺氣」），以及「降伏兇頑母夜叉」（首句「自嗔拳輸笑面」）。前引乙組異文的「啖人羅剎」可能也是孫二娘。

但故事並未提到張青夫婦自己啖人。三人相認之後，張青和孫二娘招待武松（並兩個公人）吃食雞鵝肉，可見張青夫婦通常備有可供食用的雞鵝肉，自己未必啖人。這並不是說他們是好人。張青夫婦販賣人肉餡子饅頭並以人肉充當牛肉賣給村民，並不像武松所說：「我們（指江湖好漢）並不肯害為善的人。」張青夫婦當然傷害善良百姓。但無論張青夫婦罪狀如何悠長，故事從未描繪他們有吃人肉的胃口或慾望。

第二個理由：六祖慧能與武松確有關聯。六祖主張「眾生是佛」。（《六祖壇經》般若品第二）世間凡人都有佛性。五祖初見慧能，得知慧能是南方來的稱作「獦獠」的少數民族，就問：「汝是嶺南人，又是獦獠，若為堪作佛！」慧能答：「人雖有南北，佛性本無南北，獦獠身與和尚不同，佛性有何差別？」（《六祖壇經》自序品第一）誰說殺人凶手武松不能有佛性？

六祖講求頓悟，注重個人自發能力，稱這個佛教宗派為頓教。武松體現那個強調個人價值的概念，格局正如前引讚詩所謂：「語話軒昂，吐千丈凌雲之志氣。」自我意識強烈的人才會說這些話：「我行不更名，坐不改姓，都頭武松的便是」，「我不是忘恩背義的」，「我是斬頭瀝血的人」。武松在鴛鴦樓怒火中燒，割衣蘸血在白粉壁上寫下八字：「殺人者，打虎武松也！」目的不僅誇耀打虎神威，如此留名有其精準的針對性，表示自己為行凶負責。最後提議入住六和寺的也是武松本人。行坐之間，姓名不改，始終有個「我」。

六祖強調「萬法從自性生」。修行必須自動自發：「自淨其心，自脩自行，見自己法身，見自心佛，自度自戒」。所謂「無相懺悔」，始自（但不止於）個人的反思。（《六祖壇經》懺悔品第六）《水滸傳》的小說技巧已成熟到書寫人物思緒的地步，但沒有交代武松（或其他角色）發自道德或宗教立場的自我評估。武松意志堅強，如果未得頓悟，原因可能是缺乏反思。著墨不多，是個「留空」的情況。我們可以說武松未悟，無法確定武松堅持某種執念而不悟。

武松卸下行者身份，在六和寺變成級別低於和尚的道人。故事在越來越少提及武松的情況下，只用名字，不加綽號。但那個期間很短。一旦朝廷賜封「清忠祖師」，臨門一腳，正式改善身份。「清忠祖師」不可能指道人或低階僧侶，不清楚是出家人還是在家人，應是高僧大德的規格。即使是在家人，也沒大關係。六祖認為在家人也可修行：「若欲修行，在家亦得，不由在寺。」六祖提出在家人修行的十六句「無相頌」偈，其重要性是：「若不作此修，剃髮出家，於道何益？」（「《六祖壇經》決疑品第三」）

有關武松的描述就此戛然而止。雖然沒人用那尊貴的祖師封號來稱呼武松，作者告訴我們僅僅金錢賞賜（賜錢十萬貫）是不夠的，祖師封號適時解決武松住寺的資格問題。俗世朝廷出手，強勢取代宗教體系內的評估和級別機制。這個安排提醒讀者：人間宗教必須依附政府而存在。六祖強調人間宗教的塵土性質：「若無世人，一切萬法本自不有，故知萬法本自人興。」（《六祖壇經》般若品第二）

封號缺乏闡述或使用，但提供了想像空間。武松是否剔度換服？如果剔度，額上金印豈不觸目驚心？兩口戒刀無須攜帶，那麼百顆頂骨數珠呢？正名之後是否領取新的合法度牒？如果六和寺道人可以閑散，欽定的祖師是否可以閑散？祖師是否得以免除每天暮鼓晨鐘，誦經唸佛的功課？

作者輕描淡寫武松「後至八十善終」，意指循規蹈矩，乏事可陳。談何容易。武松「身長八尺」，大可是日常寺廟活動中引人注目的靶標。聖恩寵佑，武松居然沒有值得一提的逾越規範的行為。武松的佛緣結束於個人在頓悟成道之前的安頓以及和諧。武松曾在孟州城鴛鴦樓濫殺無辜，現在得以安享餘年，證明佛寺提供當事人內心平靜的環境。這部小說視平靜死亡為宗教於凡人的一種恩賜。武松晚年正面肯定人間宗教組織庇護凡人的機制效應。佛教始終加持武松：假身分、魯智深、六和寺、祖師地位等等。其中較需解釋的是魯智深代表佛教保護武松。重傷武松的是包天道玄天混元劍，救命的是魯智深一條禪杖。雖然不是宗教戰爭，這種情況昭然若揭：道士加害，和尚救援。魯智深和武松配對，近於神奇和凡塵，乃真假度牒共舞。「真」領導「假」。真去（坐化）假來（入寺），最終結局是弄假（行者）成真（祖師）。

七

前文已經指出，故事本身就曾質疑武松僧人身份的合法性。至少有兩種跟進響應的聲音。其一是河教版註解。前引聯經版「行者」註解提到「有志出家」，但武松起心動念在於逃亡，絕非修行佛法。前引河教版「行者」註解提到「欲求」和「欲依」，武松起初根本沒有皈依佛教（欲求）或寄住佛寺（欲依）的意願。河教版那個腳註還特別提及《慶元條法事類》卷五十《道釋門・違法剃度》，指出武松「避罪逃亡」，冒頂度牒，犯了佛教規定。

其二是孫述宇〈水滸傳與道教〉。[9]武松出家的原始動機（逃亡）難登佛門大雅，孫述宇要進一步清除他的佛徒資格：「武松只是從張青夫婦處得到頭陀服飾，並無文牒。」孫述宇並非聲稱行者武松身上那張文牒是贗品。他的意思是：母夜叉孫二娘根本沒有提供辨識出家人身份的文牒。但百回本（人文版），百廿回本（河教版或里版），七十回本（三民版），第卅一回（在七十回版本裡是第卅回）雖有文字和標點符號的微差異，全都毫無疑義，頭陀裝備清單裡有服飾、武器、以及度牒。

孫二娘道：「二年前，有個頭陀打從這裏過，吃我放翻了，把來做了幾日饅頭餡。卻留得他一個鐵界箍，一身衣服，一領皂布直裰，一條雜色短繐絛，一本度牒，一串一百單八顆人頂骨數珠，一個沙魚皮鞘子，插著兩把雪花鑌鐵打成的戒刀。這刀〔如〕時常半夜裏鳴嘯的響〔，〕叔叔〔前番也曾看見〕。〔今〕既要逃難，只除非把頭髮剪了，做個行者，須遮得額上金印。又且得這本度牒做護身符；年甲貌相又和叔叔相

9 孫述宇〈水滸傳與道教〉，《水滸傳的來歷、心態與藝術》，台北時報文化出版事業有限公司，一九八一年九月，頁一八五。

等；卻不是前緣前世？叔叔便應了他的名字，前路去，誰敢來盤問？這件事好麼？」

如遇盤詰，武松得開口發聲，冒名頂替，「應了他的名字」。武松立即同意，剔髮易服。孫二娘唯恐度牒遺失，特別做了隨身攜帶的貼胸錦袋。

武松飽喫了一頓酒飯，拜辭了張青夫妻二人，腰裏跨了這兩口戒刀。當晚都收拾了。孫二娘取出這本度牒，就與他縫個錦袋盛了。教武松掛在貼肉胸前。

那位遇難頭陀的僧人身份比原名更為重要。往後武松一直沒有出聲說他是頭陀某某的需要。作者只要讀者記得武松的身份變成行者。

許多江湖人士記得武松的舊銜都頭。第五十六回，慕容知府道：「再有一個行者，喚做武松，原是景陽岡打虎的武都頭。」武松身份改為行者之後，從未自稱舊銜都頭。有些江湖人士當面仍稱武松「都頭」，就像《西遊記》道家天庭舊同事當面稱孫行者——「齊天大聖」曾是孫行者的正式官銜——「大聖」一樣，乃社會人情之常。第五十七回，魯智深道：「這行者便是景陽岡打虎都頭武松。」朱武勸告魯智深，就說：「武都頭實論得是。」《水滸傳》有很多都頭。位階雖低，在小說情境裡，仍是社會大眾常用的尊稱。

因為是假身份，武松從來沒有自稱行者。這是有趣的特殊狀況。水滸好漢社交場合常常使用綽號。石秀自稱：「人都呼小弟作拚命三郎。」魯智深解釋：「人見洒家背上有花繡，都叫俺做花和尚魯智深。」公孫勝耐心介紹自己，最後說：「江湖上都稱貧道做入雲龍。」偏偏「行者」乃武松發言禁忌。武松念念不忘這個身份缺乏正當性。

魯智深和武松正副搭配，也是魯智深在公開場合介紹武松身份的原因之一。這項理解可以幫助我們了解第八十五回一個細節。兩人（「一個行腳僧，一個行者」）隨同吳用混入文安縣益津關，把關守軍要推他們出關門。於是「那和尚發作，行者焦躁，大叫道：『俺不是出家人，俺是殺人的太歲魯智深，武松的便是！』」那個大叫的人應是魯智深，因為武松謹慎，不會公開說自己不是出家人。作者耿耿於懷武松假冒行者的問題。

武行者投靠二龍山之後，與梁山好漢沆瀣一氣，不再需要根據一己的道德裁斷或激動情緒去驅凶除惡。但在偽裝入釋與實際入伍之間有個插曲：武松在蜈蚣嶺殺了飛天蜈蚣王道人和道童，救出張太公女兒。

孫述宇認為（壞道人）飛天蜈蚣比（壞和尚）裴如海的篇幅短，篇幅可以做為這部小說「祖道仇僧」的證據之一。然而情節的重要性未必能以篇幅來決定。如果我們重視武松身份的轉變，或能看出王道人事件其實是武松出家之後的起手式：殺個異教的壞蛋，正好展示自己對自身宗教（佛教）的認可。故事裡不乏壞和尚，但此時作者意圖顯示武松的佛教徒身份，不能讓他去殺個釋門中人。那樣做的話，個人對單一宗教的承諾則太弱或太複雜。只要看出王道人事件的重要性，就知上述兩個情節的篇幅長短不足以顯示仇恨佛教的宗教態度。

孫述宇將討論範圍設限為前七十回，提出另個論據來支持他的觀點：「武松沒有住過寺院」。[10]武松（和其他水滸好漢）在七十回本最終的出場是特殊情況，不足為憑。根據馬幼恒，繁本《水滸傳》整本存世的順序是百回本（以容與堂本最好），百廿回本（如楊定見序、袁無涯刊本），七十回本（金聖歎本）。[11]學術界早已考定七十回本為金聖歎所刪改，並不存在金聖歎自己宣揚的「古本」。[12]七十回本署名「東都施耐菴」的〈自序〉乃金聖歎的偽作。[13]金聖歎愚弄書市三百年，並不意味讀者心甘情願、自由選擇了七十回本。以下是百廿回本（第一一九回）和百回本（第九十九回）的武松出場文字：

> 武松自此〔，〕只在六和寺中出家，後至八十善終，這是後話。

毫無疑問，武松終老於六和寺。這個決定展示了武松的個人自由意志，允許豐富而靈活

10 見註9，頁一八二。

11 馬幼垣《水滸二論》，見註5，頁四〇七。

12 朱一玄〈前言〉，《水滸傳》，北京人民文學出版社，一九七五年十月，頁二。

13 繆天華〈引言〉，《水滸傳》，台北三民書局，一九七二年十一月，頁一—二。

的想像。魯智深一旦明白師父智真長老預示的偈言，立即視死如歸，就地安排並完成圓寂。戴宗夜夢（道教神仙）崔府君勾喚，除卻官誥，去泰安州嶽廟裡出家，幾個月後，健康無恙，「大笑而終」。戴宗過世後多次在嶽廟顯靈，信眾以他的真身塑神像，放在廟裡。相對之下，武松既無高人偈言引領，也缺神明召喚，但知所進退，請求退伍，隱居於六和寺，不要宋江列自己姓名於進京朝覲的名冊上。

八

《水滸傳》嚮往禪宗頓悟。魯智深雖然「不是看經念佛人」，但最後坐化於六和寺，很可能頓悟成道，因為讚詩（首句「禪林辭去入禪林」）以這兩句結束：「俗願了時終證果，眼前爭奈沒知音」。「禪林」和「證果」是個非常明確的聲稱。

《水滸傳》尊重禪宗海納百川的格局：宗教悟性容或不同，但每個人心裡都可以有個菩薩。六祖這麼說：「不悟，即佛是眾生；一念悟時，眾生是佛。」（《六祖壇經》般若品第二）在禪悟的光譜上，相對於魯智深，武松近乎凡人的遲鈍。無論禪悟如何平庸，從變裝到善終，武松一直得到佛教呵護。

不離不棄。

國家圖書館出版品預行編目

西遊二論 / 高全之著. -- 臺北市 : 致出版,
2023.12
面 ; 公分
ISBN 978-986-5573-77-5(平裝)

1.CST: 西遊記 2.CST: 研究考訂

857.47 112021564

西遊二論

作　　者／高全之
出版策劃／致出版
製作銷售／秀威資訊科技股份有限公司
114 台北市內湖區瑞光路76巷69號2樓
電話：+886-2-2796-3638
傳真：+886-2-2796-1377
網路訂購／秀威書店：https://store.showwe.tw
博客來網路書店：https://www.books.com.tw
三民網路書店：https://www.m.sanmin.com.tw
讀冊生活：https://www.taaze.tw

出版日期／2023年12月　　定價／500元

致 出 版　　向出版者致敬